黄金の石橋

新装版

内田康夫

JOY NOVELS
実業之日本社

カバーデザイン／鈴木正道（Suzuki Design）
カバーイラストレーション／井筒啓之

黄金の石橋／目次

この地図は小説執筆当時（1999年）の状況に基づき作成しました。 地図製作/ジェオ

プロローグ

　テレビドラマで浅見光彦《あさみみつひこ》役を演じている絵樹卓《えぎたく》夫《お》クンが僕を訪ねてきたのは、避暑地・軽井沢《かるいざわ》にようやく春が訪れようとする頃のことである。応接間に落ち着くと、「先生に折入ってご相談したいことがあるのですが」と、やけに神妙な顔であった。

　絵樹クンは本名「榎木孝明《えのきたかあき》」、いま売り出しの二枚目俳優である。実際の浅見光彦よりもかなり年長だが、それを感じさせないほど若々しい。顔の皮膚は少年のように滑らかだし、少し茶色がかった眸《ひとみ》には、やんちゃ坊主のような好奇心に満ちた輝きがある。ドラマの話が持ち込まれたとき、僕が一も二もなく絵樹クンを推薦したのは、浅見光彦と風貌《ふうぼう》が似通っているのと同時に、彼のみずみずしい感性を高く評価したからでもあった。

　もっとも、本物の浅見のほうは、必ずしも納得してはいないらしい。絵樹クンに不満があるというのではなく、そもそも自分の事件簿がテレビドラマはおろか、小説のネタにされること自体、面白くないのである。せっかくドラマで自分の役を演じてくれるというのに、絵樹クンと顔を合わせようとしないほどだ。

　だから僕はテレビドラマ化に関しては、浅見の意向をまったく無視することにしている。ただし無視はするが、僕が浅見に抱いているイメージだけは大切にして、できるだけ浅見らしい役者を推薦したつもりなのだ。

　絵樹卓夫クンは本題に入る前に、ずいぶん長いこと逡巡《しゅんじゅん》していた。ここに到っても、相談ごとを切り出すべきか否か思い悩んでいる様子だった。端正でいかにも頭脳明晰《ずのうめいせき》そうな顔だちの彼が、眉根を寄せて考え込むのを見ると、理由が分からないままま、こっちまでも深刻になる。

「遠慮しないで、言ってごらんなさいよ」

僕は焦《じ》れったくなって、催促した。

「はあ……じつは、ご相談というのはプライベートなことでして、お忙しい先生にこんな面倒を持ち込んでいいものかどうか……」

「そんなことは気にしなさんな。いや、それはもちろん、忙しくないことはないですよ。いまもJ社の書下ろしを急《せ》かせれて、四苦八苦しているところです。しかし、ほかならぬ絵樹クンのことなら、プライベートでもなんでも……ははあ、なるほど、女性に関する相談ですね」

僕は察しよく水を向けてやった。

「えっ、よく分かりますね、そのとおりなのですが」

「そのくらいは分かりますよ。僕ぐらい世の中の酸《す》いも甘いも経験してるとね。分かった分かった、それならなおのこと引き受けますよ。で、何人くらいなんですか？」

「は？　何人といいますと？」

「だからア、きみが付きまとわれて困っている女性の数は何人かっていうこと。いや、そう大勢では僕だって困るけど、一人や二人なら面倒見てあげてもいいですよ。ただし、あっちには内緒ですけどね」

僕はリビングルームにいるカミさんの気配を気にしながら、小声で言った。

「あ、いや、ははは、それは違うのです」

絵樹クンは笑いかけて、それでは失礼だと思ったのか、辛《かろ》うじて真顔を保ちながら言った。

「女性といっても、僕の母親のことなのです」

「お母さん?……」

僕は素早く計算した。絵樹クンにはお姉さんが二人いるそうだから、お母さんの年齢は七十歳前後か。いくら敬老の精神に富んだ僕でもさすがにそこまで面倒見る気にはなれない。お姉さんならいいのに――。

「そうですかア、お母さんねえ。それはちょっと……」

落胆が正直に顔に出たらしい。絵樹クンは申し訳なさそうに頭を下げた。

「もちろん僕の母親のことなど、先生にはまったく関係がないとは思います。それを承知の上で先生のお手を煩《わずら》わせ、なんとか浅見さんにご出馬いただくよう、橋渡しをお願いできないかと、こうしてご相談に上がったのですが」

「えっ、浅見に?」

ここに到ってようやく、僕も話が嚙《か》み合わないことに気がついた。

「そう、そりゃまあ、浅見ちゃんへの橋渡しぐらいは、ことと次第によっては引き受けるにやぶさかではないですけどね。しかし、いったい何事ですか?」

「じつは、母親から再三電話がありまして、身の危険を感じるというのです」

「ほう、それはまた穏やかじゃないですね。まさか、近頃はやりのストーカーに付きまとわれているわけじゃないでしょうね。ははは……」

僕は例によって軽薄に笑いかけたが、絵樹クンの恨めしそうな、見ようによっては軽蔑しているような目に出くわして、慌てて笑いを引っ込めた。

「いや、失礼。それで、身の危険とは、具体的にどういうことなんですか。たとえば夜道で襲われたとか」

「いまのところ、まだそこまではいっていないようですが、得体の知れぬ電話がかかってくるそうです」

「どんな？」

「それがはっきりしないのですが、たぶん、金山《きんざん》に絡んでいるのではないかと、母親は言っております」

「金山……というと、佐渡《さど》金山とか、そのたぐいの金山ですか？」

「ええ、そうです。僕の郷里の菱刈《ひしかり》町の近くには、かつて手掘りの金鉱がいくつもありました。僕の祖父の代まで、榎木家もその一つを持っていて、そこで金《きん》を掘っていたのです」

「へえーっ、榎木家は金鉱山主ですか」

僕はたちまち尊敬の眼差しになった。ことによると、物欲しそうな目つきだったかもしれない。金だとかダイヤモンドだとかいう名前を聞いただけで、条件反射的に卑屈になるのである。

「いえ、鉱山主というほどのものではありません」

絵樹クンは苦笑した。

「僕の祖父の頃までは、実際に仕事はしていたようですが、祖父が戦争に引っ張り出されてからは、まったく放置されたという話です。いまでは完全な廃坑で、僕などはどこにあるのかさえ知りません」

「なるほど……しかし、その金山がどうしてまた？」

「それは母親にも分からないのだそうです。ただ、電話の相手が『金のことを書いた書類はどこだ』と、そればかりを言うものですから、たぶん金山のことではないかと」

「ふーん……」

僕は顔をしかめて腕を組んだ。べつに推理作家を気取ったわけではない。皆目見当がつかない難問をまえにして、どうすればいいのか分からなかったのである。

「そういうことなら、やっぱり浅見に話すしかないなあ」

「そうでしょうねえ、やっぱり」

絵樹クンもすぐさま同調した。僕の無能を追認するような口ぶりは気に入らない。

「しかし、あいつはどういうわけか、絵樹クンが苦手らしいからねえ。なかなか会うのは難しいかもしれない」

「そうなんです」

絵樹クンは大きく頷《うなず》いた。

「何度か浅見さんのお宅に電話したのですが、いつも居留守を使われて……浅見さんは僕のことがよほど嫌いみたいです」

「いや、きみが嫌いってわけじゃないでしょう。要するに、テレビで自分を演じられるのがいやなんだろうね。照れかもしれない……だけど、彼が居留守を使っているって、どうして分かったんですか?」

「それは浅見さんがそう言ってましたから」

「えっ? それ、どういうこと?」

「電話に出た女性——たぶんお手伝いの須美子《すみこ》さんだと思いますが、彼女が近くにいる浅見さんに『坊っちゃま』と声をかけて、僕からの電話であることを伝えると、『留守だって言ってくれ』って答える声が聞こえたんです。須美子さんが困っていると、『本人が言ってるんだから、間違いないだろう』って……」

「ははは、浅見らしいなあ。といっても、僕も編集者からの電話には、しょっちゅう居留守を使いますがね。それに、電話は失礼ですよ。こっちの都合やどういう状況かを考えずに電話されるのは、はなはだ迷惑。トイレや風呂に入っているかもしれないし、昼寝の最中だったら目も当てられない。ファックスってものもあるし、その前に手紙を書くのが礼儀というもの……あ、これはきみのことを言ってるわけじゃないですよ」

「いいえ、僕もそれは承知しています。浅見さんには手紙もファックスも出しましたが、いつもナシのつぶてなのです」

「なるほどなるほど、そうなると絵樹クンとしては手の打ちようがありませんね。分かりました。僕が説得してみましょう。きみに会うのはいやでも、お母さんなら話は違うかもしれない。直接お母さんにお目にかかってもいいんでしょうね」

「もちろんそのほうが話が早いです。僕からお話しするより確かですし」

「いいでしょう、任せておいてください。どうせあいつは暇人ですからね、ちょこっと行ってもらいますよ。ところで、いまお母さんはどちらですか?」

「ですから、菱刈町です」

「菱刈町っていうと、どこでしたっけ?」

「鹿児島県です」

「鹿児島県……そうか、絵樹クンは薩摩《さつま》っぽでしたね。鹿児島じゃちょこっていうわけにもいかないかなあ……」

僕は安請《やすう》け合《あ》いをしたことを後悔したが、心配そうな絵樹クンの顔を見ると、すぐに胸を叩いて言った。

「なに、鹿児島だろうと香港《ホンコン》だろうと、たとえ天《てん》竺《じく》の果てでも、彼は僕の頼みには逆らえないはずです。まあ、大船に乗ったつもりでいて大丈夫ですよ」

「よろしくお願いします」

絵樹クンはほっとして、深々と頭を下げたのであった。

しかし、請け合ったものの、今度ばかりは浅見を説得できる自信はさすがになかった。なにしろ鹿児島は遠い。埼玉県や軽井沢に出掛けるのとはわけが違う。何よりも浅見の大嫌いな飛行機に乗らないと、ちょっと行けそうにない距離だ。


それでもとにかく、だめもとの精神で電話をしてみた。

電話には例によって、お手伝いの須美ちゃんが出た。浅見家に電話すると九割方は彼女が受話器を取る。運の悪いときは浅見の母堂の雪江《ゆきえ》未亡人が出ることもある。その場合は「あ、番号を間違えました」と電話を切ることにしている。うっかりこっちの名前を名乗ろうものなら、「光彦は当分のあいだ留守をいたしております」と、けんもほろろに撃退される。

須美ちゃんは少し離れたところにいるらしい浅見に『坊っちゃま、軽井沢のセンセですけど、お留守って言いましょうか』と言った。故意にそうしているのか、送話口の覆《おお》い方がいいかげんだから、筒抜けに聞こえる。まったく、雪江さんといい須美ちゃんといい、僕に対する剝《む》き出しの敵意はなんとかならないものかねえ。

　浅見はすぐに電話に出た。

「しばらくですね、お元気ですか」

　やけに愛想がいいと思ったら、「……奥様は」とつづけた。

「ああ、お蔭様で元気ですよ」

「そうですか、それは何よりです。じゃあ失礼します」

「あ、ちょっと待ちなさいよ」

　僕は慌てて大声を出した。受話器から離れた浅見の耳にも、これなら十分、届いたにちがいない。

「はあ、何でしょう?」

「きみに頼みたいことがあるんだけど」

「だめです」

「おいおい、用件も聞かずにだめはないでしょう」

「聞いても無駄なんです。ぼくは当分忙しいし、それに取材に出掛けますから」

「ふーん、珍しいねえ、曲がりなりにも仕事にありついているんだ。で、取材って、どこへ行くの?」

「遠くです」

「遠くって、どこさ」

「ものすごく遠くです。先生とは当分お目にかかれそうにありませんね」

「遠いったって、南極へ行くわけじゃないでしょうが」

「ははは、まさか、九州ですよ。熊本県と鹿児島県にまたがって。石橋を訪ねるルポの仕事が入りましてね」

「えっ、鹿児島県て言った?」

「そうですよ、遠いでしょう。遠い上に、これがけっこう時間を要することになりそうなのです」

「そうか、鹿児島か、それはちょうどよかった。鹿児島へ行くんだったら、ぜひ頼まれて欲しいのだけどね」

「分かってますよ、お土産《みやげ》はちゃんと買ってお送りします」

「いや、土産はいい……そりゃもちろん期待はしてるけどね。しかし頼みっていうのは別のことだ。鹿児島県の菱刈町ってところに寄ってもらえないかな」

「いいですよ」

あまりにもあっさり言ったので、僕は聞き違えたかと思った。

「きみの忙しいのはよく分かるけどさ、ほんのちょっと時間を割《さ》いて、立ち寄ってくれればいいいんだから」

「ですから、いいですよと言ってるじゃないですか。菱刈町なら、鹿児島から熊本へ行く取材ルートの道筋ですからね。で、何をすればいいんですか?」

「えっ、いいの? ほんと? そう、それじゃ頼みますよ。菱刈町に住んでいる女性に会ってくればいいの。女性といったって婆さんだから、面白くもなんともないけどね」

「またそういうことを……それで、その女性がどうしたんですか」

「うん、じつは、彼女が生命の危険を感じるような事件が起こっているらしい。電話だから詳《くわ》しいことは分からないが、僕に涙ながらに頼むんだ」

「生命の危険」などとは言ってないのだが、僕はかなりの脚色を加え、かつ絵樹卓夫の名前を出さないように注意して、大まかなことを説明した。

「分かりました。その女性の名前と住所を教えてください」

「名前は絵……いや、えーと、榎木……そう榎木っていったな」

僕は巧妙にごまかして、住所と電話番号だけは正確に伝えた。なに、いくらいやがっていても、向こうへ行って絵樹クンのお母さんに泣きつかれれば、その気になって相談に乗るに決まっている。浅見光彦というのはそういう男なのだ。

第一章　鹿児島五石橋

1

　軽井沢のセンセから用事を頼まれるとろくな結果にならないと承知していながら、つい引き受けてしまうぼくは、たぶんよほどのお人好しかアホにちがいない。

　今度のことだってそうなのだ。取材先がたまたま鹿児島で、センセの依頼と方角が一致したからといって、何もあっさり引き受けることはなかった。そう思いながら、うっかり「いいですよ」などと安請け合いをして、そのとたん後悔するのだから、ぼくはまったく主体性に欠ける。

　もっとも、センセに物を頼まれたが最後、トコトン断り抜くというのは、およそ至難の業《わざ》であることも確かだ。あの猫なで声で「浅見ちゃん」と言われると、まるで魔法にかかったように自己を喪失する。

　いつだったか、センセのお父さんのお墓に花を捧げるのは誰か——などという、ぼくにはまったく関係のないことに関わって、えらい目に遭った。いやだいやだと拒みつづけたのだが、気がついてみると、いつの間にかセンセの仕掛けた罠にはまって、「事件」にのめり込み、とどのつまりはわが浅見家どころか、ぼく自身の幼年期の秘密にまつわる、世にも奇怪な「事件」を掘り起こす羽目になった（『記憶の中の殺人』参照。）

　被害に遭うたびに、おふくろも須美ちゃんも、

「だから言わないことじゃない」という目でぼくを見る。軽井沢のセンセとのお付き合いは、ほどほどにしなさい——と、口を酸っぱくして言われながら、性懲りもなく毒牙にかかるのである。

今回も分かっていながらその轍《てつ》を踏むことになりそうだ。もっとも、今回に限っていえば、断る理由を探すのは難しかっただろう。何しろ、ぼくが取材に行く場所と、センセが相談を受けた依頼主のいる場所と、方角がそっくり一致したのだ。センセの言う「鹿児島県菱刈町」は確かに、取材の通過地点になっているのだし、依頼主が年配の女性とあっては、無下《むげ》な断りは言えない。義を見てせざるは勇なきなり——などと粋がるつもりはないけれど、まあ、ついでのことだから——と、軽い気持ちで引き受けた。

それに、センセの話を聞いてみると、ちょっと面白そうな事件らしいし、本来の仕事のほうがあまり気分の乗らない話だったことも手伝って、「いいですよ」という言葉がすんなり口をついて出た。

今回の、鹿児島から熊本にかけての取材は「石橋」の探究が目的であった。そもそものきっかけは、「鹿児島の五大石橋が消える」というニュースに、雑誌「旅と歴史」の藤田《ふじた》編集長が心を痛めたことに始まった。

ずいぶん長い付き合いになるけれど、あの藤田氏に痛む心があるなんてことは、いまのいままでぼくは知らなかった。もっとも、ひとの心を痛めつけることに関しては、軽井沢のセンセと並ぶ天才だ。過酷な条件で仕事をさせ、その結果や書き上がった原稿は容赦なく貶《けな》す。あの二人の辞書には「満足」とか「感謝」とかいう言葉は載っていないにちがいない。

その藤田氏が新聞の記事をつつきながら、「惜しいねえ、勿体《もったい》ないよ。なんとかならなかったのかなあ」と、世にも悲しげな顔をして、しきりに嘆いてみせるのだ。

新聞記事は、鹿児島市内を流れる甲突《こうつき》川に架かる五つの石橋の話を書いていた。五石橋《ごせっきょう》とは、上流から「玉江《たまえ》橋」「新上《しんかん》橋」「西田《にしだ》橋」「高麗《こうらい》橋」「武之《たけの》橋」。

「きみは知らないだろうけど、どれもじつに美しい橋ばかりでね、江戸末期の建造だから、かれこれ百五十年以上も昔の『作品』だ。ああいうのはもう、単なる建造物というだけではなく、一つの史跡であり美術品といってもいい」

その「史跡」が先年の洪水で五橋のうち二橋が流失、他も被害に遭った。それと同時に、川から水が溢れ、市街地が冠水したのは、アーチ型の石橋が流れを妨げたからだとの声が高まった。それやこれやで鹿児島県は橋を復旧するに当たって、従来の石橋ではなく、近代的なコンクリート橋に造り変えることに決めたというのだ。

「じつはね、橋を架け替える話は、洪水が起こるずっと前からあったんだ。何しろ古い橋だもんだから、交通量に限界がある——というのが、その主な理由だけどね。しかし、本当の目的は架け替え事業そのものにあったという、もっぱらの噂だ。つまり、バックにはゼネコンや建設業者の意思が働いたというわけだ。ところが、地元の猛烈な反対運動に遭って、架け替え話が出るたびに頓挫《とんざ》していた。

それがこの前の洪水で橋が流されて、反対運動も何も吹っ飛んでしまった。まあ、業者にとっては渡りに船じゃなく、渡りに橋みたいなものだったろうけどさ。それでもなお、橋を復旧、保存しようという運動はあったらしい。しかし、すでに肝心の石橋が流されてしまったのだから、反対運動にも元気がなかった。それに費用の点でも石橋は不利だし、アーチ型という構造上、洪水時の流量が限定されるといった欠点もあって、結局、石橋は完全撤去されることになった。ついでに、上流に生き残っていた橋まで取り壊される羽目になったのだそうだ」

「はあ、そういうことですか」

藤田氏の熱っぽい話を聞いても、ぼくにはいまひとつピンとくるものがない。だからどうした？

――という感じだ。

「どう思う？」と藤田氏は訊いた。

「どうって言いますと？」

「だからさ、石橋がなくなるってことをどう思うかって訊いているんだよ」

「そうですねえ、ちょっと惜しい気はしますね」

ぼくは素早く藤田氏の顔色を読んで、迎合するような答え方をしたのだが、それでも彼には不満らしかった。

「ちょっとどころか、じつに惜しい。日本の貴重な文化遺産がまた消えてしまうのだからね。そもそも、鹿児島の五石橋っていうのはだね……」

それから藤田氏の石橋談議を、えんえんと聞かされた。興が乗ると、ときどき演説口調に、「五石橋」というより「御説教」みたいなことになった。

しかし、聞いてみるとなるほど、藤田氏が石橋に魅かれるのも頷けないこともない。石橋の歴史は確かに興味深いものがある。熊本県矢部《やべ》町にある「通潤橋《つうじゅんきょう》」――よく観光写真などに出ていたり、季節のテレビニュースで紹介される、橋の真ん中から滝のような放水をするあの橋も、代表的な石橋であることをあらためて知った。

もっとも、何の知識も持ち合わせていなければ、石橋といったって、ただの「石で出来た橋」ぐらいにしか思わないだろう。木で出来た橋、鉄とコンクリートで出来た橋と大した違いはなさそうだ。

ところが、石橋はこれといった構造材を使っていないというのだから、「へえーっ」と驚くし、興味も湧く。だいたい、石組みだけでどうやって、あの巨大な橋を支えているのか不思議に思えてくる。それを、科学的な知識や計算式もなかったような江戸時代に造ったのだから、いよいよ驚きだ。

一般的によく知られている石橋というと、通潤橋もそうだが、何といっても長崎の「眼鏡橋《めがね》」だろう。眼鏡橋は一六三四年に如定《にょじょう》という唐僧によって建造された。三百五十年以上も昔のことだ。いまでも驚くほどだから、橋脚《きょうきゃく》も橋桁《はしげた》もない石の橋に、当時の長崎の人々はさぞかし驚いたにちがいない。ぼくもその原理を考えてみたが、どうやって造ったのか、すぐには理解できなかった。

「そうだろう、分からないだろう」

藤田氏は嬉しそうに言った。

「小さな眼鏡橋でも驚くのだから、通潤橋や鹿児島の五石橋みたいな巨大な橋にはなおさら感心させられるよ。通潤橋にいたっては、橋の上を水が流れている。それもただ流しているんじゃなくて、サイフォンの原理を応用しているんだから凄い。そういう石橋が九州地方には何百とある。いや、九州だけじゃない、東京にだってずいぶんあったんだ。浅見ちゃんは知ってるかい？」

「東京の石橋ですか？　いや、ぜんぜん知りません」

「だろうな。情けないけど、それが現実というものだ。いまでも残っているのは、日本橋ぐらいなものかな」

「えっ、日本橋がそうなんですか」

「そうだよ。なんだ、そんなことも知らなかったのか」

藤田氏は大いに慨嘆《がいたん》した。

「東京に架けられた石橋といえば、まず何といっても皇居の二重橋《にじゅうばし》がそうだろう。それから現在も名前だけは残っているのが万世橋《まんせいばし》、浅草橋《あさくさばし》、蓬《ほう》莱《らい》橋、江戸橋、京橋、鍛冶《かじ》橋、呉服《ごふく》橋なんかがそうだ」

指折り数えるようにして言った。聞いてみると知っている名前ばかりなので驚いた。

「へえーっ、それがみんな石橋だったんですか。交差点の名前のようなところばかりじゃないですか」

「いまはほとんどがそうだな。橋はあっても石橋ではない。大抵は路面電車を走らせるとき、道路を平らにする必要から架け替えたようだ。貴重な文化財でもなんでも、自分の都合のいいように変えてしまうのは、都会人の悪い癖だよ。長崎の眼鏡橋が残ったのなんかは、奇跡といっていい。そこへゆくと、九州のローカルには通潤橋をはじめ、すばらしい石橋がいまも無数といっていいくらい残っている……」

そこまで話してきて、藤田氏はふと思いついたのか、「そうだ！」と大声を発してデスクを叩いた。

「『旅と歴史』の次の特集は九州の石橋にしよう。

タイトルは、そうね、『奇跡の石橋』とか『生きている石橋』とかいうのはどうだい」

「はあ、いいかもしれませんね」

ぼくは正直に、あまり気乗りしない言い方をしたが、藤田氏は気がつかない。

「石橋の歴史だけだと、焦点が散漫になるから、岩永三五郎《いわながさんごろう》とその一統の系譜を交えて、『石橋物語』みたいなやつでいこう」

「何ですか、その岩永三五郎というのは？」

「肥後《ひご》――つまり熊本の石工《いしく》の元祖といってもいい人物だよ。鹿児島の五石橋を造ったのが彼だ。薩摩藩の依頼で一族郎党を引き連れて鹿児島へ行った。五石橋を造ったのはいいけれど、秘密漏洩《ろうえい》を防ごうとする薩摩藩の手で、すんでのこと、皆殺しに遭うところを逃れ、以後、三五郎とその一統が肥後を中心に無数の石橋を建造したのだ。例の通潤橋も三五郎の甥《おい》によって造られた」

よっぽど石橋に惚れ込んでいるのか、藤田氏の口調はだんだん熱を帯びてくる。結局、岩永三五郎一族の石橋造りをテーマにしながら、肥後地方から薩摩地方の歴史や民俗を描く――ということに落ち着いた。

それにしても、ぼくにとっては縁もゆかりもない石橋がテーマでは、さっぱり食指が動かなかったのだが、資料や地理を調べているうちに、石橋とは別の次元のことを拾いだした。

岩永三五郎が辿《たど》った、肥後から薩摩へ抜ける道は、どうやら、西南戦役のときに、西郷隆盛《さいごうたかもり》の軍勢が進軍したり敗走したりしたルートと重なるらしいのだ。しかも、その道は、すでに廃線になった旧国鉄「山野《やまの》線」が通っていたルートも近い。ついい最近、何かの雑誌で山野線を紹介する写真とエッセイを見たばかりだったから、その風景のしっとりした情感が記憶に新しかった。

これはちょっと面白いかな――と思ったところに、軽井沢のセンセからの「依頼」が持ち込まれた。依頼の内容はともかくとして、こんなふうについでが重なるのなら、行き甲斐もあるというものだ。

それに、どういうわけか、藤田編集長から出た取材費もいつもより潤沢《じゅんたく》だった。「旅と歴史」編集部に打合せに行くと、珍しく経費を先払いして、おまけに「飛行機を使ってもいいし、レンタカーを借りてもいい。一応、一週間分の経費を出しておこう」と、やけに気前のいいことを言ってくれた。

あまり愛想がいいのも気味が悪い。何かよくないことが起きなければいいが――と心配したそばから、藤田氏は「そうそう」と言い出した。

「ついでと言っちゃなんだが、鹿児島へ行ったら、ちょっと寄ってもらいたいところがあるんだけど、まあ、メシでも食いながら話そうか」

まだ昼食には早すぎる時刻だったのに、わざわざ近くのレストランに連れだした。二千五百円のステーキ・ランチに食後のコーヒーまで御馳走してくれたから、これはもう、ただごとではない。

「じつはね、僕の友人の娘で、鹿児島の女子大に行ってるのがいるが、そのコがどんな様子か、ちょっと寄って見てきてやってくれないか」

コーヒーを啜《すす》りながら、ようやく切り出した用件がそれだった。

「はあ、それだけですか」

ぼくは拍子抜けして言った。

「うん、それだけでいい」

「どこの人なんですか、そのご友人というのは？」

「ん？　東京の人間だけど」

「それなのに、娘さんは鹿児島の女子大ですか」

ぼくはピンときた。どうやら、その辺りに何かいわくがありそうだ。

「何でまた、鹿児島の大学を選んだのですかね？」

「さあねえ、どういう理由か知らないよ。まあ、年頃の女のコなんてのは、親元を離れてみたいもんじゃないのかな。大学の寮に入っているから、べつに心配することはないらしいけどね」

「えっ、女子大の寮へ行くんですか？」

「そうは言ってないさ。電話でもして呼び出すか、大学のほうで会ってもいいだろう」

「それにしても女子大ですか……」

「なんだ、赤くなって。そんなうぶな歳《とし》でもないだろう」

「赤くなんかなっていませんよ。分かりました、会って近況を聞けばいいんですね」

「そういうことだ。ついては、手ぶらで行くのもなんだろうから、これを持って行ってくれるよう頼まれた」

上着の内ポケットから白い角封筒を取り出した。手にすると、封筒の中身は細長い小箱のような形をしている。

「時計か何かですか？」

「だと思うけど、中身は知らない。誕生日プレゼントだそうだ」

だったら送ればよさそうなものなのに——と思ったが、そう言っちゃ身も蓋《ふた》もない。それに、ぼくとしても手土産の心配をしなくてすむぶん、助かる。

　女子大生の名前は「ゆるかさとみ」。

「どんな字を書くんですか？」

「緩いに鹿だ」

　藤田氏は大学の住所を書いたメモ用紙に、「緩《ゆる》鹿《か》と書き、「智美《さとみ》はきみの姪御《めいご》さんと同じだ」と言った。

「緩鹿とは珍しい名前ですね。本名ですか」

「当たり前だろう。たしか岐阜県かどこかの山の中が出身地だから、その辺りに多い名前なんじゃないのかな。とにかく、そういうことだから、よろしく頼んだよ」

　何となく、それ以上の詮索《せんさく》を拒否するような口ぶりで言った。ぼくとしては、どういう友人なのか、どういう義理があって、そんな用件を依頼されるのかなど訊いてみたかったのだが、その余地を与えなかった。

2

　緩鹿智美が通う霧隼《きりはや》女子大学は鹿児島県隼人町《はやとちょう》というところにある。地図で見ると、隼人町は鹿児島県のほぼ中央、鹿児島湾（錦江湾《きんこうわん》）の最奥部――桜島の真北にある。霧隼女子大の位置は、九州自動車道の溝辺《みぞべ》鹿児島空港インターと加治木《かじき》インターのちょうど中間辺りだ。

　加治木から鹿児島市内まではおよそ三十キロ。高速なら二十分で行ける。藤田氏のために「五石橋」のその後の様子を見に行くのもいいだろう。

　いっぽう、もう一つの目的地、菱刈町は、溝辺鹿児島空港インターより二十キロほど北にある栗《くり》野《の》というインターを出て、国道２６８号を北西へ十キロあまり行ったところであった。廃線となった旧国鉄――ＪＲ「山野駅」は栗野から熊本県水俣《みなまた》市までの路線で、菱刈町を通り、栗野で肥薩《ひさつ》線と交差していた。

西郷隆盛の率いる薩摩軍は、熊本へ進軍したときは鹿児島から西へ出て、海岸沿いを水俣――八代《やつしろ》――熊本と北上したのだが、敗走の際は八代から内陸へ、人吉《ひとよし》街道沿いのいくつかのルートに分かれ、現在のえびの市付近で国境を越え、栗野、横川《よこがわ》を通ったあと、隼人、加治木付近では山中の道なき道を抜け鹿児島へ帰ったということだ。

こうしてみると、目的地のどこも九州自動車道沿いにある。飛行機で鹿児島空港まで行って、そこでレンタカーを借りる――というのが第一感だったが、地図を眺めているうちに、僕は別のルートを思いついた。自分の車でフェリーを使って行く方法だ。

川崎《かわさき》から出る「マリンエキスプレス」というフェリーが、宮崎港まで直航している。宮崎は九州自動車道の支線、宮崎自動車道の起点である。自動車航送料を含めた運賃は、空路を利用するより片道三万円ほど高い計算だが、空港までのアクセスや、向こうへ行ってからレンタカーを借りて一週間、乗り回すことを考えると、トントンか。自分の車のほうが安心だし、それに、何よりも飛行機に乗らなくてすむのがいい。

というわけで、ぼくは夕刻、川崎を出港するフェリーで鹿児島―熊本取材の旅に出発した。これだと、翌日の午後四時、宮崎入港までは、のんびり船上で過ごせる。唯一の心配は海が荒れることだったが、五月の海は穏やかだ。夜もよく眠れたし、晴れ渡った空の下に九州の山並みが美しかった。

　もっとも、午後四時の到着というのは、ほとんどその日は仕事にならない。ぼくはとりあえず宮崎市内の安いビジネスホテルを探して、泊まった。

　霧隼女子大の寮に電話してみたが、緩鹿智美は留守とのことだった。大学へ行っているのかどうか、何時頃に戻るのか訊いたが、分からないらしい。門限は一応、十一時となっているそうだが、そんな夜中に電話するのも気が咎《とが》めるので、こっちのホテルの番号を伝えておいた。しかし結局、緩鹿智美からの連絡は入らなかった。

　翌朝は九時にスタート。ふだんのぼくの生活からは考えられない早起きである。チェックアウトの前に、もう一度、電話をしてみたが、やはり緩鹿智美は留守とのこと。八時半を過ぎていたから、すでに大学へ向かったのかもしれないが、そのとき、ぼくの胸をふっと、いやな予感が過《よぎ》った。

（ひょっとすると、昨夜は寮に帰っていないのじゃないかな？——）

　女子大の寮生活がどういうものか、あまりよくは知らないが、それほど自由気儘《きまま》というわけにはいかないはずだ。門限を守らない場合には、それ相応のペナルティが科せられるのではないだろうか。

　もし帰寮していなかったとしたら——などと、いろいろ考えると、しだいに憂鬱《ゆううつ》になってきた。親元を離れて寮生活をしていると、つい自堕落な生活に陥《おちい》りやすいのかもしれない。ひょっとすると、とんでもないパッパラパーの女子大生かもしれない。

　もっとも、どんな相手だろうとぼくの知ったことではない。とにかく頼まれた土産品を渡して近況を尋ねれば、それでお役御免。まあ、軽い気持ちで会うことにしよう。

宮崎自動車道は都城《みやこのじょう》市付近まで西進し、そこから北西に向きを変えて小林《こばやし》市を抜けて行く。小林市の南隣の高原《たかはる》町には、神武《じんむ》天皇が即位したとされる「狭野《さの》神社」がある。以前『高千穂伝説殺人事件』のときにそこを訪れたことを思い出す。その当時はまだ自動車道が全通していなかったから、ずいぶん時間がかかったものだ。

えびのジャンクションで九州自動車道に合流、南下すると三十五キロほどで溝辺鹿児島空港インターである。そこからは一般道で十キロあまり。宮崎市内を出てからおよそ二時間、午前十一時には霧隼女子大に到着した。

隼人町の中心部から西へ、畑や林を抜け、山道を登って行くと、道路の左手に大学の正門と守衛所がある。門を入ってさらに急な坂を三百メートルほど登ると、見晴らしのいい高台に達する。芝生や植え込みの花壇が美しいキャンパスに、クリーム色の五つの建物が並ぶ。正面の建物が最も古く、そこにどうやら事務局があるらしい。

キャンパスには当然のことながら、若い女性の姿ばかりが目につく。まだ少女みたいな女性も多いのだが、ぼくにとっては、どっちにしても眩《まぶ》しい存在だ。車を駐車場に置くと、逃げ込むように建物に入り、事務局を訪れた。ここは半分近い職員が男性なので、ほっとした。

応対に出た女性職員に、学生の呼び出しを頼めるかどうか訊いた。「緊急の場合にはお受けしますけど」ということだ。緊急というほどのことはないが、とにかく東京から来た者であり、ちょっと会って、ご両親に託された品を渡したいと言った。
東京から——というのが効いたのか、女性は上司と相談して、昼休みになったら構内スピーカーで呼び出してもいいと言ってくれた。一時間近い暇ができたので、ぼくは鹿児島神宮を訪ねることにした。

この地方に伝わるものの本によると、八幡大菩薩《はちまんだいぼさつ》はまず大隅《おおすみ》国に顕現《けんげん》し、次に宇佐宮《うさぐう》へ遷《うつ》り、さらに石清水《いわしみず》に遷ったことになっているらしい。国の守護神である八幡神のルーツとあって、朝廷の崇敬も篤《あつ》く、十四世紀頃までは、大隅正《しょう》八幡宮の社領は大隅国の半分以上を占めていたというのだから、その権勢たるや相当なものだったにちがいない。

しかし、その大隅正八幡宮も南北朝以降は衰退し、やがて島津《しまづ》氏をはじめとする周辺の豪族などによって社領を侵食され、ほとんど消滅した。それでもなお、鹿児島神宮としてその形だけは残したのだから、やはり相当な権力を持ち、信仰の対象になっていたにちがいない。

そういう歴史を辿ると、この地は現在の鹿児島市などより中央政権と近い関係にあったことが分かる。この地域の富はここに集中した時期もあったことだろう。

ぼくは「隼人」という町があるなんてことは、今度の旅に出る前、にわか仕込みに資料を調べるまで知らなかったが、隼人そのものは「薩摩隼人」というくらいだから、もちろん知っていた。「隼人」を広辞苑で引くと〔はやひと〕と読むのが本来だそうだ。解説には〔古代の九州南部に住み、風俗習慣を異にして、しばしば大和の政権に反抗した人々。のち服属し、一部は宮門の守護や歌舞の演奏にあたった。」とある。北の「蝦夷《えみし》」と同じような存在だったのだろう。

町の名前が「隼人」になったのは昭和四（一九二九）年で、その前は「西国分村《にしこくぶ》」といった。その後、昭和二十九年に隣接する「日当山町《ひなたやま》」と合併、いったんは「隼人日当山町」になったが、三十二年に「隼人町」と改称した。

こういう地名の変遷を見るだけでも、その土地柄がしのばれて興味をひかれる。「隼人日当山町」なんかより「隼人町」のほうがすっきりして、迫力があって、はるかにいいに決まっているのだが、旧名をどこかに残したいという住民の気持ちも無視できなかったのだろう。

三重県にはかつて「斎宮村《さいくう》」という由緒《ゆいしょ》正しい名の自治体があった。この名前がその後の二度にわたる町村合併を通じて消えてしまった。合併の都度、両方の町村名の文字を一つずつカットした結果、そういうことになった。現在「斎宮」は「明和町《めいわ》」の一地区名として残るのみである。「明和町」も、名前そのものだけを見れば、文字通り明るくて平和で悪くはないけれど、まったく平凡で味わいに欠ける。「斎宮町」のほうが歴史的重みもあるし、第一、観光資源になるのでは――と、ぼくのような余所者《よそもの》は思いたくなる。

東京の地名も同様の運命を辿ったケースが多い。「駕籠町《かご》」「末広町」「菊坂町」「牛込」など、由緒も雰囲気もある地名が、いまや利便性を優先して「○○×丁目」と、味もそっけもなく整理整頓された。

そこへゆくと「隼人」という地名には、そこに住む人々の威勢のよさやプライドの高さまで感じられて、羨《うらや》ましいくらいだ。歴史的にも、景行《けいこう》天皇・仲哀《ちゅうあい》天皇の「熊襲征伐《くまそせいばつ》」、大伴旅人《おおとものたびと》のときの「隼人の反乱」など、八世紀初頭には隼人族の力はかなりのものだったことが分かっている。

霧隼女子大には正午の五分前に戻った。それからしばらく経《た》ってチャイムが鳴り、その直後に構内放送で呼び出しがあった。「緩鹿智美さん、緩鹿智美さん、事務局受付まで来てください」と、二度繰り返した。来客だとは告げていない。

それからさらに待つこと数分、事務局のカウンターに女子学生が現れ、職員に「緩鹿ですけど」と声をかけた。女性社員が「ああ」と応じて、ぼくのほうに手を差し延べ、「あのお客さんがご面会ですよ」と言った。

ぼくは近づいて、軽く会釈《えしゃく》しながら「浅見といいます」と名乗った。

緩鹿智美は怪訝《けげん》そうな目でぼくを見て、「緩鹿です」とお辞儀をした。

現れたときにすぐ（美人だな――）と思ったけれど、面と向かうと、ちょっと圧倒されるほど整った顔であった。目がむやみに大きく、タレントの安達祐実《あだちゆみ》を少し面長にした感じだ。「あの、どういう？」と問いかける目で見られて、ぼくは思わず視線をはずしたほどである。

「ちょっと外へ出ませんか」

ここはカウンターの前で、職員や学生が大勢いる。そんなところで立ち入った話をするわけにもいかない。緩鹿智美は職員のほうにチラッと視線を送った。見知らぬ男を前に、いくぶん不安そうだったが、それでも素直についてきた。

玄関を出て、石段を下り花壇のあいだの小径《こみち》を少し歩いた。天気はよく、昼休みを楽しむ学生たちが散策している。高台の緑のところで立ち止まり、ぼくはあらためて名刺を出し、挨拶《あいさつ》を交わした。

「じつは、『旅と歴史』の藤田編集長に頼まれて、これをお渡しにきました。ご両親からのお誕生日プレゼントだそうです」

　ポケットから例の封筒入りのケースを出して、手渡した。緩鹿智美は一瞬、躊躇《ちゅうちょ》しながら受け取り、そのまま掌の上に載せた恰好《かっこう》でいる。受け取ったものの、どう処理すべきか困っている様子に見えた。

「それから、近況をお聞きしてくるようにとのことでした」

「近況といっても、べつに変わりはありませんけど」

「緩鹿さんはいま、何回生ですか?」

「四年です」

「専攻は?」

「史学です」

　どうも素っ気ない返事で、話題が発展する糸口も摑《つか》めない。

「いいところですねえ」

　ぼくはややわざとらしく手をかざして、正面に広がる風景を眺めた。高台からは、遠く錦江湾や桜島までが見渡せる。

「ええ、いいところです」

「そこに秘密ありですか」

「は?……」

　ようやく、こっちの投げた意味不明の問い掛けに反応らしきものを示した。

「緩鹿さんは東京を離れて、あえて鹿児島の大学を選んだのはなぜなのか、不思議でならなかったのですが、こんないいところなら、納得できます」

「べつに景色に憧れてきたわけではありませんけど」

「というと、どういう理由ですか?」

誘導尋問《じんもん》に引っ掛かるかと思ったが、緩鹿智美はあっさり、「勉強がしたかったからです」と、はぐらかした。

「なるほど、そりゃそうですね」

ぼくは照れ隠しに「ははは」と笑った。

「浅見さんはこちらには、お仕事ですか?」

逆に訊かれた。わざわざ「プレゼント」を渡すために来たわけではないだろう。何か、身辺を探る目的でもあるのでは——という疑惑が込められているような訊き方だ。

「ええ仕事です。ルポライターをやっていましてね、今回は藤田さんの依頼で、鹿児島の石橋を取材しにやって来ました」

「石橋を?……」

「鹿児島市内にある五つの石橋が壊され、撤去されるとかされたとかいう話です。その顚末《てんまつ》を取材して、併せて石橋の歴史や、その背景にある人間模様をルポするつもりです」

「へえー、そうなんですか」

緩鹿智美の目が急に輝いたように見えた。頰《ほお》の辺りの筋肉が緩んで、なんだか好意的な表情になっている。

「いままで知らなかったのですが、熊本を中心として、九州には石橋がむちゃくちゃに多いのだそうですよ。長崎の眼鏡橋もそうだけれど、通潤橋という、水を滝のように流す橋だとか……知ってますか、通潤橋」

「ええ、もちろん知ってますけど」

「でしょうね、あれは有名だからなあ。そのほかにも霊台橋《れいだいきょう》だとか、諫早《いさはや》の眼鏡橋だとか、とにかくいい橋が無数にあります。まあ、関心のない人にはつまらない話かな」

「関心はあります」

「そうですか、それならいいですけどね。その石橋の代表格が鹿児島の五石橋だったのだけど、それが洪水でやられてしまった。この鹿児島の五石橋というのは、肥後の石工の、えーと、何とかの三五郎という……何の三五郎だったかな、大瀬《おおせ》の半五郎《はんごろう》は清水次郎長《しみずのじろちょう》の子分だけど……」

「岩永三五郎です」

「ああ、そうそう岩永……ほう、緩鹿さんは知ってるんですか」

「知ってますよ、そのくらい」

馬鹿にしないでよ——と、笑った目で睨《にら》まれた。

「そうですか、さすが鹿児島ですねえ。じゃあ、その岩永三五郎があぶなく殺されかかったという話も知ってますか？」

「もちろん知ってますけど、でも、それは作り話なんですよ。薩摩藩の秘密を守るために皆殺しに遭うというので、肥後の石工が逃げだしたっていうんですけど、そんな馬鹿なことはありませんよ。現に、一人として殺されなかったし、その後も肥後の石工は薩摩に招聘《しょうへい》されて、石橋を造りに来ているんですからね。もし、薩摩がそんなひどいことをするっていうのが事実だったら、二度と石工はやって来なかったでしょう」

義憤を感じるように熱心に話す彼女の口許を、ぼくはたぶん、阿保みたいな顔で眺めていたにちがいない。

「驚いたなあ……なんだ、あなたは詳《くわ》しいんですね。鹿児島ではそういう話は、誰でも知っているんですか？」

「誰でもっていうわけじゃないですけど、でも、かなりの人が知ってると思いますよ。五石橋問題で市民の関心が高まったし、私の先生が鹿児島の石の文化や石橋の話を新聞に連載してましたしね」

「というと、緩鹿さんも石橋の研究を？」

「ええ、石橋だけじゃないですけど、卒論のテーマに、石の文化史みたいなことをやってます」

「そうだったんですか……あははは、それじゃまるっきり、釈迦《しゃか》に説法じゃないですか。参ったなあ……」

ぼくは大口を開けて笑ってしまった。しかし、恥はかいたけれど、思いがけない好運に出会ったことも確かだ。

「できればその、あなたの先生に紹介してもらえませんか。いま、大学にみえているんでしょう？」

研究室のありそうな建物を振り仰いだが、緩鹿智美は「いいえ」と首を横に振った。

「田平《たひら》先生……私の先生は田平芳信《よしのぶ》さんていうんですけど、大学の先生じゃないんです。もう退官されて、ご自宅で研究をなさっておいでです。本来は東洋文化史がご専門でしたけど、鹿児島の石の文化に魅せられて、それがいまはライフワークになってしまわれたみたいです。例の五石橋問題では反対派を理論的にバックアップしておられました」

「それだったら取材対象としては理想的ですね。ぜひ紹介してくれませんか。もしあなたが忙しければ、電話を一本していただくだけでもいいいです」

「そうですねえ……どうしようかなあ。先生のご意向もお訊きしてみなければ……」

「もちろんそうですね。じゃあ、あとで連絡してくれませんか。ぼくはこれから車で鹿児島市内のホテルに向かいます。ここに電話してください」

「あら、鹿児島市内へ行くんですか？　だったら乗せて行ってください。私も市内へ行くところでしたから」

「えっ？　しかし、午後の講義は？」

「午後の講義は出なくてもいいんです。いまはそれより、田平先生のところへ行ったほうが、卒論の資料が沢山《たくさん》ありますから」

「えっ、田平先生は鹿児島市ですか。なあんだ、それじゃ先生のところに連れて行ってくださいよ。もちろん乗せて行きますけど」

「そうですね……とにかく行ってみましょうか。まさか追い返すこともしないと思いますから」

緩鹿智美は吹っ切れたように明るく言った。思いがけず、重ね重ねの好運であった。

3

鹿児島市へ向かう前に、ちょっと寄り道して見せたいものがあると緩鹿智美クンが言う。彼女の指示に従って車を走らせた。

目的の場所は隼人町のはずれの田園の中にある、高さがせいぜい三十メートルほど、直径が五、六十メートル程度の、凸型をした台地のような小さな岩山だった。凸の上の部分は木立に覆われた祠《ほこら》のような神社だそうだ。道路に面して朱塗りの鳥居が建ち、そこから急峻《きゅうしゅん》な石段が立ち上がっている。

「岩山の周囲が、一面の磨崖仏《まがいぶつ》なんです」

智美クンが解説した。なるほど、近づいてみると、垂直に切り立った岩肌には、大小さまざまなレリーフのような仏像が彫られている。グルッと一周するあいだ、一部崩れ落ちたものを別にすれば、仏像はほぼ切れ目なく続いていた。

鳥居のところまで戻り石段を登る。外側からは全部が岩だけの山に見えるが、山上には中央付近の木立の周りにも、丈の低い灌木《かんぼく》が生えている。岩でできた巨大な器の中に、土が詰まっていて、樹木を繁らせているといった印象だ。

「ここはいったい何なんですか？」

ぼくは訊いた。

「昔の石切り場の跡です。周りから石を掘ってきて、ここが残ったんですね。田平先生のお話によると、土地の神様に感謝の意を込めて、最後に石の崖に仏像を彫って、頂《いただき》に神様を祀《まつ》ったたっていうことみたいですよ」

「なるほど、そういうもんですかねえ。ぼくなんかが見ると、石工たちが、暇つぶしに彫ったイタズラ描きみたいなものかと思えちゃうけど」

とたんに、智美クンは軽蔑したような目でぼくを睨んだ。

岩山の上にも鳥居があった。下の鳥居は大きくて立派だが、こっちは小さくて、いまにも朽《く》ちそうに貧弱だ。

木立の中の社殿は、高さはほんの三メートル足《た》らず。造作のほうも素朴――というより粗末なものであった。屋根は近年になって葺《ふ》き替えたらしく、トタン葺きになっている。木組みのガッシリした朱塗りの建物の部分も、そう古いものには見えない。

社殿の脇に町の教育委員会が建てた由緒書きがある。この社殿の祭神は菅原道真《すがわらのみちざね》で、地元では古くから「天神様」と呼び習わされているそうだ。現在の建物に建て替える際、旧《ふる》い社殿に上げられていた棟札《むなふだ》に、「建武《けんむ》二年」に建てられたことを示す記述があったので、創建は一三〇〇年代と推定されるという。

「建武といえば、『建武の中興《ちゅうこう》』で後醍醐《ごだいご》天皇が足利尊氏《あしかがたかうじ》を九州に追っ払った頃の話ですね」

ぼくが言うと、智美クンは（へえーっ）という目になった。案内はしたものの、フリーのルポライターなんて、真面目に取材しているのかどうか、知れたもんじゃない——とでも思っていたらしい。

「そうして、地方武士の勢力が台頭して、荘園《しょうえん》制度が崩壊した時代でもあるわけだ。さっき、鹿児島神宮を見てきたけど、鹿児島神宮の前身、大隈正八幡宮の支配が終わり、島津氏などによって社領地のほとんどを奪われたのはその少し後だったかもしれませんね。だとすると、この『天神様』は大隈正八幡宮など神社勢力が強かった時代の最後の遺産のようなものといっていいのかもしれない」

智美クンはますます感心したような目で、ぼくを見つめた。ぼくは気分をよくして、思いついたことをベラベラ喋《しゃべ》った。

「そう思って眺めると、この小さな杜《もり》には、滅び去った神々の怨念が漂っているようにも思えてきませんか。ぼくのような、現代の罰当たりでさえそう感じるのだから、昔の信心深い人々はなおのこと、畏《おそ》れを抱いたことでしょうね。おまけに、杜の周囲の岩に仏像が刻んであっては、聖地か禁《きん》忌《き》の地かはともかく、近寄り難い尊崇《そんすう》の対象になっていたとしても不思議はないですよ。上の社殿ばかりでなく、この台地全体が荒らされずに残ったのは、そのためと考えられます」

「浅見さんて、いろんなことを考えるんですね。そういうのって、ほとんど妄想に近いんじゃないかしら」

「妄想……」

ぼくはガックリきた。智美クンは感心してくれているのかと思ったのだが、じつは呆《あき》れて見ていたようだ。

「そんなことより、あの山の麓《ふもと》の崖を見てくださいよ。かつてはこの辺り一帯で良質の石材が産出していたらしく、あの辺りまで石切り作業の跡が残っているんです。ね、ものすごい広さでしょう」

指先をはるか二キロほども先の東の方角へ向けて、誇らしげに言った。

どうやら、歴史や人間の営みといったことに興味を惹《ひ》かれがちなぼくと違って、智美クンの関心は純粋に「鹿児島の石」だけにあるらしい。たぶん強固な唯物《ゆいぶつ》論者なのだろう。

「向こうの山の崖にも、磨崖仏が彫ってあるんですか」

「いいえ、どうして？」

「だって、さっき緩鹿さんは、石切り場では、石を掘り尽くした跡に、石工が感謝の気持ちを込めて仏像を彫ったと言ったじゃないですか」

「ああ、それは確かにそう言ったけど、どこでもそうだったとは限りませんよ。それに、石切り場じゃないところに、磨崖仏だけを彫ったのもあるんですから」

「ふーん、どうしてだろう？」

「どうしてって、何がですか？」

「つまり、同じ石切り場跡なのに、仏像を彫るところと彫らないところと、どう違うのかなと思って」

「そんなの分かりませんよ。石工の勝手でしょう。浅見さんて、ヘンなことに疑問を抱くんですね。さ、鹿児島市へ行きましょう」

智美クンは、面倒見切れない——と言いたげに、さっさと歩きだした。

ふたたび溝辺鹿児島空港インターから九州自動車道に入る。途中の「桜島」というサービスエリアで食事をした。その名が示すとおり、高台からは噴煙を上げる桜島が見える。ぼくはカレーライスを、智美クンはスパゲディを注文した。

「せっかく鹿児島に来て、初めての食事がカレーとは、ぼくも芸がないな」

自嘲ぎみに言うと、智美クンは「あら、私も同じ」と、おかしそうに笑った。

「私も生まれて初めて鹿児島に来たとき、何を食べればいいか分からなかったし、心配だったから、とにかく間違いのないカレーライスにしたんです」

「そう、それですよ、それ。カレーライスだけは、日本中どこへ行っても似たような味です。熱くて辛いから、食中毒の心配はないし、それに、多少不味《まず》くてもカレーはカレー。値段も安いから惜しい気はしない。標準語っていうけど、カレーは標準食ってところかな。考えてみると、これって、すごい食文化ですよ」

「そういえば、こっちに来るとき、何よりも心配だったのは、食べ物と言葉の問題だったんです。

ほら、鹿児島弁てすごく難しいっていうでしょう。もし通じなくて笑われたら、どうしようかと思って。だけど、そんなのぜんぜん問題なかった。よっぽどのお年寄りでもなければ、ふつうに喋ってくれます。かえって、あんまり標準語なんで、つまらないくらい」

「そうですね。言葉もくらしぶりも画一的になってしまって、ローカルカラーがどんどん失われてゆくのは残念です。それにしても、緩鹿さんはそういう鹿児島にどうして来る気になったんですか？」

とたんに智美クンは眉を曇らせた。

「そのことは、さっき言ったでしょう」

「いや、もちろん勉強したかったというのは分かりますけどね。勉強なら東京にいたってできるわけだし、いま聞いた感じでは、鹿児島のことをよく知っていて来たというわけでもないのでしょう？　ほかに何か理由があったんじゃないですか？　たとえば、東京がいやになったとか」

「どうして聞きたがるんですか？　そんなこと、どうでもいいじゃありませんか」

智美クンはあからさまに不快の表情を浮かべて言った。

「浅見さんは石橋を取材に来たって言ったけど、本当の目的は、私の素行調査じゃないんですか？」

「えっ？　まさか……」

「だったら、私のことなんか訊かないでくれませんか。でなければ、田平先生のところへもお連れしません」

「ははは、それは困る。分かりました、個人的な質問はやめます」

ぼくは早々に撤退することにしたが、それまでは単に儀礼的な関心でしかなかった智美クンへの興味は、強く拒絶されたことで、かえって増幅することになった。

薩摩吉田《よしだ》インターを出て、一般道を真南へ下って行くと、間もなく鹿児島市街地に達する。智美クンの説明によると、田平先生の家に行くには、鹿児島インターで下りるより、このほうが時間的に早いのだそうだ。

田平芳信氏の住む鹿児島市清水《しみず》町は鹿児島市街の北東のはずれ近い辺りだ。多賀山《たがやま》公園という、海岸に面した緑地がある。何かの工事をさかんにやっていて、ちょっと落ち着かないが、湘南《しょうなん》の大磯《おおいそ》辺りを彷彿させる佇《たたず》まいである。その公園の延長のような小高い岡の中腹に、田平家はあった。

地図を見ると、付近には東郷平八郎《とうごうへいはちろう》銅像や薩英戦争砲台跡、それにザビエル上陸記念碑などがあるらしい。ここからはすぐ目の前に桜島が迫って見える。真っ白な噴煙が左——北東の方角へ棚引いていた。

田平家は古い二階家で、木戸が壊れたままの門の内側に、わりと広い庭がある。柑橘《かんきつ》類の植木が疎《まば》らに生えているけれど、手入れが悪くて、貧弱な雑木林のような状態だった。

智美クンは「お邪魔します」と声をかけただけで、さっさと玄関を入り、上がり込んだ。ぼくが躊躇していると、「どうぞ」と、まるで自分の家のような顔をしてスリッパを揃えてくれた。

「いいんですか、先生に断らなくて？」

「ええ、構いません。どうせ先生は二階でお仕事中か、寝ていらっしゃるかのどっちかですから」

智美クンは玄関脇のちっぽけな座敷にぼくを通

しておいて、「ちょっと様子を見てきます」と二階へ上がって行った。

小座敷の壁には書棚が並び、主に歴史や考古学関係の書籍がぎっしり詰まっている。入りきれない本の山がいくつか、畳の上にできていた。座敷の中央には座卓があって、そこがどうやら智美クンの「勉強場所」らしい。座卓の上には付箋《ふせん》を挟んだ資料や筆記用具などが載っていた。

しばらく待たせてから、智美クンが呼びにきた。

「あまり気がすすまないみたいですけど」と言っている。

ギシギシ鳴る階段を上がって、日当たりのいい廊下を行く。二つある座敷の奥の部屋の障子《しょうじ》を「お邪魔します」と開けて、智美クンは「どうぞ」とぼくを前に押し出した。

八畳ほどの部屋だが、ここは完全に書物に埋まっていた。床の間《とこま》もあるのだが、そこも書籍の置き場所と化して、掛け軸の下から三分の二は、積み上げた本で隠れている。書物の谷間のようなところに大きな座卓を置き、床の間を背に、見た目、七十代なかばくらいの男が座ってこっちを見ていた。

「田平芳信先生です」と智美クンが紹介してくれた。ぼくは敷居際に膝《ひざ》をついて、「はじめまして、浅見といいます」と挨拶をした。さらにつづけて「お忙しいところ……」などと口上を述べようとしたら、田平氏は面倒くさそうに「まあ、入らんね」と言った。たぶん生粋《きっすい》の薩摩弁にちがいない。智美クンは、鹿児島では誰もが標準語を使っているようなニュアンスのことを言っていたから、これはちょっとしたカルチャーショックであった。

ぼくはテーブルを挟んで田平氏と向かい合う位

置に、智美クンはぼくの右斜め後ろに座った。

「石橋を取材に来やったんか」

「はい、主題は鹿児島五石橋の浮沈と、石橋の歴史を見据えた、いわば石橋物語のようなものを書きたいと思っています」

「石橋んこっじゃったら、こん書物を読んばよか」

田平氏は本の山の中から、無造作に一冊を抜き出して、座卓の上をぼくの方に押しだした。『石橋は生きている』というタイトルの本だ。著者名は「山口祐造《やまぐちゆうぞう》」。

「そん人は石橋研究ん第一人者じゃ。ほかにもいくっか著書はあっどん、とりあえず初心者としてはそいで十分じゃろ。そいと、五石橋のこつならおいの書いたこん本を読まんか。下ん書庫にたくさんあっで。ほかんこつは緩鹿君に訊いたらよか」

それだけ言うと、「そいじゃ、ご苦労さんじゃした」と、カクンと首だけ下げて挨拶した。一分一秒も時間を無駄にしたくない——とでも言いたげだ。まだいろいろ話を聞きたかったのだが、その余地を与えない。

ぼくと智美クンは追い出されるように階下の小座敷に戻った。

「ご迷惑だったのかな？」

ぼくは天井を見上げて言った。

「先生がですか？　べつにそういうわけじゃないんですよ。いつだって、誰にだってああいう調子。仕事だけが生き甲斐みたいなところがあるんです。だから愛想はないけど、本心は、浅見さんみたいな若い人が石橋に感心を持ってくれることは、嬉しいのじゃないかしら」

「だったらいいけど、あまりご機嫌がいいようには見えませんでしたね」

「ははは、気にしない気にしない」

　智美クンは顔に似合わず、薩摩っぽみたいに豪快に笑って、「お茶、淹《い》れてきますね」と立ち上がった。

『石橋は生きている』は四六判ソフトカバーで四百ページを超える本だった。そのうち、後ろのほうの百五十ページ近くは石橋調査のデータが表になったものだ。日本中の石橋を、規模、場所、建設年、石工などで分類してまとめている。その数は千二百を超える。

「すごいな……」と、ぼくは思わず独り言を呟《つぶや》いた。こんなに沢山の石橋があったことにも驚いたが、それを一つ一つ、よくまあ調べあげたものだと感心する。

　著者の山口祐造という人の略歴を見ると、もとは諫早市の土木課に勤めていた。一九五七年の「諫早大水害」で諫早眼鏡橋が流失したとき、眼鏡橋移築保存工事の主任だった人だ。それを契機に全国の石橋を調べ始め、石橋の調査研究、保存、顕彰に力を尽くしてきたという。その著書に『九州の石橋をたずねて』『日本の石橋』『石橋物語』があると書かれていた。しかも『石橋物語』は教科書にも掲載されているのだそうだ。

（なーんだ――）とぼくはいささかがっかりした。藤田編集長が「石橋物語みたいなルポになるといい」と言っていたのだが、すでにそういう作品が出版されているのでは、ちょっと具合が悪い。

　田平氏の著書は『石の鹿児島』というタイトルで、文字どおり、鹿児島県内にある石の建造物をいろいろ探訪したり研究したりして書いた小論文などを集めたもので、研究書であると同時に、エッセイふうにも読める本だった。

　両方の本に共通しているのは、鹿児島五石橋に対する思い入れである。とくに田平氏は地元だけに、甲突川の五石橋が完全撤去されることを嘆き、あるいは怒り、地元紙の「南日本新聞」に繰り返し繰り返し投書して、五石橋の保存、修復を訴えていた。『石の鹿児島』にはその投書と小論文が全部で二十ばかり掲載されている。

　智美クンは二階へお茶を運んだあと、小座敷にも二人のためのお茶を持ってきた。木の鉢に入れたおかきもついているから、勝手知ったる他人の家――なのだろう。

「参考になりますか?」

　ぼくの手元を覗《のぞ》き込んで訊いた。

「ええ、なりますね。これをアンチョコにして、実際の写真や感想文を混ぜれば、それなりのルポになりますよ。これには田平先生の五石橋に対する熱き想いもたっぷり書かれているみたいだし」

「そうですか、それならよかった」

　二人はお茶を飲み、おかきをポリポリやりながら、しばらくはそれぞれの前にある資料を読み耽《ふけ》った。

　智美クンは時折、資料の内容を大学ノートに書き写している。細かい字で、ページの隅から隅までを埋め尽くすような書き方に、彼女の几帳面な性格がかいま見える。

「緩鹿さんはどんな研究をしているのですか?」

　田平氏と同様、邪険にされるかな――と思ったが、そうでもなかった。

「私は専《もっぱ》ら、石造物とそれに使われた石の原産地との関係。それから、制作に携《たずさ》わった石工のことを調べています」

「ああ、それは田平先生のこの本の中にも、かなり触れてありますね」

「ええ、じつは先生のご研究のお手伝いをしているうちに、私もその面白さに惹かれてしまったんです。たとえば、さっき寄ってきた隼人町の古い石切り場ですけど、そこから出た石材が五石橋にも使われていたりするんです。それから、瀬戸内《せとない》海《かい》の島にある鳥居を造ったのが、薩摩の石工だったり。石工っていうと、肥後の岩永三五郎とか、そういう人たちばかりが有名だけど、薩摩の石工もけっこう頑張っているんですよね。鹿児島県は火山が多いから、花崗岩《かこうがん》だとか、石も沢山、産出して、それで石の建造物があちこちにあって、ヨーロッパみたいな石の文化も発達しています。その気になれば、研究材料は無尽蔵って言っていいくらい」

好きな世界の話になったとたん、智美クンはよく喋った。しかし、自分でもそのことに気がついたのか、ふと正気に返ったような目になった。

「浅見さんはこれから、どうするつもりなんですか?」

「そうですね。甲突川の五石橋がどうなったのかをこの目で見て、写真を撮れば鹿児島市内の取材は完了かな。そのあと明日は菱刈町のほうへ向かいます。あまりお邪魔をしてもいけないから、そろそろ失礼しようかな」

「私はべつに邪魔だなんて思いませんよ。もし何かお役に立てることがあれば言ってください。先生もそうするようにっておっしゃってましたし」

話しているうちに、少しは心を開いてくれたのかな――と、ぼくは勝手に想像した。東京を遠く離れて、鹿児島でどんな暮らしをしているのか知らないけれど、若い彼女のことだ、まったく寂しくないはずはない。風来坊のようなぼくだけど、東京の匂《にお》いのする人間に別れ難いものを感じたとしても、不思議ではない。いや、本音《ほんね》を言えば、ぼくだってせっかく知り合えた美人と、あっさり別れてしまうのは惜しくてならないのだ。

「そうだわ、とりあえず甲突川にご案内しましょうか。ね、それがいいわ」

言いながら、彼女はパタパタとテーブルの上の道具を片付け始めた。

智美クンに連れられて二階に上がって、田平先生に挨拶すると、いきなり「そうじゃ、おまんさあ、晩飯をご馳走すっで」と言った。

「緩鹿君も一緒いよかな」

「ええ、もちろん御馳走になります。わあ嬉しい」

「そいじゃ、七時に熊襲亭《くまそてい》を予約しやんせ」

「はい、分かりました」

ぼくの都合など、入り込む隙もない。もっとも、ぼくのほうには予定はあってないようなものだから、ご馳走に背を向ける理由はこれっぽっちもなかった。

4

甲突川は鹿児島市内を文字通り、貫流する川である。桜島や城山《しろやま》とともに、鹿児島のシンボルとして愛されてきたにちがいない。ただし、この川は桜島の噴煙と同様、人間の生活にとっては始末の悪いところもあった。

鹿児島市の北方、日置《ひおき》郡 郡山《こおりやま》町にある八重山《やえやま》の南斜面を水源とする、流路がわずか二十キロほどの川で、ふだんはあまり水量はないのだが、いったん大雨が降ると、急に水嵩《みずかさ》が増して、しばしば洪水を起こした。

鹿児島県の土壌の多くは「シラス」と呼ばれる火山灰地である。樹木が育ちにくく、保水能力に乏しいから、降った雨は一気に流れ下る。そこへもってきて、上流部の市の郊外には、次から次へと新興住宅団地が造営されたために、緑地はますます少なくなった。保水力はいっそう低下し、むしろ家庭排水の量が増えた。

雨の流れ込む量と川の排水能力を比較計算すれば、洪水が起こるのは誰にでも予測のついたことだ。そして一九九三年八月、「8・6水害」と呼ばれる大洪水が発生した。甲突川から溢れた水は市内中心部の道路を濁流と化した。五石橋のうち二橋が流失、残る三橋も被害を受けた。

「結局、これで五石橋の運命は決まったようなもんです」

智美クンはそう言った。行政を中心とする五石橋架け替え推進論者たち、とりわけ、ゼネコン関係者は内心、「それ見たことか」と北叟笑《ほくそえ》んだことだろう。

彼女の案内で甲突川に架かる橋を二つ渡ったが、見た目には以前からあった橋のようにしか思えない。何の変哲もないといえばそのとおりだが、街の風景そのものだって、それほど風情《ふぜい》があるとはいえないのだ。

ぼくがそう言うと、「そうなんですよねえ」と智美クンは悔《くや》しそうだ。

「知らない人はそう思うけど、でも、以前の石橋の美しいアーチを知っている者には、やっぱり、どこか寂しいし、悲しいです」

まるで、根っからの鹿児島っ子のような口調であった。

智美クンを田平氏の家まで送り届けて、ぼくは電話で予約してあったビジネスホテルを尋ね当て、チェックインした。フロントで聞くと、熊襲亭はここから歩いて行ける距離だそうだ。約束の時間まで少しワープロを叩いた。

夕刻になって気がついたのだが、窓の外は西日がガンガン照りつけて、ちっとも日が暮れる気配がない。狭い日本も、さすがに鹿児島まで来ると、東京より日の落ちるのが遅いらしい。

七時きっかりに熊襲亭に着いた。四連の格子戸の嵌《は》まった玄関が厳《いか》めしい。「正調薩摩料理」を売り物にしている店だそうだ。仲居さんに小さいながら個室に案内された。田平先生と智美クンはすでに来ていて、料理のオーダーを終えたところだった。

色白で、御所《ごしょ》人形のような目鼻だちのクッキリした、なかなか魅力的な女将《おかみ》さんが出てきて、田平氏に挨拶した。その女将さんのお酌で、いきなり焼酎《しょうちゅう》で乾杯させられたのには、参った。しかし、「ぼくはあまりいけません」と予防線を張ると、田平氏は無理強いはしなかった。ご本人も手酌でマイペースで飲むのが好きらしい。

とんこつ、さつま揚げ、きびなごといった、まさに正調の薩摩料理が次から次へと出てきた。うちわエビ、ビナ貝等々、見たこともないような地の物が舌も目も楽しませてくれる。

田平氏はじつによく飲んだ。飲むほどに饒舌《じょうぜつ》になる。もっぱら石の話ばかりで、それも「正調」の鹿児島弁だから、話の内容を聞き取るのに苦労する。

「鹿児島ん人間は、ガチガチん保守んくせ、妙に新し物好《もんす》っじゃっで、古か物をドンドンぶっ壊す」

と、やはり五石橋の話になると悲憤慷慨《ひふんこうがい》調になる。

石の話のついでのように、ぼくは隼人町の磨崖仏の話をした。同じ石切り場でも、場所によって磨崖仏を彫ってあるところとないところがあるのはなぜか——と疑問をぶつけると、「ほう、面白《おもし》てとこい気がつっきゃったが」と感心してくれた。

「じゃっが、磨崖仏に興味があっなら、川辺町《かわなべ》ん磨崖仏を見に行っきゃればよかが」

それから、今度は鹿児島の石仏の話をえんえんと喋りだした。磨崖仏もさることながら、鹿児島には到るところに石造りの野仏《のぼとけ》が点在しているのだそうだ。その一つ一つの原石の産地を調べ尽くしているといった蘊蓄《うんちく》が機関銃弾のように飛び出してくる。

それに適当に相槌を打っていたら、

「浅見さあ、おまんさあ緩鹿智美をどげん思な」

とつぜん言われて驚いた。それまでの話の中に、何か前段があったのかどうか、まったく予期していなかった。

「『どげん』、と言いますと？」

「よかオゴジョじゃろが」

「ええ、それは問題なく美人です」

「じゃったら、嫁に貰う気はなかかな」

「ははは、それはもちろん、ぼくのほうは大いに歓迎です」

「ほんのこつね、そいなら結婚すっか」

「ははは……」

　ぼくは笑うしかなかった。智美クンは知らん顔をしてウーロン茶を飲んでいる。その様子から判断すると、いつものことらしい。田平先生には、若い男を見ると、智美クンと結婚させたいヘキがあるのかもしれない。

「緩鹿智美はよかオゴジョじゃ。じゃっどん、男を男と思わんのが悪か。おまんさあは彼女ん尻に敷かれんごっせんといかんがっ」

　その辺りから田平氏の言うことが怪しくなってきた。お料理の進み具合を見にきた女将さんが、

「先生、そろそろストップせんと、また救急車を呼ぶことになりますよ」と牽制《けんせい》した。前科があるのだろう。

　田平氏は「分かっちょっ、分かっちょっ」と回らぬ舌で言い、グラスをテーブルに置いたと思ったら、ウツラウツラ舟を漕ぎ始めた。

　それからしばらくして、ぼくと智美クンは田平氏を置いて熊襲亭を出た。すでに九時を過ぎていた。地方都市の夜は概《おおむ》ね早いのだが、この辺りは鹿児島の繁華街らしく、飲食店を中心に、けっこう賑わっている。

「大丈夫なのかな、だいぶ酔ってたけど」

　ぼくは田平氏のことを心配した。

「ええ、大丈夫。あそこの女将さんに任せておけばいいんです。私もあとで迎えに行きますけどね」

「きみはどうするの。もしよければ、ぼくの車で大学の寮まで送って行きますが」

「いいんです。今日は先生のうちに泊まりますから」

「あ、じゃあ、昨日もそうだったのかな。寮に電話しても、ずっと留守でした」

「いいえ、昨夜《ゆうべ》はほんとは寮にいたんです。でも、電話には出ませんでした」

「えっ、そうだったのか。ひどいなあ。それは、相手が知らない男だからですか？」

「それだけじゃなくて、家からの電話でも居留守を使うことにしてます」

「ふーん、どうして？」

「いろいろあって、面倒だから」

それ以上の質問は拒否する姿勢だ。

「浅見さん、コーヒー、ご馳走してくれませんか」

目の前のアンティークな雰囲気の喫茶店を指さして言った。

「いいですよ。コーヒーぐらい何杯でも奢《おご》っちゃいます」

一食分助かって、ぼくは太っ腹だった。


コーヒーの匂いの染みついた、古い喫茶店だった。「今再《いまさ》」とルビつきの看板だけがまだ新しい。カウンターの中にいる、蝶ネクタイをしたマスターとおぼしき男がやけに若い。もしマスターだとしたら、たぶん二代目か三代目だろう。

「きょうは、先生は？」

マスターは智美クンに気軽に声をかけて、少し後れて入ったぼくに気づいて、間の悪そうな顔で「いらっしゃい」と会釈した。

「熊襲亭でつぶれてます」

「しようがねえなあ。じゃ、またあとで迎えに行きますよ」

小さな店で、マスターのほかには、あまり愛想のよくないウェートレスが一人いるだけだ。カウンターに並んで座りながら、智美クンは紹介した。

「マスターの新田翔《にったしょう》さん。こちら東京から見えた浅見さんです。ルポライターさんだから、このお店のこと、書いてくれるかも」

「そうですか、よろしくお願いします」

「こちらこそ」

名刺を交換してから、「ずいぶんお若いマスターですね」とぼくは正直な感想を言った。

「そうなの、まだ二十八なんです。ラ・サールを出て、東大を出て、それで喫茶店のマスターをやってるんだから、ずいぶん風変わりでしょう」

「へえーっ、すごいですね」

ぼくは二流大学の劣等学生だったから、東大出と聞いただけで尊敬してしまう。

「しかし、風変わりだとは思いませんよ。人それぞれ、いろんな生き方があって、だから面白いんですから」

「そう、そうですよね」

新田氏は我が意を得たり——という顔で、「何にします?」と訊いた。

「ブルマン二つ。いいでしょう?」

智美クンは少し甘えるような目をぼくに向けた。ぼくは「もちろん」と頷いた。マスターはサイフォンを仕掛けながら、ニヤニヤ笑っている。いつもはブレンドなのに——と言いたげだ。この店ではブルーマウンテンはブレンドの倍近い値段だ。

しかし、芳香といい、口に広がるコクといい、それだけのことはあった。

「いかがでした? 薩摩料理」

智美クンは訊いた。

「もちろん最高でしたよ。しかし、ご馳走になっちゃって、よかったんですかね。あんな豪華な夕食」

ぼくはさすがに気がさしていた。

「いいんですよ、ご馳走したい人なんだから。それに、熊襲亭って、店が立派なわりには大して高くないみたい。浅見さんはお酒も飲まないし、あれでせいぜい六千円ぐらいじゃないかしら。東京のお店の半分ぐらいね」

ということは、智美クンは東京で、あのたぐいの店に行きつけていたのだろうか。だとすると、よほど金持ちのお嬢さんなのかもしれない。ますます興味——というより、得体の知れないものへの好奇心が募《つの》った。

「マスターはね、大手ゼネコンのエリート社員だったんですよ。でも、それを蹴飛ばして辞めちゃったんです」

「へえーっ、そいつはもったいない」

ぼくは本音で言った。

「ははは、蹴飛ばしたわけじゃない。リストラですよ」

「嘘ばっかり。ほんとは、お父さんが社長さんをしてる鹿児島の建設会社が、その大手ゼネコンの系列で、五石橋を架け替える中心的役割を担うことになったので、いやになって辞めたんです」

智美クンが解説した。

「じゃあ、田平先生と同じ、架け替え反対派だったのですか」

「そうですね。先生の書いたものを読んで、感化されたといったほうがいいですかね。お蔭で、おやじからは勘当されました」

「勘当?……」

死語みたいな言葉に驚いた。

「ええ、そんなようなものです。会社はもちろん、家にも出入り禁止ですからね」

「そうなんですって。将来は社長さんの後継ぎかもしれなかったのに」

　智美クンが無念そうに言った。ぼくも人ごとながら残念に思えた。エリート社員で、将来は社長の後継を約束されているような、恵まれた環境を放擲《ほうてき》するなんて、ぼくが同じ立場に立たされたら、もったいなくて絶対にそんな愚挙には出ないだろう。

「アホみたいでしょう」

　マスターは笑って、ウェートレスに「ノリコちゃん、もう帰っていいよ」と言い、食器を洗い始めた。そろそろ店を閉める時間らしい。そういえば、ぼくたち以外にはお客が一人もいなかった。

　間もなく、ぼくたちは店を出て、新田マスターの車でホテルまで送ってもらった。その後、マスターと智美クンは、熊襲亭で「つぶれて」いる田平氏を拾いに行くそうだ。助手席で手を振る智美クンが、いかにも楽しそうに見えた。ひょっとすると、いや、おそらく彼女は新田マスターに恋をしているな――と、ぼくは少し妬《や》けてきた。

　ホテルの部屋に戻ってバスを使って、さて寝ようかと思ったところに、智美クンから電話が入った。

「明日、川辺町の磨崖仏を案内するようにって、先生から言われたんですけど」

（あっ、そうか――）と、ぼくは熊襲亭で出た話を、ほとんど忘れていた。

「行きますか？」

「もちろん行きますとも。じゃあ、田平先生のお宅へ迎えに行けばいいですね」

　午前九時に「集合」と約束した。ぼくにしてみれば、夜中のような早起きだ。目覚ましを確かめて、ベッドにもぐり込んだ。

翌朝、九時ちょうどに田平家の前へ行くと、智美クンはすでに門の前に出て待機していた。

「先生はまだおやすみだから、起こしてはいけないと思って」

小声で言って、車に乗り込んだ。合図のクラクションを鳴らされたら困るということなのだろう。

そのときはさほど思わなかったのだが、それから間もなく、智美クンの顔色がすぐれないことに気がついた。言葉数も昨日と較《くら》べるとまるで少ない。

「なんだか疲れてるみたいですね」

ぼくは気づかって、訊いた。

「えっ？　いいえ、そんなことないです。ただ眠いだけ」

それはぼくも同様だったから、すぐに納得してしまった。

川辺町は鹿児島市から南西へ、およそ三十キロほどのところにある。もともとは農林業主体の地域だが、仏壇の生産地として、全国的に有名だ。金飾りを使った豪華な仏壇から小型のものまで、造りがしっかりしていて、伝統工芸品として国の指定を受けている。

道案内をしながら、智美クンはそういったことを解説してくれた。

磨崖仏群は万之瀬《まのせ》川という清流沿いの断崖に彫られている。町営の岩屋《いわや》公園が隣接していて、遊歩道も整備されていた。

「ほら、ここは石切り場の跡じゃないでしょう」

智美クンは誇らしげに言った。たしかに、磨崖仏が彫られた崖の配列は不規則で、石切り場とは違うように思えた。おそらく、純粋に宗教的な動機によって制作されたものにちがいない。

それにしても無数といっていい仏像や五輪塔の

連なる様は、専門家が見たらこたえられないだろう。ぼくはただ「へえーっ」と感心するだけで、せいぜい、いい目の保養をさせてもらった――程度の感想しかなかった。

帰りは霧隼女子大まで智美クンを送ることになった。九州自動車道に入って、途中の桜島サービスエリアで一服した。その頃になると、智美クンの表情は明らかに冴えなくなっていた。疲労の色とばかりは思えない。

「せっかくお知り合いになれたのに、もうお別れとは、残念ですねえ」

ぼくはわざとおどけて言った。

智美クンは笑うどころか、怖いほどの真顔で

「ええ」と頷いた。

「浅見さんに相談しようかと思ったんですけど、でも、やめておきます」

「何ですか。相談て？」

「もういいんです」

「気になるなあ。もしかすると、新田さんのこと？」

返事の代わりに、智美クンは驚いた目をぼくに向けた。それから、まだ半分ほども中身が残っているコーヒーカップを置いて、「さ、行きましょう」と立ち上がった。

溝辺鹿児島空港インターを出て、霧隼女子大へ向かう坂を登り始めたところで、それまで沈黙を守っていた智美クンが、ようやく口を開いた。

「ロミオとジュリエットなんです」

「ふーん、そうなんですか……いや、しかし緩鹿さんと新田さんは、石橋問題では同志なんじゃないんですか」

「だから、家同士がっていう意味です」

「なるほど、モンタギュー家とキャピュレット家みたいな、商売敵《がたき》ということですか」

「そうじゃないんです。むしろ、仲間っていったほうがいい関係です」

「えっ？　どうも、さっぱり分からないな。どういうことですか？」

「家同士は仲間でも、家と新田さん個人とは相反するわけでしょう」

「あっ……」と、ぼくはようやく、彼女の背景にある複雑な事情を察した。

「そうか、新田さんが勤めていた大手のゼネコンていうのは、あなたのお父さんが関係している会社なんですね。重役さんか、それとも社長さんとか」

「まさか、社長じゃありませんけど、営業担当の重役です」

車は大学の門に入る道の角に差しかかっていた。ぼくはウインカーを引っ込めて、そこを通りすぎた。坂を登りきった少し先で野原のような開けた田園に出た。よく見ると周辺一帯は茶畑だった。ぼくは車を停め、エンジンも切った。通りすがりに見られると、若い女性を口説いている不逞《ふてい》の輩《やから》に思われそうだ。

「エリート社員だった頃、新田さんは父に可愛がられて、家にもよく訪ねてきたし、私の受験勉強を指導したり、休みの日にはテニスを教えてもらったりしてました」

智美クンは悲しそうな顔で話した。

「それが、父の会社が鹿児島五石橋の架け替えに乗り出して、地元の企業と組んでいろいろ画策し始めたのを知ると、会社を辞めて鹿児島へ帰ってしまったんです。自分の主義と仕事の板挟みになって、耐えきれなかったみたい」

「なるほど。それで、あなたもその彼を追って、鹿児島の大学に入ることにしたというわけですか」

「追ってっていうと、なんだか昔の悲恋物語みたいでいやだな。そうじゃなくて、ほんとに勉強したかったんですから……」

そう言った言葉の余韻が消えないうちに、「あはははは、だけど、やっぱり新田さんのこともあったかなあ」と笑った。

その笑顔を見て、ぼくはエンジンをかけ、車をスタートさせた。この先のどこかでUターンするつもりだった。

「新田さん、苦しんでるみたいなんです。お店の経営も、お父さんとの関係も、うまくいってないみたいだし、あのままだと、どうにかなってしまいそう……」

「ぼくに何か、できることがありますか」

まるで反語のような言い方なので、われながらいやになった。

「いいえ、何も……そうですよね、無理ですよね。初めて会った赤の他人に、こんな面倒な話を聞かされても、浅見さんだって困ってしまいますよね。バカな女の愚痴だと思って、忘れてください。自分でも、どうして浅見さんに打ち明ける気になったのか、分からないんです」

「昨日の様子だと、田平先生は新田さんのこと、気づいていないみたいですね」

「ええ、あの先生はそういうことに、ぜんぜん疎《うと》い人ですから」

だとすると、智美クンにはこの鹿児島での相談相手はいないにちがいない。

「ぼくにも、何かお役に立てることがあるかもしれませんよ」

ぼくは慰めるように言った。

「東京に帰れば、あなたと会った報告をしなければなりませんからね。ご両親にお目にかかるチャンスがあるかもしれない」

「ありがとうございます。でも、父が新田さんを援助するようなことにはならないようにしてくださいい。薩摩の男って、プライドだけは高いんですから」

智美クンはおかしそうに、しかしどこか嬉しそうに言った。ぼくはなんだか、彼女とそれに新田氏とに、何かをして上げたくなった。

第二章　憂鬱な未亡人

1

　今回の取材の話が出る前まで、ぼくが知っているる鹿児島県の地名といえば、鹿児島市のほかにには出水《いずみ》、国分《こくぶ》、桜島、大隅、霧島《きりしま》、指宿《いぶすき》、川内《せんだい》、志《し》布志《ぶし》、伊集院《いじゅういん》、枕崎《まくらざき》、内之浦《うちのうら》ぐらいのものだった。それも、どこがどの辺りにあるかなど、ほとんど分かっていない。まして、今回の目的地の一つである「菱刈町《ひしかりちょう》」なんて、そういう名前の町があること自体、まったく知らなかったのである。

　菱刈町は鹿児島市の北、およそ六十キロほどのところにある。鹿児島県の北の端といっていい。九州自動車道を栗野インターで出て、国道268号「菱刈バイパス」を十キロほど行ったところだ。周囲を山に囲まれた盆地で、盆地の真ん中を川内川が東から西へ、蛇行して流れている。そういう立地条件は、どことなく広島県の三次《みよし》市を連想させた。

　東京を出る前に下調べしておいた地名辞典によると、菱刈町からは、隣接する大口市とともに、石器時代の遺物が数多く発掘されているという。そのことからも、ずいぶん古くから開けた土地だったと推測できる。

　かつては、水俣方面からの「足」であった国鉄――JR山野線が通り、町域内に四つの駅もあったのだが、一九八八年に廃線の憂き目に遭い、それとともに過疎化が進んだ。現在の人口は一万人を割り込んだのではないかと思われる。

軽井沢のセンセから聞いてきた住所を頼りに、途中、何度も道を尋ねながら探したが、榎木家に到達するまで、ずいぶん手間がかかった。町の中心をはずれた、川内川に臨む緩やかな台地の上の、畑の真ん中のようなところに、榎木家はあった。まだ新しい、煉瓦《れんが》風にタイルを貼った小綺麗な二階家だ。

年配の女性の一人暮らしだとかいう話だったが、チャイムを鳴らすと、ドアを細めに開けて、それらしい七十歳ぐらいの女性が恐る恐る顔を覗《のぞ》かせ、ひと目ぼくを見て、すぐに「あれ、まあっ」と驚いた。

「あなたさんは、浅見さん……」

ぼくが名乗るより早くそう言ったから、ぼくのほうがよほど驚いた。センセにしては珍しく気をきかせて、事前にぼくの写真を送ってあったようだ。

「浅見光彦です」と名乗り、名刺を差し出すと、彼女は押しいただくようにして、「どうもご丁寧さまで」とお辞儀をした。

「榎木くに子と申します。いつも息子がお世話になりまして」

薩摩の田舎《いなか》の人とは思えない、はっきりした口調でそう言った。息子がどうの——と、言っていることの意味はよく分からなかったが、ぼくはとりあえず「いえ、こちらこそ」とお辞儀を返した。

「まあまあ、どうぞどうぞ、お上がりになってください」

くに子さんは嬉しそうに、いそいそとぼくを家の中に入れてくれた。いつもそうしているのか、家の中には香が炷《た》かれていて、住む人の奥ゆかしさを感じさせる。

案内されたリビングルームは南向きで、川の方角に思いきり開けて明るい。手入れのいい庭にはツツジが咲き誇っていた。

質素だが、テーブルや椅子など、何もかも新しい。くに子さんはぼくにソファーを勧めて、いったん奥へ引っ込んで、お茶とお菓子を運んできた。それも並大抵の量ではない。テーブルに載りきらないほど、いろいろな種類のお菓子と、地元の名産だというイチゴを山のように並べた。

「本当に遠いところを、ようこそお越しくださいました。ご無理を申し上げて、まっこと申し訳ございません」

またあらためてお辞儀をするくに子さんの目に、涙が光っている。ぼくは驚いて、「そんなにお気になさらなくても……」と、かえって恐縮してしまった。

「いえいえ、浅見さんのようにお偉くて、お忙しいお方にお願いできるはずはないと、息子も申しておりましたのですけれど、一応、お頼みしてみて、だめならば諦めましょうと思いまして……」

忙しいはともかく、お偉くもなんともないぼくは、面食らった。くに子さんは何か勘違いしているらしい。

「あの、ちょっとお訊きしますが、息子さんとおっしゃいますと？」

「はい、孝明でございます。いつもテレビでは浅見さんの役をさせていただきまして、本当にありがとうございます」

「えっ……」

ぼくは一瞬、頭がクラッとしたが、すぐに状況を把握した。「榎木孝明」というのは「絵樹卓夫」の本名に相違ない。軽井沢のセンセの陰謀に、まんまとハメられたことも分かった。

考えてみれば、「榎木」と「絵樹」の相似に気づかなかったぼくが馬鹿だった。それにしても、あの爽《さわ》やかな東京弁を喋《しゃべ》る絵樹卓夫氏が、薩摩っぽだなんて、気がつくほうがどうかしているかもしれない。

「いいえ、絵樹さんにはこちらこそお世話になっています」

ぼくは仕方なしにお愛想を言った。しかし、軽井沢のセンセに一杯食わされたのは業腹《ごうはら》だけれど、それほど腹は立たなかった。

絵樹氏がテレビでぼくを演じていることについて、ぼくはことあるごとに不快感を表明しているけれど、本心から彼のことを嫌っているわけではない。

正直なところ、おふくろさんや兄に対する気兼ねさえなければ、多少の照れやくすぐったさがあるにしても、不愉快ということはない。須美ちゃんや甥《おい》の雅人《まさと》や姪《めい》の智美は、むしろ、ぼくの武勇伝がテレビドラマになるのを、手放しで喜んでくれているのだ。

だいたい、絵樹氏の風貌は男のぼくから見てもなかなか魅力的で、知人から「浅見さんは絵樹卓夫そっくり」などと言われると、悪い気はしないものである。

(そうか、絵樹氏から手紙や電話、それにファクスまで届いていたのは、このことだったのか――)

ぼくはようやく思い当たった。一度お会いしたいという文面を、完全に無視しつづけた。それで絵樹氏としては仕方なく、軽井沢のセンセに頼み込んだのだろう。

「絵樹さんのお話ですと、確か、何か身の危険を感じるような出来事が起きているということですが」

ほら吹きのセンセの言うことだから、多少、割り引いて聞かなければならない。ぼくは用心深く確かめた。

「はい、そのとおりです。何しろ、年寄りの一人暮らしですので、もし何かあったらと、心配でなりません」

「具体的にはどのようなことがあるのでしょうか?」

「電話がございます。それも夜中とか、明け方とか、こちらがまだ臥《ふ》せっているような時間にかかってまいります」

「何と言っているのですか?」

「それがよく分からないのですが、金の石橋のことを知りたがっているようで」

「金の石橋?……」

石橋は石でできているものだろうに、それを「金の石橋」とはおかしな言い方だ。

「はい、金の石橋と言っておったように思います。でも、それも近頃では、ただ『石橋』はどこだとか、石橋の古文書か絵図面があるはずだとか、返してくれとか、わけの分からないことを申しております」

「金の石橋なんてものがあるのですか?」

ぼくは間抜けな質問をした。案の定、くに子さんは呆れた顔になった。

「いいえ、石橋は石でできております。金でできていれば金橋でございましょう」

「でしょうね。だのになぜ『金の石橋』なんですか？」

「ですから、それが分からないのです」

「その人物ですが、名前とか素性とかは分かっているのですか？」

「分かりません、名前は初めの二度か三度は『シゲモリ』と名乗りましたが、その後は『このあいだ電話した者だが』と言うようになって、それに声も別人のようですから、たぶんあれは偽名を使っているにちがいありません」

さすが名（？）探偵役を演じる絵樹氏の母親だけはある。

「男性ですね？」

「もちろん男の人です。かなり年配の人だと思います」

「シゲモリという名前に心当たりはないのでしょうか？」

「ええ、ぜんぜん知りません」

「脅迫めいたことを言っているのですか？」

「脅迫というより、懇願といったほうがいいのかもしれません。頼むから教えてくれ、いのちがかかっている——といったようなことを申しておりました」

「それだと、脅迫ということにはならないのではないでしょうか」

「でも、私にとっては恐ろしいことです。いのちなどと言われますと」

「それはそうでしょうね、よく分かります。それじゃ、いったい何があったのか、最初から詳しく話してください」

くに子さんの話によると、「脅迫」が始まったのは一ヵ月ほど前だそうだ。

「最初に電話があったときは、『啓能《ひろたか》さんはいますか』と、主人の名前を言っておりました。主人は八年前に亡くなったと申しましたら、ずいぶんびっくりしていたようです。何で亡くなったのか、病気かそれとも事故かと、慌てたような声で訊きました」

「その様子だと、ご主人とはわりと親しい知り合いで、少なくともここ八年間は、消息のなかった人物が想像できますね」

「それから、主人が亡くなるときに、何か言い残したことはないかと訊かれました」

「なるほど、そのことについてはどうなのですか？」

「それがぜんぜん……」

　くに子さんは悲しげに首を振った。

「じつは、主人は脳梗塞《のうこうそく》で亡くなりまして、まったく突然のことで、遺書やら遺言やらは何もなかったのです。亡くなる間際に、しきりに口を開け、言葉を発して、何かを伝えようとしておりましたけど、何を言っているのか、ほとんど聞き取ることもできないようなありさまで……」

　そのときの情景を思い出すのか、くに子さんの目が潤んだ。

「ほとんどということは、多少は聞き取れたのでしょうか？」

「はい、聞き取れたと申しましても、意味不明のことばかりでした」

　くに子さんのご主人――絵樹氏の父親――啓能さんは、亡くなる数年前までは、高校の教師をしていたのだそうだ。謹厳実直を絵に描いたような人で、息子の教育にもずいぶん厳しかったという。

絵樹氏は子供の頃から絵が好きで、東京の美術大学に進学し、その後、俳優への道を進むことになるのだが、啓能さんはそのいずれにも反対した。

「絵描きさんだとか、役者さんなどは、まともな職業と思っておりませんでしたので、孝明が東京へ出て行ったときは、ほとんど勘当同然でした」

くに子さんはおかしそうに笑った。

「孝明が朝のテレビドラマの主役に抜擢されたときも、番組が始まるとスイッチを切ってしまいました。そのくせ、学校のお昼休みには、こっそり隠れるようにして再放送を見ていたそうですから、内心は嬉しかったのでしょうね」

「ご主人は高校では何を教えていらっしゃったのですか?」

「社会科でした。歴史と地理。とくに郷土史の研究が好きで、お仲間と研究サークルのようなものを作って、よく出掛けて行きましたわね」

「電話の人物が、そのお仲間の誰かということはありませんか?」

「それはないと思います。もしお仲間なら、主人が亡くなったことは、どなたもご存じのはずですから。それより……」

くに子さんはちょっと小首を傾《かし》げるようにして、言った。

「もしかすると、その人は金山関係の人ではないかと思ったりもしたのですが」

「は? 金山ですか?」

「はい、主人の父親の代まで、榎木家は金山を持っておりました。電話の人が金の石橋と言っているのは、何か、それに関係があるのかもしれません」

「すごいですね、金鉱主だったのですか」

ぼくは金とか宝石とかには無縁の人間だから、「金山」と聞いただけでむやみに尊敬してしまった。

「金山といいましても、ちっぽけな山で、金を掘ってても採算が取れるようなものではありませんでしたから、ただ山があるというだけのことです」

「現在もその山はあるのですか」

「いいえ、父親が亡くなって間もなく、主人は山も採掘権も譲ってしまいました。この辺りにはそういう小さな山が沢山ありましたけれど、ほとんどの皆さんは、同じように企業に譲ってしまったと思いますよ。個人で細々と掘っていたのは、大昔のことです」

「じゃあ、その企業は現在も採掘をつづけているのですか?」

「ええ、ご存じなかったですか?」

くに子さんはびっくりしたように、目を丸くした。ぼくの無知がよほど意外だったらしい。

「菱刈金山といって、世界でも有数の良鉱といわれていますけど」

「ああ、あれがそうですか。たしか住友金属でしたね」

そういえば、ぼくにもかすかな記憶があった。ひと頃、住友金属が鹿児島県で優良な金鉱山を発見したと、新聞やテレビでも騒がれていたはずだ。しかしその鉱山の場所が菱刈町であることは憶えていなかった。

「いまはその住友金属さんが大規模な設備を使って採掘をしています」

「そうですか……そうすると、もし金山がらみの話だとすると、電話の人物は榎木さんが金山を所有していた当時のことしか知らない可能性もありますね」

「ええ。でも、それだとずいぶん大昔のことになります。主人の父親が亡くなったのは、かれこれ三十年ほども前ですから」

「ああ、そうですねえ、じゃあ違いますか」

どうもさっぱり見当がつかない。

「ところで、『石橋』ということでは、何か思い当たることはありませんか」

「べつにこれといってありませんけど、隣の大口にも石橋はございますし、主人が研究しておった郷土史の中には、石橋のこともあります。それくらいでしょうか」

「石橋の研究もしておられたのですか」

「研究といいましても、鹿児島で郷土史の研究といえば、西郷どんと石橋はつきものみたいなものですので」

「なるほど……」

ぼくはふと田平氏のことが思い浮かんだ。年代や経歴が似通っているから、ひょっとすると、田平氏も郷土史研究の「お仲間」だったのではないか——と思った。

「ご主人の郷土史のお仲間の、名簿のようなものはありませんか?」

「はい、名簿ではありませんが、会報がございます」

くに子さんが持ってきた「会報」は『いづろ』というタイトルを掲げたB5判の小冊子だった。全部で二十冊以上はある。厚いのもあれば、ほんの十数ページの薄っぺらのものもある。発行も不定期らしく、表紙には号数が印刷されている。発行者は「鹿児島歴史研究会」。これが「お仲間」のグループ名である。

「『いづろ』とは、どういう意味なのでしょう?」

「ああ、それは石灯籠《いしどうろう》のことですよ。『石灯籠』

がいつの間にか『いづろ』になったのだそうです。鹿児島市に大きな石灯籠のある通りがあって、そこの地名が『いづろ』と呼ばれております」

最初のページが目次で、十人程度の執筆者の名前が並ぶ。榎木啓能さんは『川辺の清水《きよみず》磨崖仏』という論文を書いていた。ぼくと緩鹿智美クンがついさっき見てきた、あの川辺町の磨崖仏のことである。磨崖仏は長さ百メートル、高さ五十メートルにもおよぶ崖に刻まれたもので、鹿児島県指定の文化財になっているといったことを書いてあった。

啓能さんはグループのリーダー的存在だったのか、それとも筆力がよほど旺盛なのか、ほとんど毎号、何かを書いている。五冊目にいたってようやく「田平芳信」の名前が見つかった。

「あった……」

ぼくは思わず小さく叫んだ。くに子さんが驚いて、「なにかありましたか？」とぼくの手元を覗き込んだ。田平氏のことを説明したが、くに子さんはただ、「はあ、そうでしたか」と、あまり関心を示さない。「歴史研究会」の会員のことについては何も知らないのだそうだ。

田平氏の論文は『薩摩郡避石郷』という題名であった。「避石」はなんと読むのか分からなかったが、論文の内容もその読み方についての考証が中心になっていた。結論からいうと、「避石」は「ひられいし」と読むという説だ。「平割石」をそう訛《なま》ったものかもしれない——とも考察し、古代隼人族の墓制が「地下式横穴」で、そこに平割石を多く用いた（石棺など）ことから、「避石郷」が大隅地方の隼人族の勢力圏であったこととの関係を推測している。

その号の発行年月日は「昭和六十×年六月一日」であった。十数年も昔、田平氏がまだ現役で大学教授だった頃の会報だ。

会報を次々に開いてみた印象では、研究会の会員数はそれほど多くないらしく、投稿者の顔ぶれはせいぜい二十数人に限定されている。その中では榎木、田平両氏はずば抜けて熱心といっていい。

石橋研究に熱心な田平氏を発見したのは、とりあえず収穫だが、だからといって「金の石橋」と結びつくわけではないだろう。まして脅迫電話と関係があるなどという根拠はまるでない。

ぼくはひとまず榎木家を辞去して、宿を探すことにした。くに子さんは「うちに泊まってくださ い」と引き止めてくれた。「孝明の部屋が空《あ》いておりますし」と言うのだけれど、そうそう厚意に甘えるわけにいかない。

「いいお住まいですねえ」

玄関先に出て、建物を振り仰ぎながら言った。

「はい、孝明に建ててもらった家です。ほんとに親孝行な子で」

外まで送ってくれたくに子さんは、目を細めるようにして言った。居候暮らしのぼくには耳の痛い話であった。

2

菱刈町にはホテルらしいホテルはないが、大口市には「グリーンホテル」というホテルがあるという。行ってみると、ビジネスホテルの毛を抜いたようなちっぽけなホテルであった。昔でいうならさしずめ「商人宿」といったところだろう。安いのだけが取り柄で、ぼくにぴったりだ。

大口市は菱刈町と違って、小さいながら市街地がきちんと整備され、それなりに「地方都市」の賑わいを感じさせる。といっても、少し中心部を外れるとすぐに田園が広がり、稲穂が揺れる。四階の部屋の窓から外を見ると、視界を遮るほどの高い建物がなく、遠くの山並みを見はるかすことができる。

まだ夕暮れまでは時間があるので、フロントにこの辺りに石橋がないか、訊いてみた。石橋は知らないが「曽木《そぎ》の滝」というのは、「東洋のナイアガラ」とうたわれるほどの名滝で、一見の価値があるから、ぜひご覧なさいという話だ。

曽木の滝はホテルから十分あまりの距離であった。案内板に従って車を進めると、大きな駐車場を挟んで、土産物の店や飲食店などが並ぶテーマパークのような雰囲気の広場に突き当たった。車を出ると、ゴウゴウという水音が響いてくる。期待感は十分だ。

灌木が疎らに生える野中の小道を二百メートルばかり行くと、岩場の上にコンクリート製の柵で囲われた観瀑台《かんばくだい》に出た。そこから曽木の滝が一望できる。なるほど、フロント係の言葉はまんざら嘘ではなかった。ナイアガラはオーバーだが、幅は優に二百メートルはありそうな滝が流れ落ちている。水量はやや物足りないとはいえ、なかなかの迫力である。流れをせき止める、小山ほどもある巨大な岩がニュキニョキとそそり立っているのも壮観だ。

隣に三十人ほどの団体がいて、案内役が解説しているのを聴くと、これほどの滝であるにもかかわらず、「日本の名滝百選」に選ばれていないのだそうだ。

「ほれ、滝の向こうのほうに橋が見えるでしょう。あれがあるために、完全な自然の風景でないということで、選ばれないのであります」

案内役は残念そうだ。言われて気がついたのだが、なるほど、滝の上流百メートルほどのところに橋が見えている。人間の勝手で橋を造っておきながら、「名滝」の権利を奪うなんて、理不尽なものである。滝自体は人工のものではないのだから、権利を与えてやってもいいじゃないか——と、ぼくは義憤を感じた。

ホテルに戻って、自宅に電話を入れた。須美ちゃんの甲高《かんだか》い声が「お坊ちゃま、いまどちらですか?」と怒鳴った。

「ちっともご連絡がないんですから」

「現在地は鹿児島だよ。何かあった?」

「ありましたよ。藤田編集長様からと、それに例の軽井沢のセンセ」

固有名詞を告げる口調が、前と後とでは格段に違う。「例の」「センセ」がいかにも軽々しい。

「用件は?」

「どちらも、その後、どうなっているのかとおっしゃってました」

「分かった、電話しておく。それじゃ」

「あっ、まだあるんですけど」

「何だい?」

「鹿児島のユルカ様とかおっしゃる……」

「えっ、緩鹿さんから電話があったの?」

「ええ、ございました。とてもお美しい方ですね。目がパッチリした」

「まあね……ん?　どうして分かる」

「いまの坊ちゃまのお声の感じで分かりました」

「変なことを言うなよ。それで、何だっていうの？」

「大至急、お電話いただきたいとおっしゃってました。タヒラ様のお宅にいらっしゃるそうです。あ、それから奥様から、居場所ぐらいははっきりしておきなさいとのご伝言がございました」

「分かったよ。いまは大口市というところのグリーンホテルにいる。何かあったらここに連絡してくれ。だいたい、いまどきのルポライターが、携帯電話を持ってないなんておかしいんだよ。おふくろさんにも困ったもんだよな」

「それ、奥様にお伝えいたしましょうか」

「えっ、いや、いいよ。これはぼくと須美ちゃんだけのヒ・ミ・ツ」

ぼくは慌てて言って、電話を切った。恐怖の母親の厳命で、浅見家ではなぜか、携帯電話は所持してはいけないことになっている。自動車電話はいいのだが、持ち歩けるような電話は許せないというのだ。

「あんな物があるから、核家族化がますます進んでしまうのです。電話はリビングに一台あれば、それで十分」

それがおふくろさんの主張だ。確かに、携帯電話や親子電話が、家庭内の交流を阻害していることは事実なのだろう。その点、浅見家では、リビングルームを接点とする、家族同士のコミュニケーションに恵まれている。しかし、姪の智美や甥の雅人はそれでいいけれど、大のおとなのぼくまでがとばっちりを食ってはたまったもんじゃない。

ぼくは受話器を置かずに、田平氏のところに電話をかけた。留守かと思うほど、ずいぶん長いことベルを鳴らしてから、受話器がはずれたと思ったとたん、田平氏のダミ声が怒鳴った。

「くどいな、緩鹿君はおらんち言よっどが！」

いまにも受話器を叩きつけそうな気配だったから、ぼくも負けじと大声で言った。

「浅見です、昨日はご馳走さまでした」

「ん？　ああ、おまんさあな」

ほっとしたような声になった。

「緩鹿さんから電話をくれるようにとの伝言を聞きましたが、彼女、そちらにはいないのですか？」

「ああ、三十分ばっかい前までおって、おまんさあからん連絡を待っちょったどん、出掛けよった。とたんに警察から何回も電話がかかってきて、往生しよっとよ」

「警察？　何かあったのですか？」

「新田君の親父さあが死んだ」

「えっ？……それで警察ということは、何か、事件性があるのですか？」

「殺されたげな」

ぼくは一瞬、言葉を失った。その一瞬で、おおよその事態が飲み込めた。

「すると、警察は新田さんに容疑を向けているのですね」

「ほおっ、よう分かっちょっ。おまんさあもそげん思な。つまり、新田君がやったと」

「まさか、そうは思いませんが、警察は一応そう考えるでしょうね。新田さんにはお父さんとモメていたという動機もあるし、たぶんアリバイのないことやそのほか、容疑を向けるような証拠があるのかもしれません」

「そげんこつな。おいにはよう分からんが。とにかく新田君は昨日の夜中からずっと警察に泊められちょっちゅうこっじゃ」

被害者の身内をそこまで拘束するというのは、かなり異常だ。少なくとも重要参考人として扱われていると考えられる。

「分かりました、これからすぐにそちらへ向かいます」

ぼくは電話を切って、部屋を飛び出した。フロントに部屋のキーを叩きつけるように置いたので、フロント係がびっくりしたように見送った。

ぼくが田平氏宅に着いたときには、すでに日は落ちて、暮色が漂い始めていた。田平氏は不安げな様子で、ソワソワと玄関にぼくを出迎えた。その後、新田氏からも智美クンからも連絡は入っていないという。

「新田さんのお父さんが殺されたとは……どういうことですか」

「いや、さっぱい分からん。新田君の電話によっと、夜中に親父さあに呼ばれて会社へ行ったんじゃげな。そうすっと社長室に親父さあが倒れちょった。初めは脳溢血《のういっけつ》か何かだと思ったんじゃが、じつは殺されちょったんじゃげな」

「それで、今の状況を詳しく説明してくれませんか」

「詳しくちゅっても……新田君から電話があったんは昼前じゃった。話の様子じゃと、どうやら警察の監視下にあるらしい。断片的なこっしか喋れんのか、事件の内容もはっきり言えんような状況らしかったが、それよりとにかく、緩鹿君のこつを心配しちょったな。大学の寮に電話したが留守じゃったんで、伝言を頼む言うちょった」

「それで、緩鹿さんはどうしたのですか」

「十二時過ぎに連絡がついて、すぐにこん家に駆けつけた。そのあと二時頃に新田君から緩鹿君に電話があった。警察に捕まらんうちに、身を隠したほうがよかちゅうこっじゃったようじゃな。そん指示を聞いて、ついさっき出掛けて行きよった」

「なるほど……」

ぼくは新田氏の危惧《きぐ》したことを、おぼろげながら理解した。新田氏を最後に目撃したのは緩鹿智美クンだったのだ。警察としては当然、彼女の証言を求めるだろう。警察の事情聴取に対して、新田氏は昨夜の十時半頃、田平氏と一緒にこの家に智美クンを送り届けたことにしたと思われる。しかし事実はそうではなかった。——つまり、新田氏が父親と会いに会社へ向かう直前まで、智美クンは新田氏と共に過ごしていたにちがいない。その「証言」を根掘り葉掘り訊かれる屈辱から智美クンを守ろうとするのが、新田氏の考えなのである。

「緩鹿君はおまんさあに連絡を取いたがっちょったが、待ちきれなくなったようじゃな」

「どこへ行ったのか分かりませんか」

「うんにゃ、それは分からんな」

よほど慌ただしい出発だったのだろう。

「ところで、死因は何だったのですか?」

「さあなあ」

「新田さんはそれについては何も言わなかったのでしょうか?」

「電話しちょっ最中に刑事が来て、電話を切られたげな」

「所轄の警察はどこですか?」

「中央署じゃげな」

それだけ聞いて、ぼくはすぐに警察へ向かった。鹿児島中央署は甲突川畔に近い、市街地の中心にある。警視庁ほどではないが、三角形に突き出した街角の先端に、いかめしい感じで辺りを睥睨《へいげい》している。

　車で前を素通りしたが、警棒を構えた制服巡査が二人入口に両脇に立ち、ふだんと違う警戒態勢にあるらしい。腕章をつけた報道関係の人間らしい姿もチラホラ見えた。

　ぼくは近くの有料駐車場に車を置いて、中央署の玄関へ向かった。石段を上がりかけると、警備の警官が前を遮るようにして、「どちらへ行かれますか？」と言った。

「新田さんの事件の捜査本部はこちらだと聞いてきたのですが」

　二人の警官は顔を見合わせた。

「そうですが、本部に何か用ですか」

　少し年長のほうが訊いた。

「情報を伝えたいと思いまして」

「情報？……ちょっと待っててください。えーと、おたくさん、名前と住所は？」

「東京の浅見という者です」

「東京？……」

　いちいち復唱する性質らしい。

　とにかくぼくを建物の中に入れ、受付のカウンターの前で待たせておいて、すぐ近くにいた警部補の制服の男に耳打ちした。警部補はチラッとこっちを見て、電話でどこかに連絡して、間もなく奥のほうの階段から、私服の刑事があたふたと下りてきた。

「えーと、おたくさんですか、東京からきたとかいう」

「ええ、浅見といいます」

　ぼくは名刺を渡した。肩書のない、名前と住所だけの名刺だ。刑事は引っ繰り返して、裏にも何も書いてないことを確かめた。たいていの人間は肩書のない人間を信用しないものである。

「えーと、浅見さんのお仕事は？」

「フリーのルポライターです」

「ルポライター……」

とたんに態度が横柄《おうへい》になった。

「なんだ、取材か。タレ込みだって言うんで、下りてきたんだが」

「いや、取材じゃありませんよ。情報を持ってきたのです。捜査の参考になるだろうと思いましてね」

「ふーん、そしたらおたくさん、事件のことで何か知ってるんですか」

「ええ、昨夜の新田さんの行動について、参考になることがあると思いますよ」

新田という名前を出したのは効果的だったらしい。刑事は二階へ案内して、取調室の中に入れた。情報提供者を遇するのに取調室はないだろう――と思ったが、文句は言わないことにした。

刑事は「石原《いしはら》」と名乗った。ぼくが下の名前もと訊くと、うるさそうに名刺をくれた。「石原英《ひで》之《ゆき》」がフルネームで、階級は巡査部長だった。三十四、五歳だから、たぶん捜査の中堅的な存在なのだろう。眉が太く、顎《あご》が発達していて、いかにも九州男児といった風貌だ。

「それで、新田の犯行の何を知ってるんですか？」

いきなり訊いた。

「えっ、新田さんが犯人と決めているんですか？」

ぼくは大げさに驚いてみせた。石原部長刑事は、さすがに（しまった――）と慌てた様子だった。

「ん？　いや、まだそこまでは行ってないけどね。しかし、目下取り調べ中だが、容疑は固そうだな」

「どうしてですか？」

「どうしてって、そんなことはあんたに言う必要はないでしょうが」

「動機があることは認めますが、実の親父さんを殺すほどのことではないでしょう」

「ほう、動機があるのかね。そうか、それがあんたの持ち込んだ情報というわけか。だったらその動機というのを、ぜひ聞かせてもらいたいもんだね」

「それは警察がすでに知っていることにすぎませんよ」

「知ってるかどうかは分からんでしょう。そうだ、だいたい、あんたは新田とどういう関係があるのかね？」

「昨日、知り合ったばかりです」

「昨日だと？　そんなんで何を知ってるというのかね」

「新田さんと親父さんとの関係がうまくいってなかったことだとか、新田さんの店が窮地に立って、金に困っているのに、親父さんがなかなか援助をしてくれないとか、そういったことです。それがあるから、警察も新田さんを長時間にわたって訊問しているのでしょう？　だけどそれは、ぜんぜん無意味だと思いますよ」

「無意味か無意味でないか、あんたに指図される筋合いはない。そんなことを言いに来たのなら、さっさとお引き取り願いたい」

「それじゃ、新田さんに会わせてくれませんか。

どういう事情なのか、聞かせてもらうだけでいいですから」

「だめだめ、目下調べ中だと言っただろう」

「しかし、昨夜からすでに二十時間近くも拘束しているのは、不当じゃないですか」

「いや、拘束してるわけではない。詳しく調べておるだけだ」

怖い目をして頑固に首を振りつづけながら、ふと思いついたように、

「そうだ、それよりあんたに訊きたいが、浅見さんは昨夜はどこで何をしておったのですか？」

「ですから、昨夜は新田さんのお店へ行って、十時頃までそこにいました」

「その後は？」

「新田さんにホテルまで送っていただいて、その後は自分の部屋にいました」

「ずっと部屋におったのかね？　それを証明できますか？」

「えっ、まさかぼくのアリバイを確認しているわけじゃないでしょうね」

「いや、一応そういうことですよ」

しらっとした顔で言った。言葉つきは丁寧になったが、それだけにかえって、職業的な硬直した姿勢を感じさせる。

「われわれとしては、事件関係者にひととおり同じような質問をさせてもらっておりますのでね」

「それにしたって、ぼくは新田さんのお父さんに会ったこともないし、第一、鹿児島に来たのも今回が初めてなんですよ」

「鹿児島には何の目的で来たのですか」

「取材です」

「何の取材です？」

「石橋です。鹿児島市内の五石橋をはじめ、鹿児島県と熊本県の石橋を取材して歩く予定です」

「五石橋？……けど、取材するといっても、五石橋は流されたり、すでに解体して架け替えたりしてるじゃないですか」

「ええ、ですから、架け替えに到る経緯だとか、石橋保存問題はどうなっているのかといったことについても調べたいと思っているのですよ」

「ふーん、すると、あんたは石橋解体に反対する運動に参加してたわけですか」

「いや、参加はしていません」

「そんなこと言って、新田さんの息子と付き合っておるじゃないですか。彼は反対運動の中心的人物だったのだし、親父さんとはげしく衝突をしておった。その息子の仲間ということであれば、あんたにも本事件の動機があるわけだな」

「冗談じゃないですよ」

ぼくは呆れて、口を大きく開けた。

「冗談とは何だね。かりにも人一人殺された事件ですぞ。冗談なんかで警察が動いておるわけとは違う。あらためて訊くが、あんたはいつ鹿児島に来て、いままでどこで何をしてたのかね」

「参ったなあ……」

まったく話にならない——とは思ったが、警察がそう言いだしたからには、行くところまで行かないと収まりがつかないのは分かっている。ぼくは仕方なく、東京を出てからの足取りを説明した。

フェリーで宮崎に着き、宮崎市内で一泊して隼人町の霧隼女子大に行き、それから鹿児島で一泊。今日は菱刈町まで行ってきた——といったことだ。

石原部長刑事は鹿爪《しかつめ》らしくメモを取っていたが、ぼくの話が終わるのを待ちかねたように訊いてきた。

「その間、ずっと一人だったのですか？」

「まあ、だいたいは一人でした」

「だいたいというと、一人でなかったこともあったわけだね」

「ええ、さっき言ったように、昨夜は新田さんにホテルまで送ってもらったりもしましたから」

「それ以外は？」

なるべく余計な人を巻き込むような話にしたくなかったが、やむをえない。ぼくは霧隼女子大から緩鹿智美クンと一緒に、鹿児島の田平先生のお宅を訪ねたことや、三人で熊襲亭へ行ったこと、そして智美クンに連れられて新田氏の喫茶店「今再」へ行ったことなどを話した。

話の途中から、石原の眼光が鋭く輝きだしたのが分かった。その理由も分かっている。話の中に「緩鹿智美」の名前が出たからにちがいない。

案の定、話し終えたとたん、「その、緩鹿という女子大生だけどね」と言った。

「いま、どこにおるのかね？」

「知りません。ぼくもついさっき、大口市のホテルに入ってすぐに、彼女から連絡をもらって、田平先生のお宅まで駆けつけたのですが、そのときはもう緩鹿さんはいなくなったあとでした。行き先は分かりません」

「ふーん……」と、石原は疑わしい目で、鼻を鳴らした。

「ほんとは知ってるんじゃないの？」

「知りませんよ」

「だけどあんた、田平さんとも親しくしてるんだったら、石橋解体に反対してた仲間ということになる。わざわざ東京から駆けつけたのは、何か特別な目的があってのこととちがいますか?」

「いや、駆けつけたのは大口市からで、東京からはフェリーで来たと言ったじゃないですか」

「そんなことは分かってる。しかしなあ、緩鹿という女性も田平さんも、新田翔と同じ、五石橋架け替えに頑強に反対してた連中の仲間だ。あんたにも同じ目的があったか、背後関係があると考えられますな」

「そんなもの、あるわけがないでしょう」

「あるかないか、あんたが自分で言うことなんて、参考にはならんですな。一応、調べさせてもらいますが、よろしいですな」

「調べるって、何をですか?」

「だから、つまりあんたの背後関係をです。いかなる団体に所属しておるのか」

「団体なんか所属してませんよ。フリーだって言ったでしょう」

「分かった分かった、あんたの言うことは分かりました。しかし、われわれとしては一応、調べるのが決まりですのでね。ところであんた、前科は?」

「前科? そんなもの、あるわけないでしょう。そりゃ、駐車違反ぐらいはありますけどね。だから背後関係を調べるなんて、おかしなことはやめてくれませんか」

「前科がないんだったら、いいじゃないですか。それとも、何か調べられて困ることでもあるのかな?」

「ありませんて。だから何を調べられたって構わないけど、ぼくの自宅に電話なんかしないでくださいよ。家族に妙な心配されたら、たまりませんからね」

「ほう、家族というと、奥さんですか？」

「いや、ぼくはまだ独身です」

「だったら誰もいないんじゃないの」

「いますよ、母親とか兄夫婦とか、いろいろと」

「えっ、そしたらあんた、独立しないで、まだ実家に住んでおるのかね」

調書をあらためて眺めて、三十三歳にもなって――と、言いたそうな顔だ。

「どこに住んでいようと、ぼくの勝手でしょう。ただし、肩身の狭い思いをしていることは事実です。だからこそ、あまり余計な心配をかけたりしたくないのです。それに、おふくろがいい歳で、心臓が弱い。万一、ショックで心臓マヒでも起こしたら、石原さん、あなたは責任を取ってくれますか？」

「あほなことを言ってもらっちゃ困る」

「とにかく家に連絡したりするのだけはやめてください。それじゃ、ぼくはこれで失礼します」

ぼくはすばやく立って、ドアに突進した。

「あっ、待て！」と、石原部長刑事は慌てて追いかけようとして、デスクの角に思いきり腰の辺りをぶつけたらしい。「あいたた」と悲鳴を上げ、タイミングがかなり遅れた。

ぼくは足早に階段へ向かい、駆け降りた。その後ろから石原は大声で「誰か、そいつを捕まえろっ」と怒鳴った。玄関前で警備についていた二人の警察官がぼくの前に立ちはだかった。

ぼくは観念して立ち止まった。足を引きずりながら追いついた石原が、息を弾ませて、「浅見……えーと、何ていったかな？」と、ポケットに仕舞い忘れた名刺かメモを探している。

「光彦です、浅見光彦」

「ああ、そうだったな。浅見光彦。逃走を図《はか》るのなら公務執行妨害で緊急逮捕するぞ」

　ぼくの鼻先におでこをくっつけ、嚙みつきそうな顔で怒鳴った。

3

　緊急逮捕と脅しても、何かをやらかしたというわけではない。さすがに留置場には入れられなかったが、また元の取調室に連れ戻され、今度は石原の部下が二名、室内に入ってドアを背に立ち番についた。何だか重要事件の容疑者扱いである。

　当の石原部長刑事はしばらく顔を見せない。たぶん、上司にことの次第を報告し、併せて東京に、ぼくの身元確認の手続きでもしているにちがいない。

（やれやれ——）とぼくは観念した。警察からの問い合わせの電話に出た、おふくろさんの怖い顔が目に浮かぶようだ。

　ひょっとすると、警視庁経由で依頼を受けた、所轄の滝野川《たきのがわ》署から刑事が出向いて、事情を聴くかもしれない。「お宅の息子さんがまた何かやらかしたようで」などと、チクチク皮肉めいたことを言わなければいいのだけれど——。

　やがて現れた石原は嬉しそうなニコニコ顔であった。署長か課長に「よくやった」ぐらいに褒《ほ》められたのだろう。これでぼくから自供でも引き出せば、県警本部長賞は間違いない——と思っているのかもしれない。

「さてと、何から聞かせてもらおうかな」

　石原はデスクの向こう側に腰を据えて、獲物を前にしたオオカミみたいに舌なめずりをした。部下の一人が、部屋の片隅のデスクに向かって、調書を取る態勢になっている。

石原が口を開く前に、「まず最初に」と、ぼくのほうから切り出した。

「いったい、昨夜、何があったのかを聞かせていただけませんか」

石原は「へ？」と、口を半開きにしてぼくを眺めた。部下も驚いてこっちを向いた。

「ぼくはまだ、新田さんのお父さんが殺されたということしか聞いていないのです。いったいどういう状況で殺されたのか、死亡推定時刻や死因、そのほか現場の状況や、発見者は誰なのかといった基本的なことは、何一つ聞いていません。まずそれをひととおり教えてください」

「あんたねえ……」

石原の口はますます大きく開いた。

「何か勘違いでもしているのと違うか？　訊問するのはこっちのほうだ。あんたはそれに対して正直に、ちゃんと答えておればよろしい」

「それはもう、すべて正直に答えたじゃないですか。それ以上、ちゃんと答えるためには、事件そのものがどういうことなのかを知る必要があります。でなければ、事件と関係のない無駄なことまで喋るようなことになりかねません。たとえば、昨日の昼飯に何を食べたかなんて聞いても、意味がないんじゃありませんか？」

「うるさい！」

石原は怒ってデスクを叩いた。もうそろそろ怒る頃かな——と予想していたけれど、ぼくは一応、敬意を表して椅子から尻を上げるほど驚いてみせた。

「さっきまでは一参考人として事情を聴いておっ

たのだが、これからは容疑者として扱うので、そのつもりで答えてもらいたい。よろしいな」

「ひどいですねえ、容疑者はないでしょう。いったい何の容疑なんですか？」

「もちろん、新田栄次《えいじ》さん殺害に関係する容疑ということになる」

「ああ、新田さんのお父さんは栄次さんていうんですね。そのことも初めて知りました。それくらい、何も知らないんですよ」

「いいから、こっちの質問だけに答えておればいいのだ。とにかく、最初の人定質問からやり直しだな。浅見光彦、本籍ならびに現住所は東京都北区西《にし》ヶ原《はら》三丁目……これは免許証にあるのだから、間違いはないな」

「はい、間違いありません」

「年齢は三十三歳で、職業はフリーのルポライターか。ルポライターというのは、具体的にはどういうことをやってるのかね？」

「早い話、雑誌なんかの記事を書いてます。おもに旅行案内のようなエッセイだとか、政治家や財界人の提灯《ちょうちん》持ちのインタビューだとかが多いのですが、ときには事件記者まがいのこともやります」

「そしたら、今回はあれか、五石橋の撤去、改修問題を書こうと思って、事件に係わったのと違うか？」

「違いますよ。今回はたまたま、新田さんと知り合って、この事件に遭遇しただけです。これを取材して記事にしようなんてつもりは、さらさらありませんから、安心して何でも話してください。こう見えてもぼくは口の固いほうですから」

「だからなぁ……」

石原は呆れて、背を反《そ》らせた。

「話すのはこっちではなくて、そっちのほうだと言ってるだろうが。あんた、本官を舐《な》めてるのか？」

「舐めたりはしませんよ、そんな……」

そんな汚い顔——と言いそうになって、やめた。しかし、どんなに怒鳴られようと、ちっとも怖いことはない。何しろこっちは事件にはまるで関係がないのだ。道路で車を停められ、警察官の職務質問を受けるときは、何も違反していなくてもビクビクするものだが、それとはわけが違う。こういう不幸な状況に陥ったことを、逆にいい経験だと思い、楽しむつもりでなければ、ただ不愉快になるばかりである。

ただ、気掛かりなのは、これがおふくろさんや兄に知れたら、また厄介《やっかい》なことになるだろうな——という点だ。それと、本来の目的である石橋の取材がまったく進んでいないことも気になる。さらにもう一つ、絵樹卓夫氏のお母さんがその後どうしているかも、心配なことであった。

「あんた、いまだに実家に居候《いそうろう》をしておる身だとか言ってたな」

石原は威厳を作って言った。

「実家の職業は何かね？」

「兄がサラリーマンをやってます」

「両親は？」

「父はだいぶ前に亡くなりました。母親と兄夫婦とその娘と息子——つまりぼくの姪と甥がおります。あ、それからお手伝いの女性が一人です」

「ふーん、お手伝いさんがおるのでは、金持ちのボンボンというわけか」

「いえ、金持ちではありません」

「けど、居候がおってお手伝いがおるくらいなら、金持ちだろう」

「居候っていっても、ちゃんと食い扶持《ぶち》ぐらいは出していますよ。母親だって、華道を教えたりして、それなりに労働者です」

「ははは、労働者はよかったな。それで、お兄さんは何をしておるんかね」

「ですから、サラリーマンです」

「どういうサラリーマンか訊いてるのだ」

「公務員です」

「公務員といってもいろいろあるが。勤め先はどこかね」

「警察関係です」

「警察？　なんだ、そしたらわれわれと同業かい」

石原は眉をひそめた。警察官の身内となると、いささかやりにくいのだろう。

「警察だとすると、あんたの年齢から推定して、自分より上の階級ということになるかな。警部補ぐらいか？」

「もうちょっと上です」

「じゃあ、警部？」

「ぼくとは歳が十四も離れていますから」

「なるほど、そしたら警視で、どこかの署長さんでもやってるのかな」

「あ、そうでなく、事務職のほうです。つまり、現在は警察庁に勤務しています」

「警察庁勤務でも、一応、階級に換算できることになってるはずだが」

「そうらしいですね。昔は京都の警察署で課長を務めたこともあったそうですから」

「えっ……」

石原の顔がこわばった。「昔」と「課長」を結びつけたとたんに、不吉な連想が走ったにちがいない。

「そうすると、あれですか。その、浅見さんのお兄さんというのは、エリートさん？」

エリートに「さん」をつけるのが妥当かどうかは分からないが、ぼくは「はあ」と肯定した。兄は大学に入って間もなく司法試験に通り、卒業するときには上級職試験に受かっている。いわゆる「エリート」であることは間違いなかった。

そのときになって、石原部長刑事の頭に、ようやく記憶が蘇ったらしい。顔面から血の気が失《う》せるのが分かった。

「あのですね、浅見さんのお兄さんとおっしゃるのは、つまりその、警察庁の浅見刑事局長さんでは？……」

ぼくは力なく頷《うなず》いた。

「そうです。ぼくはその不肖の弟です」

「なんてこった……」

石原は右手をおでこに当てて、天井《てんじょう》を仰いだ。部下の刑事は律儀に、その問答の一部始終を調書に書いている。それに気づいて、石原は慌てて調書をひったくった。

「もういい、これは無かったことにする」

せっかく書いたページを破り取った。

それから、「ちょっと、待っててください」と、ぼくに向けて挙手の礼をして、あたふたと取調室を出て行ったところをみると、たぶんぼくの身元調査などの手続きにストップをかけるのだろう。

（やれやれ——）と、ぼくはほっとした。これで恐怖のおふくろさんには、今回の騒動がバレずにすみそうだ。

十分ほども待たせてから、石原は戻ってきて、「こちらへどうぞ」と、応接室に案内してくれた。そこにはすでに署長と刑事課長が待機していた。署長はさすがに老獪《ろうかい》だから、「やあやあ、どうも、浅見さんは局長さんの弟さんだそうで」などとにこやかに笑いながら、自己紹介をし、傍《かたわ》らの刑事課長を紹介した。ぼくは恐縮して「すみません、お騒がせしまして」と詫《わ》びた。

「いや、そんなことは気にせんでください。先程、警視庁に問い合わせたところ、浅見さんはしばしば警察に協力して、事件捜査に貢献していただいておると聞きました」

石原の報告が「緊急逮捕」だったとしたら、警視庁には身元と前科の有無を確認したのだろうに、ただの「問い合わせ」と言い換えている。警視庁の誰に聞いたか知らないけれど、誰にしたって、そんなにいい評判をしてくれるとは思えない。適当にあしらって、さっさと追い返したほうがいい――ぐらいのことは言ったかもしれない。

もう一人の刑事課長は正直に、ムッとしたような顔である。局長の威光を笠に着て――とでも思っているにちがいない。たしかにそのとおりなので、ぼくはますます恐縮せざるをえなかった。

「石原君の話によると、浅見さんは今回の事件について、何か参考になるようなことをご存じだそうですな」

署長はきわめて好意的だ。

「いえ、それほどお役に立てるかどうか分かりません。それより何より、事件がどのようなものだったのか、まだほとんど知らないというのが実情です。もしよろしければ、事件の概要を聞かせていただければありがたいのですが」

「そうですか。どうだろう牟田《むた》君、構わないんじゃないかな」

刑事課長に言った。

「はあ、それはマスコミに流した程度のことは構いませんが、なにぶん捜査が始まったばかりでありますので、一般市民の方にすべてを話すのはいかがなものかと」

牟田刑事課長は硬い口調で、「一般市民」の部分を強調した。

「おっしゃるとおりですね」

ぼくは神妙に同意した。

「市民は警察の捜査に協力すべきだといっても、かえって邪魔をするような結果になってはいけません。ぼくとしては、基本的なことを教えていただくだけでも結構です。せっかくお近づきになったのですから、もしお差し支えなければ、石原さんにレクチャーをお願いできればありがたいのですが」

「えっ、自分がですか？」

石原はいきなりお鉢が回ってきたので、迷惑そうに半歩、後退した。

「そうだ、石原君、それがいいな」

牟田刑事課長は、すぐさま対応した。問題を起こした張本人である石原を「犠牲者」に仕立てることで、もっとも理想的な厄介払いができると思ったのだろう。

「それから、新田さんのことですが」

ぼくはことのついでに言った。

「昨夜からかなり長時間、拘束して調べられているようですが、そろそろ解放されるのでしょうか？　もしそうであるなら、ぜひ会いたいのですが」

「いや、それはもうちょっと待っていただきます。まだ、訊きたいことにすべて答えてもらっておらんもんでしてね」

牟田は唇をへの字に結んで、その件に関してはー歩も譲らない姿勢だ。

「まさか、警察に勾留《こうりゅう》しているわけじゃないでしょうね？」

「いや、そんなことはしておらんですよ。しかるべきところに保護しております。そうでないと、マスコミがうるさくてかなわないませんのでね」

頬を歪《ゆが》めて、初めてニヤリと笑った。

そんなわけで、それからぼくと石原部長刑事は街へ出た。食事でもしながら、事件のあらましを話してくれようというわけだ。「浅見さん、何を食いますか？」と訊かれて「ラーメンがいいですね」と答えた。

「はあ、ラーメンが好きですか」

「ええ好きです。旅先ではカレーライスかラーメンを食べることにしています。安いし、味はだいたい間違いないし、それに地元の人たちの気取らない会話がしぜん、耳に入ってくるのがいいのです」

「なるほど……」

その答えが石原は気に入った様子だ。鹿児島の繁華街にあるかなり大きいラーメン専門店のようなところに入った。二階建ての店だが、下も上もけっこう混んでいる。鹿児島でもっとも流行《はや》っている店なのだそうだ。縮れてない、色の白い中太の麺で、スープはとんこつ。味はまあまあだが、量が多かった。空腹にはそれが何よりのご馳走だ。

ラーメンを待つあいだ、そして運ばれてきたラーメンを啜《すす》りながら、石原は事件の概要を語った。

事件の一一〇番通報があったのは、昨夜の午後十一時五十二分と記録されている。通報者は新田翔氏であった。

「一一九番ではなく、いきなり一一〇番だったのですね？」

ぼくは確認した。

「そうです、一一〇番でした。新田の話によると、発見した時点で、父親はすでに死亡していると判断したのだそうです」

その晩、新田氏は父親と会う約束をしていたという。新田氏のほうは自宅を訪ねるつもりだったのだが、なぜか父親の栄次氏は会社で――と指定した。

新田氏が父親に会う用件は金策問題だった。喫茶店「今再」の経営が行き詰まって、資金繰りがどうにもならなくなっていた。このままだと、仕入れのための現金が底をついて、商売もできなくなる。最後の頼みの綱は、やはり父親しかなかった。面子《メンツ》も何もかなぐり捨てて、膝を屈して父親に泣きを入れる覚悟だったそうだ。

栄次氏は当然、借金の申込みにつれなかった。ずっと息子の要請を拒みつづけていたのだが、この日になって突然、会社の仕事を手伝うなら――という条件で、当座の資金は都合しようということになった。

「その打合せをするために、深夜十二時に会社まで来いと命令されたというのです」

「なぜ深夜、それも会社でなければならなかったのですか？」

「それは新田にも分からんそうです。ただ、推測できることは、会社に仕事の資料があったか、あるいは家の者に会わせたくないとか、知られたくないとか、そういった理由ではないかと言っております」

指定された時間より少し早めに、新田氏は父親の会社「薩央建設《さつおう》」に行った。

薩央建設は鹿児島では中堅より上位にある建設会社で、ことに五石橋の改修、架け替え工事には、早くから積極的に参入を目論《もくろ》み、行政や中央の大手ゼネコンとの関係も緊密にしていた。会社は鹿児島市内に本社があり、郊外の二箇所に工場と倉庫がある。

本社は五階建ての自社ビルで、五階に社長室がある。むろん、すでに社員は全員が退社したあとで、正面玄関と建物脇の通用口の常夜灯と、五階の社長室だけに明かりがある以外は、すべての窓は明かりが消えていた。

通用口はロックされていなかった。最後に退社した人間がロックし、それと同時にセキュリティ・サービスの保安管理システムが機能することになっている。

新田氏はエレベーターで五階まで行き、社長室へ向かった。

その途中、廊下に鉄パイプが落ちていたので、何気なく拾って脇に置いた。

「その鉄パイプが凶器だったのです」

石原は注釈を加えた。

社長室のドアをノックしたが応答はなかった。トイレかな——と思いながら、新田氏はドアを開け、床に俯《うつぶ》せの状態で倒れている父親を発見した。

ひと目見た瞬間、新田氏は父親が絶命しているのを直感した。すでに脈も呼吸も停止していたし、飛び出すほどに見開かれた目玉は、死を物語っていた。

一一〇番通報から警察が駆けつけるまで、およそ五分か十分程度だったと思われる。その間、新田氏はその場を動かなかったそうだ。むやみに動いて、証拠になる足跡等を消してはいけないと判断したという。

検視の結果、死因は頭部および頸部《けい》に数回与えられた打撲によるもので、頭骨は陥没、頸骨も損傷していた。凶器は前述の鉄パイプだったが、かなり太い鉄パイプが少し曲がるほどの打撃だから、よほどの力が加わったと考えられる。出血はさほどではないが、鉄パイプには頭髪や皮膚が付着していた。

「問題は指紋です」と石原は言った。

「鉄パイプには新田翔の指紋しか付いておらなかったのです」

「死亡時刻と、新田さんが現場に来た時刻とのギャップはどうなのでしょう?」

ぼくは訊いた。

「それは多少、あったみたいですな。少なくとも、われわれが駆けつけたときは、すでに体温がかなり低下しておったことは確かで、死後三十分以上は経過してたでしょう。新田の言うことが事実であれば、彼は死後十数分ばかりして、現場に行ったということになりますか。しかし、それが事実であるかどうかは疑問と言わざるをえないわけでして」

「なるほど……」

ぼくは新田氏が窮地に陥《おちい》っていることを認めないわけにいかなかった。

4

　ぼくと石原部長刑事がラーメンを食って、しばらく話し込んでから警察に戻った頃になって、新田氏はようやく解放されることになったらしい。牟田刑事課長が石原の顔を見ると、「ちょっと」と脇に呼んで、何事か囁《ささや》いていたのが、その話だった。

「先程、自宅に帰したそうです」

　ぼくのところに戻ってきて、石原は報告した。

「やっぱり、刑事局長さんの弟さんに見ておられては、いつまでも確保しておいて、不当監禁とか誤解されてはいかんと思ったのでしょうな」

　石原は皮肉まじりに聞こえるような言い方をした。しかし、ぼくや刑事局長がどうのということではなく、まあ常識として考えたとしても、いくら疑わしい、不利な状況にあるからといって、確証もないまま、被害者の息子をいつまでも拘束しておくわけにいかないに決まっている。

　すでに午後八時を過ぎていた。正面玄関には報道関係者が少し残っていたが、そういう動きがあることには気づいていない様子であった。

　ぼくは石原に頼んで、まず事件現場を見せてもらうことにした。薩央建設までは歩いて行ける距離だったが、そのあと新田家へ回るつもりなので、ぼくのソアラで動くことにした。

「新田は解放はしましたがね、しかし、問題がまったくないわけではないのです」

　ソアラの助手席で、石原は不満げな口調で言った。

「第一に、新田の言ってることを裏付ける証拠がはっきりしないのです。新田は昨夜、午後十時半頃に田平芳信さんと緩鹿智美という女子大生を田平さん宅に送り届けたあと、車の中で時間をつぶし、午後十一時五十分頃に薩央建設に行ったと言ってるのですが、一時間半近くも車の中におったというのはどう考えても不自然ですな。それに、裏付けを取ろうと思っても、その緩鹿智美の行方が分からんというのもおかしい」

「田平さんは何ておっしゃっているんですか？」

「いや、あの先生はだめです。何を訊いてもさっぱり憶えておらんのだそうです。熊襲亭から連れて帰ってもらったのは、うすうす憶えておるが、その後のことはどうなったのか分からんそうです。となると、緩鹿智美の証言が頼りというわけですが、田平さんの家におったところまでは分かってるのだが、肝心なときになったら、消えてしまった。どうも、新田は事前に彼女に連絡して、身を隠すよう命じた疑いがある。さらに、新田がなぜ深夜に、誰もおらん会社で父親と会おうとしてたのかも不自然でしょう。父親の指示だと言ってるのだが、それはあくまでも新田がそう言ってるのであって、事実かどうかは証明されておらんのです。また、父親が仕事の話をするために呼びつけたというのだが、それではその仕事とは何かと訊くと、それもさっぱり分からんというのです。何か石橋がどうしたとか言ってたそうだが……」

「えっ、石橋ですか？」

ぼくは思わず聞き返した。どうも鹿児島に来てからというもの、「石橋」という単語に敏感に反応する癖がついたらしい。

「そうです、石橋と言ってたそうです。例の五石橋の架け替え工事が進んでおる最中でもあり、また一方では、壊れた石橋を復元しようという話も進められてます。儲かりもしない喫茶店みたいなものはやめて、その関係の仕事に携《たずさ》われとでも命じるつもりだったのではないでしょうか」

「なるほど」

「そして、新田に対する容疑の極めつきは鉄パイプの指紋です。新田は廊下に落ちていたのを拾ったと主張してるのだが、それも証明されない。新田以外の指紋も少しは残っておるが、しかしそれはすべて古いものであって、ほとんどかすれかかっておったりしてるものばかりです。それともう一つ、被害者に与えられた打撲ですな。鉄パイプによる打撲は七箇所あったそうです。つまり、空振りがあったかどうかはともかくとして、最低七回は強打してるということです。解剖所見によっても、どれが致命傷か分からないほどだったそうです。これは怨恨《えんこん》による犯行の典型的なものといってもいいでしょう。新田がかねてより父親に冷たくされ、憎んでおったということは、周辺の聞き込みからも出ています。その父親に夜中に呼びつけられ、何かきついことを言われてカッとなったという状況は、十分、考えられるものであります」

新田栄次氏の死亡推定時刻——おそらく即死状態だったと考えられるので、つまり犯行時刻ということになるが、それは午後十一時三十分から四十分頃の間である。新田翔氏はそれより少し後、十一時五十分頃にビル内に入り、父親の惨事を発見、すぐに一一〇番通報をしているという。かなり微妙な時間差だ。第一発見者をまず疑えというのが、事件捜査の鉄則であるから、警察でなくても、彼の犯行を疑いたくなる。

薩央建設は夜の闇の中に、白っぽい外壁を浮かばせていたが、窓のほとんどは明かりが消えている。昨日の事件の直後とあって、社員はいつもより早めに退社しているらしい。正面玄関はロックされていて、左手横の通用口だけが開いていた。社長室のある五階はエレベーターホールにロープが張ってあって、警察官が交代で張り番をしている。今夜いっぱいか、明日の夕刻まではそうするのだそうだ。警察の仕事もなかなか大変だ。

ホールの床にも廊下にも、捜査員が歩くための敷物が続いている。しかし、社長室までのあいだ、すでに足跡の採取等は終えているが、目ぼしいものは発見できなかったということだ。

「浅見さんも調べてみますか？」

石原はそう言ったが、ぼくは首を横に振った。

警察が調べ尽くしたところから、新たな発見があるとは考えないことにしている。よく探偵物のドラマや映画で、探偵が床から、糸屑《いとくず》や髪の毛などの重要な証拠物件を拾い上げるシーンがあるけれど、あんなのは嘘に決まっている。少なくとも日本の警察が、そんな間抜けな捜査をするはずがない。また、あっては困るのだ。

ひととおり、現場と社屋全体の構造を見せてもらって、新田家へ向かった。

新田家は鹿児島市の南部、上福元町《かみふくもとちょう》にある。鹿児島市内ではもっとも人口の稠密《ちゅうみつ》している地域だ。石原の解説によると、この辺りには古い刀匠《とうしょう》の家系が続いていたりして、歴史的になかなか由緒あるところだという。夜目ではっきり分からないが、新田家の敷地はかなり広そうだ。そこに古風な二階建ての屋敷が建っている。

新田栄次氏の遺体はすでに引き渡されて、今夜がお通夜。明日は友引なので、葬儀告別式は明後日になるそうだ。

　死因が死因なだけに、ごく内輪の通夜だろうと思っていたのだが、どうしてどうして、屋敷へ出入りする人の数は相当なもので、故人の交際範囲の広さを物語っている。そうはいっても、行き交う人々の緊張した面持ちからは、事件へのさまざまな思惑が、それぞれの胸にあることを窺《うかが》わせた。

　通夜の参会者に対する事情聴取も行なわれているようだ。中央署で会った刑事の顔も見えて、石原部長刑事とさり気なく会釈を交わした。

　新田翔氏は栄次氏の長男だから、当然、通夜も告別式も新田氏が仕切らなければならないはずだが、諸事万端は姉婿《あねむこ》の寺尾《てらお》久伸《ひさのぶ》という人が任に当たっているそうだ。

「薩央建設の経理部長を務める男ですよ。以前は地元の金融機関にいたのを、娘と結婚したのを契機に、親父さんが引き抜いたという話です」

　祭壇の前で客たちに挨拶する姿を遠くから見たかぎりでは、真面目そうな中年男――といった印象だ。

　ぼくと石原は、新田氏の姉――寺尾夫人の香《かおり》さんの案内で、屋敷の奥の新田氏の部屋に案内された。夫人の話では、弟は臥《ふ》せっているということだったが、ぼくたちの前に現れたときには、それなりに身なりを整えていた。しかしその顔はかなり消耗している様子に見える。昨夜以来、断続的に取り調べがあったたし、事件のショックやら疲労やらで、相当参っていることは間違いない。

　ぼくは型通りのお悔やみを言って、「ひどい目に遭いましたねえ」と、彼の不運に同情する言葉を付け加えた。

「ええ、そうなんです」

新田氏は救われたように顔を上げた。おそらく、そういう言い方は誰もしてくれなかったのだろう。口には出さなくても、「この親不孝者」ぐらいのことは、身内を含む多くの参会者が思っているにちがいない。中には警察と同様、犯人は彼ではないか——と邪推している人間も少なくないのかもしれない。

「ところで、事件の一部始終を聞かせていただけますか？」

ぼくが言うと、新田氏は戸惑った表情で、傍らの石原を見た。ぼくがなぜ刑事と一緒にやって来たのか、その状況が分からないのだから、無理もない。

それをどう受け取ったのか、石原は「自分は席を外したほうがよさそうですな」と言い置いて、部屋を出て行った。気をきかせたというより、邪魔者扱いされたと僻《ひが》んだように思えた。

「じつは」と、ぼくはこの場合、新田氏にはある程度の事情は話したほうがいいと思った。フリーのルポライターであるのと別に、探偵紛《まが》いのことをやって、ときどきうまく事件を解決していることと。そして、実の兄が警察庁刑事局長であること——。

「えっ、そうなんですか？」

新田氏の表情に複雑な思いが流れた。相手が警察の「一味」と分かって警戒する疑心と、そのコネでなんとか苦境から救ってもらえるかも——という希望の色だ。

「警察というところは、事件関係者を片っ端から疑ってかかる癖がありますから、たぶん新田さんもきびしいことを言われたんじゃありませんか？

ぼくもさっき、危なく容疑者扱いをされるところでしたよ」

ぼくは警察でのひと悶着《もんちゃく》を、少し面白く脚色を加えながら話した。

「そうですか、浅見さんもそんな目に遭ったのですか。しかし、お兄さんが警察庁の偉いさんじゃ、警察もびっくりしたでしょう。羨《うらや》ましいですねえ」

「ええ、そういうピンチには助かりますが、その代わり、家に帰ったあとが大変です。おふくろと兄に土下座のしっぱなしですよ」

新田氏の警戒心を解いてから、ぼくは話題を本筋に戻した。石原にあらましのことは聞いているから、まずその事実関係を確かめた。新田氏が薩央建設のビルに入って、父親の無惨な姿を発見するくだりは、時間経過も発見時の状況も、石原の話と同じだった。

「新田さんや警察の説明を聞いたかぎりでは、事件そのもの——つまり、何があったのかは、わりと単純ですね」

ぼくがそう言うと、新田氏は非難するように少し眉をひそめた。

「そうですかねえ、私には誰が父を殺したのか、いったい何がどうしたのか、さっぱり分かりませんが」

父親が殺された事件を、そんなふうにあっさり言われたくないのと、警察でも手を焼いているような時期に、分かったような生意気な口をきかれたことに対する不快感がかいま見えた。

「いえ、もちろん犯人が誰かなんてことは分かりっこありませんが、事件の要点だけははっきりしているじゃありませんか」

「どんなふうにですか？」

「まず、犯人はお父さんと顔見知りの人物です。そのことは警察でもそう言っていたでしょう？」

「ああ、そう言ってました。父が抵抗もしていないし、たぶん無防備の状態で背後から最初の一撃を受け、そのあともめった打ちに殴打されたという話です」

新田氏の顔が引きつった。

「それから、犯行は新田さんがあの場所に行く、ほんの十数分前のことで、ことによると、あなたがビルに入った時点では、まだ犯人は社屋内にいたかもしれません」

「それも警察はそう言ってました。私が犯人でなければの話ですがね」

その点は執拗《しつよう》に責められたのだろう。新田氏の頬《ほお》には皮肉な笑みが浮かんだ。

「ぼくは警察とは違いますから、新田さんの話をすべてそのまま受け入れるつもりです。新田さんが緩鹿さんと別れたあと、一時間半近くも車の中で時間をつぶしていたということも含めて」

新田氏はチラッとぼくを見て、黙っている。それだけで十分だった。その一時間余りのあいだに、緩鹿智美クンと新田氏のあいだに何があったか——などと、野暮な詮索はしないことにした。

「しかし、緩鹿さんもいつまでも身を隠しているわけにいかないでしょう。警察はまるで共犯者でも探すような気分で行方を追っています。厄介なことにならないうちに、事件を解決しなければなりませんね」

「ほんとですか？」

新田氏は初めて、真剣な面持ちでぼくに視線を向けた。

「本当に警察は彼女を追いかけているのですか？」

「もちろんですよ。新田さんの証言を裏付ける、唯一といってもいい証人ですからね」

「しかし、彼女は事件のことについては、何も知りませんよ」

「事件そのものに関しては知らなくても、新田さんが午後十一時五十分頃までは、薩央建設のビルに入れなかった事情を知っているでしょう」

「それはそう……いや、彼女は何も知りません。彼女をこんな事件に巻き込むことはできないですよ」

「まあいいでしょう。ぼくはそのことについては関心はありません。あなたの気持ちもよく分かります。ただ、そのためにも事件の解決を急がなければならない。早い話、犯人を捕まえてしまえばいいのですから」

「犯人を捕まえるって……」

新田氏は不気味な物を見るような目で、ぼくを睨んだ。

「浅見さん、あなた、事件のことや犯人を知っているんですか？」

「いいえ、ぜんぜん」

ぼくは正直に首を振った。

「さっきも言ったとおり、ぼくには犯人が誰かなんてことは、皆目、見当がつきません。ただし、新田さんやほかの関係者が、ありのままの事実を教えてくれれば、わりと早い時点で事件を解明できると思っています」

「しかし、どうやって？……」

「まず、現場の状況や犯行の手口などから、お父さんを殺害した犯人の人物像を推測してみることです。第一に、犯人はお父さんに対して猛烈な憎悪と恨みを抱いていた。おそらく、最初から殺意をもって現場にやって来たにちがいありません。凶器の鉄パイプはあらかじめ用意してあったと考えられるし、指紋を残さないよう、軍手などを使用しています。第二に、鉄パイプを使用した点からいって、暴力団関係者などでない、いわば素人《しろうと》だと思われます。第三に顔見知りであっても、親しい関係ではなかった。あの時刻、あの場所を選んだことからいって、お父さんとしては、ほかの人たちに、その人物との関係をあまり知られたくなかったと思われます。第四に、お父さんはその人物にある種の弱みをにぎられていたと考えられます。あの深夜にたった一人で会社に残り、その人物を招き入れたのは、その表れと考えていいでしょう。そして、これが最後に仮説になりますが、お父さんはことによると、その人物に殺意のあることまで予測していたかもしれませんね」

「えっ、ほんとですか？」

「ええ、その証拠に、その時刻、あなたを会社に呼んでいるじゃないですか。お父さんは不安だったのですよ。もしかすると——という不安があったから、あなたに傍にいて欲しかったのですよ、きっと」

「まさか……しかし、父は私の金策について相談に乗ってくれると……」

「金策の相談を、なぜ深夜の会社で行なわれなければならなかったのか、その理由は説明がつきますか？」

「それは……たぶん、私の意志の固さを確かめたかったのだと、そう思ったのですが」

新田氏の目は自信なく揺れた。

「しかし、そうかもしれない……浅見さんのいうとおりだったのかもしれません。だけど、そんなに不安があるのなら、なぜ警察に頼むとか、あるいは会社の人間を傍に置かなかったのだろう？」

「だからそれは、その人物のことを、他人には知られたくなかったからだと思いますよ。唯一、あなたにだけは知られてもよかった。あるいは、知られても仕方がなかった。そう考えたのでしょうね」

「どうしてですか？　どうして私だけに知られてもいいと？」

「それはもちろん……」

ぼくは、半ば呆然として言った。

「あなたとお父さんが、親子だからに決まってるじゃないですか」

「…………」


新田氏は口をポカンと開けて、信じられないという目でぼくを見つめた。ぼく自身、ひどく間違ったことを言ってしまったような不安を感じるほどの長いあいだ、彼はそのポーズをつづけていた。おそらくそのあいだ、彼の脳裏には、生まれてからこの方までの、父親とのさまざまな葛藤《かっとう》の歴史が思い浮かび、流れて行ったにちがいない。

ふいに、新田氏の目から大粒の涙がこぼれ落ちた。彼は慌てて脇を向き、右腕の袖で涙を拭い、天井を見上げた。それでも堪《こら》えきれない涙が、目尻から頰を伝って溢れ出た。

「すみません、見苦しいざまをお見せしてしまって」

やがて、ゆっくりとした仕種《しぐさ》でポケットからハンカチを出して涙を拭うと、新田氏は静かな口調で言った。

「この私に、父親のために流す涙があったなどとは、思ってもいませんでした」

ぼくは何も言わなかった。慰めや励ましを言えば、ぼくまでが涙ぐみそうな予感がしていた。ぼくは父親を十三歳のときに亡くしている。謹厳そのもののような父親のことは、ひたすら畏敬の対象として、ぼくの記憶に刻み込まれている。生身の人間としての人物像がどんなだったのかを知らない。そういう意味では、たとえ憎しみの対象であったとしても、血の通った父と子の相剋《そうこく》を経験している新田氏が、羨ましくもあった。

「考えてみると、私のこれまでの人生は、父親への反骨精神によって支えられてきたような気がします。ラ・サールへ行ったのも、東大へ行ったのも、それに、東京の大手ゼネコンに勤めたのも、すべて自分のほうが父親より優秀な人間であることを証明してやりたかったからにちがいないのです」

新田氏は問わず語りに話しだした。

「私の父親というのは、いわゆるたたき上げの人間でしてね。粗暴で野卑で、すぐに暴力をふるった。子どもの頃はそんな父親が恐ろしくて、嫌いでなりませんでしたよ。私が父親に反抗的なものだから、目の仇《かたき》のように追い回された。そんな私を庇《かば》って、母はいつも殴られていました。そのくせ、外面《そとづら》がいいというのか、対外的な、とくに商売のこととなると、別人のように如才がなくて、人が嫌がる仕事もどんどん引き受けて、たちまち会社を大きくしました。私なんか陰で『詐欺師』などと悪口を言ってましたが、世間では立志伝中の人物みたいに思われていたのかもしれません」

「なるほど」とぼくは頷いた。

ほの見えた。

「もしそうだとすると、その世間には、お父さんを殺したいほど憎んでいる人はいそうにありませんね」

「は？……いや、憎んでいる人はいたと思いますよ。商売敵なんかは多かったでしょうからね。しかし、そうですね、まさか殺すほど憎んでいたとは考えられませんね」

「それに、もしそういう人物だとしたら、お父さんのほうも警戒するでしょう。間違っても夜中にたった一人で応対するなんてことはありえませんよ」

「そうですね、おっしゃるとおりですね」

新田氏はようやく、ぼくを信用するに足る人間であると認めてくれたようだ。

「となると、誰が？……」

ぼくを見つめる目に、教えを乞う者の謙虚さが

第三章　逃走のルート

1

　その夜、ぼくが大口市のホテルに帰り着いたのは零時少し過ぎだった。ロビーの明かりはほとんど消えていて、フロント係の姿もなかった。ベルを十回ぐらい鳴らして、ようやく眠そうな目をした男が現れ、部屋のキーを渡してくれた。

　ぼくがエレベーターへ向かいかけると、慌てて呼び止めた。

「あ、お客さん、浅見様ですね。ご伝言が入ってました」

　伝言メモは二枚あった。一枚は榎木くに子さんから、もう一枚は平仮名で「ゆうか様」と書いてある。フロント係が書いたものだから、たぶん「緩鹿」を聞き取れずに、平仮名でごまかしたのだろう。

　くに子さんのは午後八時二十五分の受信で「お電話をください」とのことだが、こんな時間なので、明日の朝、電話することにした。緩鹿智美クンのは、午後十一時十五分に受けたもので、「また後ほどお電話します」というものだ。おそらく、新田氏からの電話連絡を受けて、ぼくに何かを相談するつもりなのだろう。

　部屋に入った直後にベルが鳴って、フロントが智美クンからの電話を繋《つな》いだ。

「ああ、浅見さん、大変なことになっちゃいましたよ」

悲鳴のような声が飛び出した。

「ええ分かってますから、落ち着いて」

ぼくはわざとトーンを抑えて、訳知りの中年男みたいな声で言った。

「すみません、取り乱して、とても不安だったものですから。さっき、新田さんから電話で、これからのことを浅見さんにご相談するようにって言われました。それでお電話したんですけど、どうしたらいいのかしら？」

「いま、どこですか？」

「水俣です。水俣市のホテルに泊まっています。鹿児島県内じゃないほうがいいって、新田さんに言われて、それで列車に乗って、ここまで来ちゃいました」

なるほど、ＪＲ鹿児島本線に乗ると、熊本県に入って最初の特急停車駅は水俣である。事件捜査は当面、鹿児島県警管内だけで行なわれるから、その判断は正しいというべきであった。ぼくは一応、そう言ってから「だけど」と付け加えた。

「もう身を隠している必要も意味もなくなりましたよ。ただし、心配なら、一人だけで刑事に会いなさい。それで本当のことを話してやれば、何も問題はなくなります。警察としては、要するに新田さんが午後十一時半頃まで、あなたと一緒だったことを証言してくれさえすれば、気がすむのですから」

「えっ……」

智美クンは息を飲んだ。それから、仕方なさそうに「あの、浅見さん、そのこと、新田さんに聞いたんですか？」と言った。

「いや、聞かなくても、そのくらいのことは想像がつきますよ。新田さんはあなたのためを思って、事件に巻き込まないように嘘をついているのでしょうけど、それがかえってややこしい結果を引き起こしてしまった。あなたの口からそのことを話して上げれば、警察も納得するでしょう」

智美クンはしばらく沈黙してから、「だけど……」と言った。

「刑事さんに会えば、いろいろと訊かれるんじゃないですか。そういうの、私はやっぱりいやです」

最後の「いやです」という言い方には、ちょっとした迫力があった。プライドの高い女性だとは思っていたが、ぼくの想像をかなり上回るらしい。プライバシーの部分を、他人に覗《のぞ》かれたり干渉されたりすることを「恥」と感じる主義なのだろう。

そんなのは、世の中にはいくらでもありそうな、ごくふつうの恋愛関係じゃないか――と言いたい気持ちもある。しかし、テレクラだの援助交際だのが、まるで市民権を得たようにはびこっている現代に、そういう誇り高い女性が厳として存在することに、ぼくは感動すら覚えた。

とはいえ、この際は彼女の協力が得られるに越したことはない。

「あなたの証言で、新田さんの苦境を救えるとしても、だめですか」

「そんな言い方をされるとつらいけど、でも新田さん自身が判断して、私にそうしろと命じたことです。それに背《そむ》くのは、かえって新田さんを裏切ることになります」

「なるほど、それも一理ありますね。ところで、これから先、ずっとそうして逃げ回っているつもりですか？」

「まさか……」

智美クンは絶句した。ぼくは根気よく、彼女の次の言葉を待った。ずいぶん長い沈黙が流れた。彼女の頭の中では、いろいろな思いが入り乱れ、迷走しながら出口を模索しているにちがいない。

「もしもし、もしもし」と不安そうな呼びかけが聞こえた。電話のこっちに、ぼくがいるのかいないのか、確かめている。ぼくは思いきり、あっけらかんとした口調で「はい、何でしょう」と応じた。

「ああ……」

智美クンはため息をついた。

「浅見さんて、意地悪なんですね」

「えっ、ぼくがですか？　そうかなあ、そんなふうに思われるのは心外ですねえ」

「だってそうじゃないですか。どういう結果になるか分かっていて、私の気持ちを追い詰めるんですもの」

「いや、ぼくはそんなに悪賢《わるがしこ》くないですよ。しかし、結果が分かっているというと、緩鹿さんには当然、その結果は予測できているわけですね？　だったら、どういう結果なのか教えてくれませんか。それを教えないほうがよっぽど意地悪ですよ」

「だから、それは浅見さんが言うとおり、いつまでも隠れているわけにいかないっていうことでしょう。もう、お金だってあまり持ってないし、こんなこと、東京の家に相談できっこないし。これ以上、逃げつづけるとしたら、死ぬっていうことだわ」

興奮のあまり、つい口走ったにちがいないのだが、誇り高い女性としては、本気で死ぬことを考えないともかぎらない。

「おやおや、そう簡単に死なれては、新田さんはもちろん、ぼくも大いに悲しみますね。だけど、そういうことを言えるあなたが羨ましいなあ。ぼくみたいな落ちこぼれ人間は、死にたくなるほどの屈辱を何度も味わってきまいたからね。それに、世の中には、もっと悲惨な目に遭って、逃げることもできない人間が無数にいますよ。それに較べればあなたは幸せだ。自分の身を顧《かえり》みずに、愛するひとの誇りを守ろうとする男性がいてくれるのですからね」

「…………」

「明日の朝……いや、正確にいうと今日ってことになるか。あなたを迎えに水俣へ行きます。といっても、ぼくは寝坊だから、ここを十時に出ても、そっちに着くのは十一時頃になりますね。まあ、鹿児島へ帰るかどうかはそれから決めるとして、とにかくぼくの車に乗ってください。そのとき、いろいろ話をしましょう。いいですね？」

「はい……」

智美クンは力なく答えた。

しかし、翌朝になって榎木くに子さんに電話すると、予定に支障をきたしそうな話であった。また「例の男」から電話があったというのである。

「もう待てないというのですよ。金の石橋の書類はこの家にあるはずだって……そんなことを言われたって、私には何のことやら、さっぱり分かりませんのに」

「それで、待てないというと、具体的にはテキはどうするつもりなのでしょうか？」

「明日の晩に取りに来るって――つまり、今晩のことですけど。でも、取りに来られたって、渡す物がないのですから困ります」

「警察に相談しましたか？」

「警察はだめです。まともに取り合ってくれません。そういういやがらせの電話はいくらでもあるのだそうで、いちいち警察が取り合っていたら、きりがないとか。せいぜい戸締りを厳重にして、何かあったらすぐに一一〇番するようにって言われました」

「いっそのこと、その男に家の中を勝手に探してもらったらどうでしょう。無いものはないのだっていうことを分からせるには、それが最良の方法かもしれません」

「それはそうですけど、でも、なにをするか分からない相手ですよ」

「もちろん、あなた一人にはさせません。ぼくと、それにしかるべき人物を頼んで、場合によってはその男を捕まえましょう」

「まあ怖い……でも、そんなことができるのでしょうか？」

「大丈夫ですよ。ぼくはともかく、もう一人のほうは強い男です。しかし、そうですね、今晩はあなたはどこか、お知り合いのお宅に避難していたほうがいいかもしれませんね。ご親戚とか、お隣とか」

「分かりました。そうします」

　それやこれやで、出発は十時半になった。しかし、大口から水俣までは思ったより近かった。それに、事件のことにかまけて、すっかり失念していたのだけれど、大口から水俣へ行く国道２６８号は、あの「山野線」に沿った道だったのだ。山野線の廃線のルートと道路とは、必ずしも重なってはいないが、つかず離れず、そしてときどきは接点があるといった具合で並行していたようだ。

熊本県水俣市——といえばすぐに、あのいまわしい「水俣病」公害を想起させる。水俣病が社会問題として大きく浮かび上がってきたのは、ぼくが生まれるはるか以前のことだから、ごく最近までは、マスコミで報じられる程度のこと以上には、あまり詳しい事情を知らなかった。たぶん日本中の若者——ばかりでなく、ほとんどの国民がぼくと似たり寄ったりの知識しかないのだろう。

今度、山野線を探訪するにあたって、起点である水俣市のことを調べようと思って、はからずも「水俣病」に行き当たった。原田正純氏が書いた『水俣が映す世界』という本を読んだときのショックは、ぼくがそれまで抱いていた「人間の本性は善」という考え方の甘さを、撤回しなければならないか——とさえ思わせるものがあった。

その本の中には、水俣病に関する「犯罪」の事例が、数えきれないほど多く紹介されているが、ごく一部をご紹介しよう。

〔そこで見たものは大学の研究室にいては想像できない異様な光景であった。家は傾き、畳やふすま、障子は見るかげもなく、家のなかはがらんとして家具もなく、貧困の極致であった。そのなかに患者は雨戸を閉じて、ひっそり隠れるように、息をひそめるように生きていたのである。〕

〔柴木広（仮名）はカニの大好きな仲買人だったが、一九五八年初月に発病した。症状の進行は急激で一ヵ月後には歩行困難、発語不能となり、意識が混濁してきた。九月二九日に水俣市立病院を受診し、水俣病の疑いとされ入院をすすめられたが、奇病さわぎが再燃することを恐れた漁協の幹部が、患者を自宅につれもどして隠してしまい、保健所も患者発生の事実をなかったことにしてしまった。当然、この患者は自宅で死亡し、正式に水俣病の数にはいることはこれからもない。死亡時の診断書は「脳軟化症」であった。この柴木氏に二人の孫があった。二人とも首がすわらず、言葉もでず、痙攣《けいれん》がおこり、それぞれ七歳と四歳八ヵ月で死亡した。しかし彼らも正式の患者数にはいることはない。」

なぜこんなことが起きたのか、発生から終焉《しゅうえん》にいたるまでの経緯を、著者の原田正純氏は科学者の目で冷静に克明に分析し報告しようとしている。しかし、調査の過程で幾度となく怒りや悲しみを覚えたのだろう。『水俣が映す世界』の、一見、冷徹に見える文章のそこかしこから、ほとばしるような悲痛な憤怒の叫びが読み取れた。

この本を読むかぎり、「悪魔のような」としか表現できない企業側の悪業と、結果的とはいえそれに手を貸した行政側や一部の医師の対応の不純さははっきりしている。そして悲しいことに、被害者側でさえも、その被害を公にするのを躊躇したり、隠したりしていたというのである。

その予備知識があったから、じつをいうと水俣を訪ねることに、少なからず逡巡があったことは事実だ。水銀汚染に痛めつけられた海。病苦と闘いつづける人々や街——というイメージが、どうしても頭から離れない。ぼくは臆病者だから、そういうものに義憤は感じるけれど、そこから目を背けたり、逃げだしたくなったりする。

ところが、現実に見た水俣は、街も海も明るくて、空の色もかぎりなく透明なブルーであった。東京の薄汚れた空や、埃に塗《まみ》れた街や、幹線道路付近のむせかえるような空気の悪さとは比較しようもない。

ヘドロの浚渫《しゅんせつ》が進み、何年か前には漁業も解禁になったというニュースを、テレビでも見た記憶がある。企業も行政も、それに国そのものも心をいれかえ、環境の復旧と浄化に努めたのだろう。遅きに失したこと、まだ苦しんでいる人々が沢山いることは否定できないのかもしれない。しかしそれはそれとして、とにもかくにも美しい海が蘇り、健康的な生活が戻ってきている様子を見て、ぼくは嬉しかった。

緩鹿智美クンは駅の近くにあるビジネスホテルに泊まっていた。ぼくのほうは、ほぼ時間どおりに着いたのだが、智美クンはずっとロビーの椅子で待ち焦がれていたのか、ぼくの姿を見るなり駆け寄ってきた。

まるで警察に追われるのを気にしているように、先に立ってそそくさとホテルを出る。ぼくのソアラに乗ると、ようやくほっとひと息ついて、しみじみ「車って、いいわねえ、独りきりになれて」と、まるでぼくの存在を無視したようなことを言った。

繁華街を少しはずれたところに、わりといい感じのうどん屋を見つけたので、そこで昼食をとることにした。うどんばかりでなく、ご飯物もあり、天麩羅やちょっとした魚料理などもメニューに載っている。ぼくも智美クンも朝食は抜きだったから、奮発して天麩羅うどんとカレイの塩焼きを注文した。

「そうか……」と、ぼくは箸《はし》を使いながら呟いた。智美クンは「えっ？」と驚いたような目をぼくに向けた。事件のことで、何か思いついたと思ったのかもしれない。

「このカレイだけど、この水俣の海でとれた魚を、こうして食膳に載せることができるようになったんですねえ」

「？……」

智美クンにはぼくの言った意味が、すぐには通じなかったようだ。それから、しばらくして、

「ああ」と頷いた。

「そういえば、水俣病ってありましたね。小学校か中学のときに習ったわ」

その程度の記憶しかないらしい。ぼくはこんな仕事をしているから、わりと公害病の知識があるけれど、ぼくより一世代若い彼女の年代の人たちには、水俣病といっても遠い世界の話なのかもしれない。そうやって、いつかこのいまわしい出来事の記憶が薄れていって、歴史の一ページにしか読み取れない時代がくるのだろう。

学術的に、あるいは環境問題の論者に言わせると、原爆ドームのように、「水俣病」のことは公害の教訓として残したいかもしれないが、地元の人々にとっては、一日も早く忘れ去られることが望ましいはずである。いっそ「水俣」の地名そのものを変えてしまったらどうだろうか——と、無責任な考えも浮かんだ。

もともと「水俣」というのは、かつて川が河口近くで分岐して、三角州を形成していたことから「水俣川」と名付けられ、それがそのまま地名となったものだそうだ。その二股の川を、大企業が一つの川に統合して、一本のほうは埋め立てられ、地名だけが引き継がれた。だからその地名を残しておく必然性はないともいえる。

鹿児島市の「五石橋」が、石橋が消えたとたんに、その名も虚しくなったのと、似たようなものだ。東京の町名変更に代表されるように、日本中

いたるところで、歴史的な意味のある貴重な地名が失われているのだもの、おぞましい記憶に繋がるような地名を消してしまおうという発想があっても、少しも不思議ではない。

　ぼくももちろんそうだが、人間は不愉快な記憶は忘れてしまおうとする。つまり、意識下に閉じ込めようとするものだ。しかし、記憶のほうはしっかりと脳細胞に刻み込まれているから、ひょっとしたはずみで意識の上に飛び出してくる。いやな思い出——とくに恥ずかしい記憶が蘇ったりすると、鬱々とした気分で、ほんとうに死にたくなるほどだ。自殺願望とは、そういう気分のことをいうのかもしれない。

　ところが、そのわりには、他人に与えた不愉快については、案外、本人は気づいてもいないし、当然、記憶もしていない。何十年も経《た》って会った小学校の同級生から、「あのとき、あなたにひどいことを言われて、すごく傷ついた」などと恨み言を言われても、さっぱり憶えていない。そういう身勝手なところも、人間の特性といっていい。

　そんなことを考えていて、ぼくはふと、榎木くに子さんのことを連想した。

　名も知れぬ男からの意味不明の電話というけれど、その男にしてみれば、「傷つけられた記憶」のように、はっきりした意味のあることなのかもしれない。だが、榎木家の記憶には、すでに彼の存在はない。なぜなら、絵樹卓夫氏の父親という、いうなれば榎木家の「記憶細胞」の過半を占めていたものが、喪《うしな》われてしまったからである。

「新田さんは助かるんですか？」

　ふいに智美クンの声が耳に飛び込んできて、ぼくはわれに返った。

「もちろん。だって、新田さんは何もしていないのですからね」

「それはそうですけど、警察はこっちの言うことを、素直に信じてくれないじゃないですか。冤罪《えんざい》事件だって、ずいぶんあるって聞きましたよ」

　ぼくの兄が警察庁の幹部だと聞いたばかりなのに、智美クンは辛辣《しんらつ》なことを言う。それに対して、ぼくはあえて否定しなかった。いや、できなかったと言うべきかもしれない。警察や検察、それに裁判所を含めて、司法が必ずしも正義を行なっているかどうか、ぼくでさえ疑わしくなることがある。法律それ自体が不備といってもいい。

「そんなことがないよう、ぼくが責任を持ちます」

　辛《かろ》うじてそう言うのが、精一杯だった。

2

　智美クンを鹿児島市まで送りがてら、ぼくは山野線の跡を少し取材する予定でいた。旧山野線は現在の国道268号とほぼ並行してはいるが、場所によって離れたルートを走っていたから、全線を隈《くま》なく辿《たど》るのはちょっと難しい。その中からとりあえず旧久木野《くぎの》駅跡の周辺を探訪することにした。ここは廃線跡を利用して「日本一長い運動場」を作ったことで知られている。ぼくが山野線のことを知った記事も、久木野のことを紹介していた。

　山野線が廃止されてから、すでに十年が経っている。久木野駅跡はその面影を偲《しの》ぶよすがもないけれど、「駅前」の集落は残っている。山野線は久木野駅を過ぎると間もなく、トンネルを抜け、名物だったループ線でぐんぐん高度を上げて、最高地点である「薩摩布計《ふけ》駅」に達した。そのトンネルは一時間、シイタケの栽培に利用されていたが、いまはそれも廃止。トンネルは閉鎖された。運動場を訪れる人も少ないらしい。すべては「兵《つわもの》どもが夢のあと」のように、儚《はかな》いものになりつつある。

久木野は昭和三十一年に水俣市に合併されるまでは「久木野村」だった。現在は水俣市域の東のはずれ近く、山間にひっそり佇《たたず》むような集落である。ひと山越えれば、もう鹿児島県だ。三十年前頃までは林業が盛んだったそうで、それなりの町並みがあるように見えるけれど、いまはもう、この辺りは相当な人口過疎地なのだろう。道を行く人の姿はまったくない。

久木野の「駅前」には、山野線を走っていた客車の一部が展示されている。その近くに、尺八を作っている工房のようなものがあった。何もないところ——という先入観があったから、思いがけない発見だった。被写体としても面白そうだ。周辺の山裾には竹林が繁っている。この付近では銘竹が取れて、古くから尺八作りの伝統があったのかもしれない。

建物は、もともとそういう造りなのだろうか。ちょっと見には、かつては何かの商いをしていた店先のようなところが工房になっている。開けっ放しのガラス戸の向こうで老人が一人、のんびりした様子で尺八を作っていた。床にも壁にも、ノミやら鉋《かんな》やら、さまざまな道具類と、製品や半製品の尺八が並んでいる。

ぼくと智美クンが入って行くと、老人はびっくりして目を剝《む》いた。若い男女の客など、およそ珍しいにちがいない。タヌキが現れても、これほど驚きはしないだろう――と思わせる表情だった。

　ぼくは写真を撮らせてもらう了解を得て、尺八作りの手元や、老人の表情にシャッターを切りながら話を聞いた。

「この辺りでも、尺八を買うお客さんが来るのですか」

　ちょっと失礼な質問をぶつけてみた。

「めったに来んな」

　老人は平然と答えた。

「えっ？　それじゃあ、ご商売のほうはどうなるんですか」

「できたもんば、大阪や東京の業者に送ってやっとる」

「あ、なるほど、そうですよねえ」

　考えてみれば当たり前な話だ。ばかな質問をしたものである。

「ばってん、近くに住んどらす人は直接買いに来らすし、修繕なんかで来らすこともある。一年に一度か、二年に一度ぐらいは、えらい遠かところから、知らんお客がブラッと来らすこともあるな」

「この辺りには、尺八を吹く人は多いのでしょうか？」

「そりゃ多かな。九州は民謡が盛んなところだけん。『ひえつき節』だとか、『五木の子守唄』なんかは、あたたちも知っとるだろう」

　そう言われてみれば、あの「庭のさんしょうの木　鳴る鈴かけて　ヨーホイ」と歌う、「ひえつき節」の哀調を帯びたメロディに、尺八はうってつけにちがいない。

「聴かせようかな」

老人は興が乗ったのか、手元の尺八を構えて首を振り振り、その「ひえつき節」を吹き始めた。

尺八を作るだけでなく、演奏者としての技量もなみなみならぬものがあるのだろう。腹にひびくような低音から高音部まで、豊かな音量のまま移ってゆく。建物から溢れ出た音は、りょうりょうと流れて、周囲の山々にしみ入っていきそうだ。

「すてきねえ」

一曲を吹き終えた老人に、智美クンはため息まじりの称賛を贈った。

「そぎゃん、よかったね」

老人は照れくさそうな笑顔になった。

それからぼくは、山野線の在りし日の話を聞かせてもらった。人見知りする性質なのか、はじめは素っ気なく見えた老人だが、打ち解けるにしたがって、機嫌よさそうに、むしろ饒舌《じょうぜつ》なほどに口が動いた。

水俣からの鉄道が敷設されたのは大正期のことだが、ループ線が完成して、山野線が全線開通したのは一九三七年。廃線の憂き目を見たのは一九八八年だから、丸々半世紀を走り通したことになる。

「昔はこん村にも人ん出入りが多かったばってんが、林業がいかんごとなって、おまけに山野線がなくなってからは、たちまち寂《さび》れてしもうたばい」

そもそも、久木野という地名が歴史上に登場するのは——というところから話が始まった。戦国期には久木野氏の山城があって、菱刈氏と結んでいたが、相良《さがら》氏に攻められ落城した——といった、聞いてもさっぱり理解できない話が多い。もっとも、菱刈氏というのは、現在の菱刈町の名の元であることぐらいは分かる。峠を越えた薩摩との交流が古くからあったにちがいない。

「西南戦役で、熊本から撤退してきた西郷さんの軍勢と、それば追いかける政府軍との闘いが、この辺りでは激しかったもんばい」

百数十年も昔の出来事だが、この老人の口から語られると、まるで見てきたことのように感じられる。話の内容もけっこう面白いのだが、残念ながら、のんびり腰を落ち着けている余裕はなかった。ぼくと智美クンは丁重に礼を言って、尺八の店を出た。

かなりスピード違反をして急いだが、それでも鹿児島中央署に着いたのは午後四時近かった。あらかじめ電話しておいたので、石原部長刑事は待機していてくれた。

まず、その後の捜査本部の動きについて、石原から聞いた。

新田栄次氏殺害事件の捜査は、被害者と付き合いのある人物の洗い出しから手をつけているようだ。とくに、商売上のライバルと目されている人々などを中心に、キメ細かい聞き込みを行なっている。捜査の手順としては、当然ともいえる作業だが、ぼくの勘からいうと、どうも違うような気がする。だからといって、何がどう違うのか、はっきり説明できるほどの確信はない。

智美クンと約束したとおり、警察の新田氏に対する「殺人容疑」は、一応、晴れることになった。ただし、智美クンは石原に、その夜の「空白」の一時間について、ひととおりのことは説明しなければならなかった。

その席にはぼくも付き添ったし、石原もあまり微妙な点についての質問はしなかったが、それでも彼女にしてみれば、屈辱感はあったに違いない。要点にくると、少し顔を赤らめて、歯切れの悪い口調になった。

もっとも、大学を卒業したら、二人は結婚する約束もできているそうだから、なんとなくおのろけを聞かされているような、くすぐったい気分がしないでもなかった。

事情聴取を通じてはっきりした点は、新田氏が智美クンを田平家に送り届けたのは午後十一時三十分であったこと。したがって、新田氏が薩央建設に到着できた時刻は、十一時四十分以降であること――であった。

型通りの事情聴取を終えて、ぼくは石原にあらためて榎木家への「助っ人」を頼んだ。あらかじめ電話で依頼の趣《おもむき》を伝えてあったので、石原は上司の了解も取っていてくれたそうだ。

智美クンを田平先生の家に送り届けた後、ぼくと石原は菱刈町の榎木宅へ急いだ。

予定していた時刻より、大幅に遅れ、榎木宅に到着した。榎木くに子さんはオロオロしながら、ぼくたちが着くのを待ちかねていたようだ。

「本当にお見えになるのかどうか、心配でなりませんでした」

隣家の奥さんに手伝ってもらって、夕食の支度《したく》まで整えてくれていた。豚の角煮、お煮しめ、小鯛の塩焼き、それになぜかぼた餅《もち》とお赤飯とデザートのイチゴ。どれも並のボリュームではなかった。こういうもてなしが、この地方ではごくふつうのものらしい。ぼくも石原も空腹だったから、恐縮しながら、大いに食べた。ビールと、大口の名産だという焼酎も用意してあったが、さすがにそれは、仕事中だからと断った。

　食事を終え、午後八時までには食卓も片づいて、くに子さんは隣家へ「避難」して行った。隣家といっても、この辺りは人家が疎《まば》らだから、直線距離で百メートル以上は離れている。ここでどんな騒ぎが発生しようと、安全な場所といっていい。あとは「犯人」がやってくるのを待つばかりである。

　しかし、くに子さんは、相手の男がいつ頃来るのかについては、「晩」ということだけしか聞いていないから、それが何時なのか不明だ。ともかく深夜だろうと想定して、その心構えはできている。テレビを見ながら時間の経過を待つしかない。

　十一時が過ぎ、十二時を回った。ぼくは宵っ張りの朝寝坊癖があるから平気だが、石原は眠そうな顔になっていた。

「交代で眠ることにしませんか。午前三時まではぼくが不寝番を務めますよ」

「そうですか、そしたら先に休ませてもらいます」

　石原は座布団を枕にして、毛布を引っ被《かぶ》ると、すぐに鼾《いびき》を立てはじめた。

　彼の眠りを妨げないようにテレビを消して、ぼくは所在なく、本棚に並ぶ書物の背表紙を眺めた。何か面白そうな本があったら、時間つぶしに読むつもりだ。硬い書物が多く、小説本はごく少ない。その中に例の「軽井沢のセンセ」のミステリーが目立つのは、絵樹卓夫氏がセンセの原作のドラマに数多く出演しているせいで、お義理で買っているにちがいない。

　いちばん下の段に、背表紙が緑色の同じ本がズラッと並んでいるのに気がついた。本のタイトルは『歌集　夏ひばり』で、著者名は「榎木くに子」であった。くに子さんのおそらく自費出版の歌集なのだろう。

　一冊を抜き出して、パラパラとページを繰《く》った。序文によると、三十年ほど前から書き溜めた作品を自選して収録したものらしい。その中に、息子さんの絵樹卓夫氏のことを歌った作品がいくつもあった。絵樹氏が美大を受験するために上京した頃の歌は、ちょっと感動的なものだ。

ベルの音聞こゆる位置に動きつつ
　受験の吾子《あこ》の報せ待ちをり
合格を知らせむと夫《つま》にダイヤルを
　まはしゐて涙溢れいできつ
草刈るも不馴れな吾にあるだけの
　鎌研《と》ぎて子は学都に発ちぬ
学資まだあるかと問へる遠き子に
　今宵は長き手紙を書かむ

母と子の情愛の細やかさが伝わってくる。絵樹氏の親孝行ぶりもよく分かる。

「母さん、鎌を研いでおいてあげるね」

と、東京へ発って行った朝の様子が見えるようだ。

　絵樹氏にはご両親のほかに二人のお姉さんがいるようだが、きっといい家庭だったにちがいない。歌集のどこを開いても、邪《よこしま》な気配など、毛の先ほども感じ取れない。

　くに子さんのご主人が教員生活に終止符をうったときの歌もある。

春嵐心して吹け夫が今日

三十余年のつとめ終ふる日
娘等に撮られつつゐて夫と吾
清水寺の水を飲み合ふ

藤のつぼみふくらみ初めて今朝よりは
再就職の夫送りだす

厨辺《くりやべ》に芹《せり》の匂ひをたたせつつ
夫と二人の夕餉《ゆうげ》ととのふ

そして、ご主人を突然の死が襲った。巻末の「あとがき」によると、再就職して間もなく、ご主人は急逝《きゅうせい》したようだ。

夢ならばさめよといくどもだえ来し
夫逝《ゆ》きて早初七日迎ふ

誰がために つくらむ朝の味噌汁か
一人の部屋に哀しくにほふ

旅先にわが購《あがな》ひしネクタイの
手垢もつかず夫は逝きたり

絵樹氏のお父さんは学校の先生だったそうだ。教師がすべて人格者だとは言わないけれど、この歌集に描かれた様子から察すると、榎木家にかぎって、何かの犯罪に係わったような過去があるとは思えない。

だとすると、男からくに子さんにかかってきた「金の石橋」という電話は、いったい何を意味するのだろう。

時間は刻々と進むのだが、男が現れる様子はまったくない。電話もかかってこない。四時近くなってから、ぼくは石原を起こした。石原は「ん？来ましたか？」と身を起こした。寝ぼけまなこながら、職業意識は確かだった。

「いえ、まだ現れません」

「ああ、交代の時間ですか」

やれやれ――と時計を見て、「えっ、もうこんな時間ですか」と驚いた。

「申し訳ない。もっと早く起こしてくれればよかったのに。しかし、それにしても何をしているんですかなあ」

まるで知り合いでも待っているような口ぶりで言った。

しかし、結局は朝になるまで、「犯人」は現れもせず、連絡もなかったのである。ヒバリの声が上がり始めたので、居間のカーテンを開けると、朝靄《あさもや》を通して、日差しが眩《まぶ》しかった。

七時の時報が鳴るのと同時に、くに子さんは隣家から引き揚げてきた。「犯人」がやって来なかったことにほっとしたものの、そのいっぽうで、ぼくたちに無駄足を踏ませたことを恐縮した。

「何だか、オオカミ少年みたいなことになってしまって……」

「ははは、そんなこと、気にしないでください。何もなかったほうがいいに決まっているのですから」

ぼくは慰めるように言った。

「それより、本棚にある歌集を、勝手に拝見させていただきました。とてもいい歌が多くて、感動しました」

「あれまあ、お恥ずかしい。下手《へた》くそな作品ばかりで、見るに堪《た》えなかったでしょう」

「とんでもない。ご子息の絵樹さんのことを詠《よ》まれた歌、とてもいいと思いました。いままで、絵樹さんとあまり親しくお付き合いしなかったのが残念なくらいです。それにしても、絵樹さんは親孝行ですねえ」

「はい、ありがとうございます。親の口から言うのもなんですが、本当にあの子は孝行息子で、この家まで建ててくれたり、姉たちにも優しくて。主人が生きておりましたなら、ずいぶん喜んでくれたことでしょうに」

「そうですねえ、それだけは残念ですね。お父さんは絵樹さんがまだ新人俳優だった頃に亡くなられたのでしたか……」

　言いながら、ぼくはふいに気がついた。

「もしかすると、ぼくたちは勘違いしているんじゃないでしょうか」

「は？」

　くに子さんと石原は、何事か——と驚いてぼくを見た。

「ひょっとすると、このお宅は前のお住まいとは、別の場所にお建てになったんじゃありませんか？」

「ええ、そうですけど」

「それも、つい最近のことですね？」

「ええ、孝明がＮＨＫの大河ドラマに出させていただいたのを記念して、建ててくれましたから、つい二年前のことです」

「前のお宅はどちらですか？」

「前目《まえめ》です。ここから少し大口のほうに行ったところですけど」

「そのお宅は、いまはどうなってますか。どなたか住んでいるのでしょうか？」

「いいえ、もう古い家ですので、うちの倉庫代わりに使っております」

「その電話の男ですが、ひょっとすると、そっちのお宅へ行ったんじゃないでしょうか。ここに新しいお宅ができたことを、たぶん知らないはずですから」

「あっ……」

また、くに子さんと石原は同時に声を発した。

「しかし、電話はちゃんとここにかかってきているんですすよね」

石原は首をひねって、くに子さんに確かめた。

「はい、でも、電話番号のほうは、前のままで移動しましたから」

「あ、なるほど……」

「行きましょう。前のお宅まで、案内していただけますすか」

ぼくは言った。

「はあ、それはご案内しますけど、でも、朝ご飯を……」

「いえ、その前に、そっちのほうが気になります。さあ、行きましょう」

くに子さんと石原をせき立てるようにして、ぼくは玄関へ向かった。

3

菱刈町前目は、ほぼ町の中央といっていい。北西へ流れる川内川の右岸から北東部の山地へかけての地域で、川に近い辺りは水田が多く、国道268号の周辺に住宅地、さらに田園、そして山林へと移り変わってゆく。かつて、この辺りは、山野線が国道と交錯するように走っていた。

旧榎木家は中心部を少しはずれ、国道を北側へ越えた、疎らに建つ住宅地の中にある。山野線が健在の頃は、菱刈駅が最寄り駅だったそうだ。商店街や町役場、小、中学校、郵便局、公民館などもそう遅くない。風景を見渡すと、お寺や神社なども多かった。

かなり古いと予想していたわりには、旧榎木家は傷んでいなかった。とくに屋根瓦など、まだ黒光りがするほどきれいだ。

「屋根は全部、葺《ふ》き替えましたし、壁も床もずいぶん修繕しました。この家を出るとき、つぶしてしまうかどうしようか、いろいろ迷いましたけど、孝明が残しておきたいというもんで、それじゃ、倉庫にでも使おうということになりました。いろいろ思い出がある家ですので」

くに子さんはしみじみと語った。

建物の周囲をグルッと回って、すぐにくに子さんが、裏の引き戸の鍵が壊されているのを発見した。簡単な南京錠だから、その気になれば簡単に壊せる。メッキの剝《は》げたところが生々しいので、つい最近の仕業《しわざ》であることが分かった。

「やはり、昨夜でしょうな」

石原が断定的に言った。

それから、いったん現場を離れ、近くのコンビニから古い段ボール箱を大量にもらってきて、土間や床に敷き、足跡と指紋を消さないように注意しながら、建物の中に入った。

ガラス窓のカーテンを引き開けると、建物の内部はけっこう明るい。倉庫というほど仕舞ってある荷物があるわけではなく、古い什器《じゅうき》備品類が、ほとんど元あった場所にそのまま置いてあるような印象だ。たとえば台所など、いますぐにでも使用できるように見える。使い古した釜、大鍋、ザル、ちゃぶ台、勉強机、本棚等々が、そっくり残されている。どことなく、民俗資料館のような雰囲気さえ漂っていた。

あと何十年かすると、「菱刈町が生んだスター・絵樹卓夫氏の生家」として、ちょっとした観光名所になるのかもしれない——などと、余計な連想が浮かんだ。

亡くなったご主人の書斎とおぼしき部屋の中央に、まだ新しい白木の棚が設《しつら》えられ、そこに夥《おびただ》しい書物が積み重ねられていた。

「あれは主人の蔵書やら、資料やら、私らには分からないことを調べた研究ノートやらですけど、整理するひまがないもんで、こうして保存だけしてあるのです」

言いながら近寄って、くに子さんは「あれまあ」と呆れたような声を立てた。

「誰かが、これを動かしております。本当はもっときちんと揃えて重ねてあるのに、こんなに乱雑になってますから」

確かに、不揃いに積み重ねられた書類をひと目見ただけでも、何者かが荒らした様子は分かる。そこには石橋など、榎木さんが研究していた方面の資料が集められている。書類入れの表書きに「○○橋構造図」などとマジックで書いたものが多かった。くに子さんのところにかかった電話が言っていたとおり、「犯人」の狙いは、そういった石橋関係の資料——たぶん地図か絵図面のような物であったことがはっきりした。

「目的の物はあったのでしょうかね」

石原が言った。

「どうですか？　何か無くなった物がありそうですか？」

ぼくはくに子さんに訊いた。

「さあ、どうでしょう。元々、何があったのかも、よう分かりませんので……」

くに子さんは困惑ぎみだ。書類入れの山が崩れそうに乱れているが、その中から目当ての物を引き抜いていったのかどうか、断定はできない。

「目指す物があったかどうかはともかく、いずれにしても、犯人の目的ははっきりしてますね。蔵書類の全部に手をつけたわけではなく、資料の一部だけが荒らされています。あらかじめ、盗む目的の物がはっきりしていたので、探すのにそれほど時間もかからなかったのではないでしょうか」

「とにかく、窃盗事件として捜査しましょうか。榎木さん、それで構いませんか？」

一応、くに子さんの了承を得て、石原は所轄の大口署に連絡した。指紋と足跡を採取するにしても、地元署の応援が必要だ。

間もなく駆けつけた大口署員に後のことを頼んで、ぼくたちは現場を引き揚げた。石原部長刑事からの連絡ということもあるし、榎木家はこの辺りでは「名士」に属すから、警察の対応もいいようだ。いまのところ、大した事件ではないのだが、懇切丁寧に実況検分を始めていた。

犯人の目的が何だったのかは、大いに興味がある。電話では「金《きん》」と言っていたようだから、ひょっとすると相当な価値のある物だったかもしれない。それはそれとして、とりあえず犯人が目的を達したのなら、今後は恐喝めいた電話もかからなくなると考えてよさそうだ。くに子さんには、また何かあったら連絡してくれるように言い置いて、ぼくと石原は鹿児島市に戻った。

石原とは中央署の前で別れて、ぼくは田平家へ受かった。緩鹿智美クンがいるかと思ったが、玄関には田平氏ご本人が現れた。勉強の邪魔をしたかな——と思ったが、先生はぼくを見ると、雲が割れてパッと日が射したような笑顔になった。

「やあ、浅見さあ、よう来っくれた。上がいやんせ」

ドカドカと二階へ上がってゆく。ぼくもその後につづいた。

「新田君のところが、えらいこっになって。じゃっどん浅見さあ、おまんさあ大したもんじゃなあ。新田君が大いに感謝しちょった。そいに緩鹿君もな。そうそう、新田君が電話で告白したんじゃが、あん二人はでけちょったげな。そげんこつは、ぜんぜん気付っもせんじゃったから、おいも鈍《にぶ》かもんじゃ」

田平氏は照れたような苦笑いを浮かべた。ぼくに「嫁」の話をしたくらいだから、本当に知らなかったにちがいない。ぼくでさえ察しがついたのに、こんな近くで見ていて気付かないのだから、よほど浮世離れしたひとなのだろう。

「今日は、先生にちょっとお聞きしたいことがあって伺いました」

ぼくは早速、用件を切り出した。

「先生は『いづろ』の同人ですね」

「うん、じゃっが……よう知っちょいな。こげん田舎ん、そいもちっぽけなグループんこつを」

「偶然、お邪魔したお宅で『いづろ』を見つけて、その中に先生のお名前を発見したのです」

「ほう、誰《だい》の家な？」

「菱刈町の榎木さんというお宅ですが」

「ああ、榎木さあとお知り合いじゃったか。そもそも『いづろ』いうんは、榎木さあが言い出して始めた同人誌じゃった。あん人は純粋に在野《ざいや》ん研究者じゃったが、おいと違《ちご》うて人柄がよく、人望もあった。じゃっどん、あん人はだいぶ前に死んみゃって、そいとともに『いづろ』も開店休業みたいな状態になってしまったが。浅見さあは榎木さあとはどげな？」

「いえ、ぼくは亡くなられた榎木さんとは面識もありません。今回は息子さんの頼みで、ちょっとお寄りしただけです。お宅には奥さんがお一人で住んでおられました」

「そうじゃったか、息子さあのお知り合いな。いま東京で俳優をしちょって、なかなかかん人気者と聞いちょっが。おいは見たこっがなかが、テレビドラマで、なんじゃらいう探偵の役をしちょっとかいう話じゃ。浅見さあは知っちょっとな？」

まさか、その「なんじゃら」が、目の前のぼくだとは思いもよらないのだろう。ぼくは「さあ……」と、とぼけて、急いで話題を変えた。

「じつは、榎木さんが現在のお宅に移られたのは二年前のことですが、その前に住んでいたお宅に、昨夜、泥棒が入りました」

「ほうっ」

田平氏は目を丸くした。

「そん家には、いまは誰が住んじょっとな？」

「いえ、現在は無人で、倉庫代わりに使っているだけです。泥棒はそれを知らずに、まだ榎木さんが住んでいると思い込んでいたふしがあります」

ぼくは、くに子さんのところに怪しい電話があったことから、昨日に至るまでの経緯を説明した。

「それで、犯人の狙いは、どうやら『金の石橋』にあったと思われるのですが」

「金の石橋……」

田平氏は不愉快な古傷を刺激されたように、眉をひそめた。その反応を見て、ぼくはがぜん、心臓の鼓動が高まった。

「先生はその名前をお聞きになったことがありますか」

　あるのですね――と念を押したい気分であった。

「ああ、あっにはあっが、古か話じゃ」

　記憶の底をまさぐるように、視線を天井に這《は》わせた。

「もう十年ほども昔んこっじゃが、『いづろ』ん仲間うちん雑談の中で、そげん話が出たこっがあっ。どっかん石橋に、黄金が埋め込まれちょっとかいう、まあよくある黄金伝説みたいな話じゃが。話としては面白《おもし》てが、おいなどは、そげん信憑《しんぴょう》性のなか話には興味はなかで、ただ漠然と聞いちょった。じゃっどん、中には真剣にそいを探し出そうとしちょった者がおったんかもしれん」

「その噂の根拠はあるのですか？」

「ああ、愚にもつかんようなこっじゃが、たしか、古文書があっとか言うちょったげな」

「古文書ですか……」

　ぼくは思わず声が上擦《うわず》った。

「昨夜、榎木さんのところに入った泥棒も、絵図面か古文書か、それらしいものを狙ったと考えられるのです。だとすると、亡くなられた榎木さんが、その古文書を持っていたということでしょうか」

「うんにゃ、榎木さあじゃなか。あん人はそげん、あやふやな話には乗らん人じゃ。はっきり憶えちょらんが、そん話をしちょったのは、熊本県の東《とう》陽《よう》村ん人じゃなかったげな。三五郎の子孫じゃっとか言うちょったから」

「えっ、三五郎というと、岩永三五郎のことですか？」

「そん話が本当じゃれば、そげんこつになっが、じゃっどん、おいは、そん人の言うこつは疑わしかと思うちょったけどな」

田平氏は最初から、その人物をあまり信用していなかったような口ぶりだ。

「そん人ん話は、西郷どんが西南の役で敗れたとき、そん人ん先祖がどっかの石橋に軍資金の黄金を隠したちゅうこっじゃったと記憶しちょっ。そいでもって、その石橋がどっか分からんかちゅうとった。じゃっどん、そげんばかなこつがあっはずがなか」

「それにしても、どこからそんな話が生まれたのでしょうか」

「じゃって、さっきも言うたように、どこいでもあっ黄金伝説の一つじゃち思えばよか。鹿児島には、こん以外にも黄金伝説はあって、おいなどは、むしろそっちのほうに信憑性を感じとっが」

「それは、どんな伝説ですか？」

「ははは、おまんさあもそげん話は嫌いじゃなかろが。じゃっどん、どっちにしてもばからしい話に変わいはなか。大隈正八幡宮の財宝が隠されちょっちゅう話じゃ。大隈正八幡宮のことは知っちょっとな？」

「ええ、隼人町の鹿児島神宮の前身ですね。戦国期以前には、大隈地方一帯が勢力圏にあったという」

「そんとおり。さすが、よう調べてごわんな。ルポライターさんだけんこつはあっ。そん大隈正八幡宮も結局、最後にゃ島津氏に社領のほとんどを奪われっ没落してしもたが、そん際、膨大な財宝をどっかに隠匿《いんとく》したちゅう説があっ。じつは島津の黄金ちゅうんはそん正八幡宮の財宝で、島津氏はそいを絵図面に残して、代々、伝えたちゅう。

こうなってくっと、だんだん嘘くさくなっがね」

「しかし、正八幡宮の財宝が隠されている可能性があるという点については、先生も否定なさらないのですね?」

「うーん、そげな真正面から訊かれても、学術的な証拠があっわけでもなかでなあ。単なる憶測ちゅうこっじゃが、こん地方は神代《かみよ》ん昔から、高千穂宮や桓武天皇等々、神話と史実がゴッチャになったような風土じゃっで、お寺さんより、どっちかちゅうと神社を崇拝する傾向が強か。島津氏じゃっども、崇敬篤か正八幡宮に楯突くには、それなりの遠慮があったこつは間違いなか。社領は侵食したとしても、社殿や社域を土足で踏みにじっような真似は、ようでけんかったじゃ。そん間に、八幡宮側が社宝や財宝をどっかに隠匿した可能性は、あってん不思議はなか。そん財宝が出てきたちゅう記録は、歴史書のどこにも発見されちょらんのです」

「なるほど。それじゃ、本当に財宝が眠っているかもしれませんね」

「ははは、そげな真面目に受け取られても困っな。ただだん夢物語にすぎん」

「しかし、夢でも何でも、真剣に信じている人はいるかもしれません」

「ああ、そいはそうじゃ。おいでさえ、爪ん先ぐらいは信じちょっでな」

田平氏は真顔になって言った。

「もし、絵図面でもあれば、本気んなって宝探しをしちょるかもしれん」

声音《こわね》までが真剣みを帯びていた。

「先生でさえそうなのですから、もっと単純に信じる体質の人が、それらしい絵図面や古文書などの資料を手にしたら、猪突猛進して宝探しを始めますね、きっと」

「うーん、そうじゃっかも」

「その絵図面のようなものが、榎木さんの古い家にあったのじゃないでしょうか」

「うんにゃ、そいはどげんな。榎木さあがそげんいいかげんな物を収集しちょっとは、おいには思えんが」

「もし、何かの理由で、誰かから預かっていた可能性は考えられませんか」

「預かる？……どげん理由でな？」

「それは分かりませんが、とにかく、預けた人は、当然の権利として、榎木さんに返してくれるよう連絡してきたのかもしれません。それなのに、榎木さんの奥さんが、不得要領な受け答えをするもので、ついに業《ごう》をにやして押し入った……」

「じゃっどん浅見さあ、預けたかどうか知らんけど、榎木さあは八年前に死んじょっと。そげな長か間、預けっぱなしにしちょっもんか？」

「取りにくるチャンスがなかったらとしたら、どうでしょうか」

「八年もんあいだな？　うんにゃ、そいよりもっと長かったかもしれん」

「取りにこられない、何らかの事情があったのでしょう」

「事情ってどういう事情な？」

「たとえば、外国に行っていたとか、それとも、刑務所に入っていたとか」

「刑務所……」

「ええ、何かの犯罪に係わって、逮捕される直前、榎木さんにその品物を委託したとすれば、そういうことも考えられます」

「なるほど……そいはありえんこっじゃなかかんしれん。榎木さあは『いづろ』の主宰みたいな存在じゃったでな。おいと違うて、人格も高潔で、仲間うちの信望も厚かった。何かちゅうと、榎木さあに相談をもちかける者もおった。あっ、そうじゃ、あん男もそうじゃったかんしれんな。そいに、あん男なら、刑務所に入っとっても不思議はなか」

「あの男――といいますと？」

「じゃっで、さっき言うた、金の石橋ん話をしとった人んこっじゃ。大言壮語ばかりの調子んよか男じゃった。香具師《やし》――ちゅうよりヤクザみたいなところがあっで、おいは付き合わんかったが、榎木さあは好き嫌いを言わんと、誰とも対等に接しちょったからな。うんにゃ、榎木さあばかりじゃなく、ほかにも親しくしちょった者がおったかもしれん」

「名前は何ていう人ですか？」

「さあなあ、何ちゅうたか」

「『いづろ』の中に名前が載っているでしょうか」

「うんにゃ、そん人は同人とは違う。鹿児島ん石橋を研究する会があっちゅうのを、どっかで聞いて、そいで顔を出しておったのだと記憶しちょるが。いずれんしても、真面目な研究に関心があったわけじゃなく、そいこそ金の石橋の情報でもなかか、探りにきとったに決まっちょる。じゃっどん、そげん長いあいだ刑務所におったちゅうと、あん男、何をやらかしたんな？」

「いえ、刑務所にいたかどうか、確証はありません」

ぼくは思わず笑いだしそうになった。そういう人物がいたかどうかさえ、単なる憶測にすぎないのだ。しかし田平氏は至極《しごく》真面目にそう信じ込んでしまったらしい。

「うんにゃ、浅見さあが言うたとおり、刑務所におったんで、榎木さあが亡くなったんを知らんかったちゅうのは、間違いなかですよ。おいはそう思な」

そう言われると、ぼくもだんだん自信が湧いてきた。

4

四時近く、新田さんのお宅へ行くと、ちょうど黒塗りのハイヤーが三台、停まっていて、喪服姿のご家族が門内に入って行くところだった。留守番役らしい女性が、玄関先でお清めの塩を振っている。そういえば今日がお葬式だった──と、ぼくは思い出した。

しばらくは取り込んでいるだろうから、どうしようか、門前で思案していると、たまたま玄関に出てきた新田氏がぼくを見つけて、「あっ、浅見さん」と声をかけた。

「たったいま、戻ったところです。ちょうどよかった。どうぞお入りください」

建物の中には、お線香の匂いが立ち込めている。かなりの人数がハイヤーを降りたはずなのに、しめやかな雰囲気ばかりが漂って、人が大勢いるような気配を感じさせない。

純和風の客間に通された。一昨日の晩は、続き部屋とのあいだにある襖《ふすま》を取っ払って、通夜の席に開放されていたので気づかなかったが、襖を閉め切ると十六畳の座敷で、立派な床の間がある。「敬天愛人」という西郷南洲《なんしゅう》（隆盛）の書が掛かり、その下にまるで刀掛けのような鹿の角《つの》に、飴《あめ》色の光沢と胴を巻いた籐糸《とういと》の美しい尺八が一管、横たえられていた。床の間の脇の違い棚には、中国ものらしい香炉《こうろ》や、象牙の彫刻が飾ってある。どことなく成り金趣味のようだが、そういうのが新田氏の父親の人柄なのだろうか。息子の新田氏とソリが合わなかった理由が、何となく理解できそうな気もする。

どっしりした紫檀《したん》の座卓を前に、床の間を背に坐らせられた。こんな上座に坐ったことがないので、尻が落ち着かない。

「そういうしきたりですから」

新田氏は笑って言った。

ぼくはあらためてお悔やみを述べた。新田氏もかたちを正して礼を言った。

「お蔭様で、いいお葬式を出すことができました。ああいう亡くなり方だったもので、ご参会の皆さんにもとまどいがあったと思うのですが、万事恙《つつが》なく運びました。それもこれも、浅見さんのお蔭です」

「は？　ぼくは何もしてませんが」

「とんでもない。浅見さんが私を警察から救出してくださらなかったら、まだお葬式どころではなかったかもしれません」

「そんな……」

ぼくは恐縮してしまった。

「それに、智美のこともいろいろお世話になったみたいで」

新田氏は照れながら、しかし丁寧にお辞儀をした。智美クンから「いろいろ」な経緯について、報告があったのだろう。

「ご結婚されるそうですね。おめでとうございます」

「ありがとうございます。しかし、彼女の家の事情もありますし、これからがけっこう、大変なのです」

「緩鹿さんのところとお宅とは、家同士はうまくいっているそうじゃないですか」

「いや、家というより、会社同士という意味でならうまくいっていますが、それは鹿児島の五石橋を架け替える事業に関して利害が一致しているからであって、本音をいえば、緩鹿さんのところは、うちのような成り上がり者と親戚関係になりたいなどとは思っていないにちがいないのです」

「そんなことは問題ないでしょう。結婚はお二人の問題です」

「それはそうですが、今回のようなことがあって、ますますうちのイメージは低下したでしょうからねえ。会社のほうは姉の亭主が優秀ですから、なんとかやっていけるでしょうが、緩鹿家の反対はいっそう強まることが想像できて、智美が可哀相です」

間もなく寺尾夫人の香さんがお茶を運んできた。

「弟が本当にお世話になりまして」と彼女もまたぼくに感謝を述べ、ぼくはまた恐縮することになった。

お姉さんが退座したあと、しばらくは、新田氏から事件がらみの話を聞かせてもらった。といっても、目新しい情報はない。警察の捜査は、近親者から知人、会社関係へと、事情聴取や聞き込みの輪が逐次《ちくじ》、拡がりつつあるようだ。まだ緒《しょ》についたばかりなので、多くを期待することはできないが、特筆すべき成果は上がっていないらしい。

ぼくは座敷に入ってきたときから妙に気になっ

ていたことを訊いた。

「床の間に立派な尺八がありますが、お父さんのご趣味ですか?」

「ええ、そうです。父は付き合いでゴルフをする以外は、唯一、尺八が趣味でした。お棺の中にも、いちばん気に入っていた尺八を一管、入れて上げました」

「尺八はどこでお買いになっていたか、ご存じありませんか」

「は? 尺八をですか? さあ、たぶん和楽器屋さんじゃないかと思いますが。三味線とか琴とか、そういうのを扱う店だと思いますよ。それが何か?」

「ぼくは専門的なことはよく分からないのですが、ああいうふうに、胴に巻かれた籐が黒塗りの尺八は、あまり見かけないような気がするのです。たまたま昨日、それとよく似た尺八を見てきたものですから、ひょっとすると、関係があるのかもしれないと思いまして」

「そうですか……ちょっと母か姉に聞いてみましょうか」

新田氏は奥へ引っ込んで、思いのほか長いこと待たせて、戻ってきた。

「母が知っていました。地元ではなく、隣の熊本県の久木野というところに、尺八を専門に作っている店があるのだそうです。父はほとんどの尺八を、その店から直接、求めていたようです」

「ああ、やはりそうでしたか」

ぼくは胸の内から突き上げてくる歓声を、かろうじて抑制した。

「ぼくが見たのも久木野の尺八作りの工房でした。たぶんあそこなのでしょう。ご老人が一人でのんびり仕事をしていましたよ。あんな不便なところにあるのに、お父さんがご存じだったところをみると、あの尺八作りのご老人は名人なのかもしれませんね」

「父は若い頃は菱刈町のほうに住んでいましたから、その頃、知り合ったのじゃないかと思いますよ」

「えっ、菱刈町ですか？」

「ええ、私が生まれる前ですから、詳しいことは知りませんが、建設会社を始める前は、菱刈で金山や林業関係の仕事に従事していたそうです。いまは廃線になってしまいましたが、菱刈町からは山野線というローカル線が水俣まで行っていました。久木野はその途中にあります」

「知ってます、知ってます」

言いながら、新田氏の言葉の途中から、ぼくは心臓が苦しくなった。なんだか、得体の知れない怪物が、見渡すかぎりの天空に大きな翼を広げて、ぼくを翻弄《ほんろう》しているような気分であった。

「お父さんの菱刈町時代のことを知っている人は、やはりお母さんということになるのでしょうか？」

ぼくは、なるべくさり気なく聞こえるように言った。

「そうですね、わが家では母だけです。姉は生まれていたかもしれないけど、まだ赤ん坊だったですからね」

「お母さんに、その頃のお話を聞かせていただくわけにはいきませんか？」

「それは構わないと思いますが、しかし、母は事件のショックから、まだ立ち直れずにいます。いまも奥で臥《ふ》せっているので、はたしてお会いするかどうか……」

新田氏は少し心配そうにぼくを見た。

「あの、その菱刈町時代のことが、何か事件と関係でもあるのでしょうか?」

「えっ、いや、それはないと思いますよ。お父さんが菱刈町に住んでいらしたのは、三十何年以上も昔のことでしょう。まさかその頃の出来事がいまだに緒を引いているなんて、考えられません。ただ、当時からのお知り合いがいるかどうか、その程度のことは知っておいたほうがいいと思いましてね」

「そうですね……」

新田氏はちょっと思案して、「分かりました、聞いてみましょう」と部屋を出て、今度はすぐに戻ってきた。お母さんのお許しが出たそうだ。ただし、あまり長くならないように――という条件付きであった。

お母さんのあや子さんは寝室を出て、手前の座敷で、座椅子に凭《もた》れて坐っていた。寝間着の上に羽織を着て、膝には毛布をかけ、見るからに辛そうだが、それでもぼくの挨拶には丁寧に応えている。昔風の、いかにも苦労した女性という印象だ。年齢は新田氏のご両親とも七十歳と聞いているが、憔悴《しょうすい》していることを割り引いても、七十二歳になるぼくの母親より、はるかに老《ふ》けて見える。

もっとも、うちのおふくろさんは、息子の贔屓《ひいき》目《め》ばかりでなく、実年齢より十歳は若く見える。兄が何かの会に母を連れて行って、「お姉様ですか?」と言われたそうだ。おふくろさんはご機嫌だったが、兄は大いにくさっていた。

菱刈町時代のお話を――と切り出すと、あや子さんはとたんに、非難するような目で息子の顔を見た。そんなことは聞いていない——と言いたそうだ。新田氏はそういう話になるとは伝えていなかったらしい。

「たしか、菱刈町ではご主人は金山と林業関係のお仕事をなさっておいでしたね？」

ぼくは強引に水を向けた。

「はい、まあ、そげなことです」

あや子さんは言葉を濁した。明らかに、その当時のことは話したくない様子だ。人の歴史には、思い出したくもない過去があるものだから、新田さん一家にとって、菱刈町時代のことがそれであっても不思議はない。

しかし、それだけになおのこと、当時の交友関係などに興味を惹かれる。

「御主人の尺八は、その頃からのご趣味だとお聞きしましたが」

「はい、そうじゃした」

あや子さんはようやく、差し障りのない話題になって、ほっとしたのか、笑顔まで見せて頷いてくれた。

「尺八のお仲間も、何人かいらっしゃったのでしょうね」

「はい、おじゃした」

「やはり、お仕事の関係の方ですか？」

とたんにまた、あや子さんは警戒する表情になった。

「はい、じゃっどん、仕事の関係じゃなか方もおじゃしたと思います」

「みなさん、地元の方で？」

「はい……でも、地元の方ちゅうても、いろいろなとっから人が集まってきておじゃしてん」

ぼくは俗にいう「山師」を想像した。昔は金や銀、それに銅山などの採掘で、一攫千金《いっかくせんきん》を夢見た連中が、日本中の山を歩き回って「穴掘り」をしていたそうだ。いわゆる流れ者のような人々が、菱刈の「金山」を目当てに入り込んできていたのかもしれない。早い話、新田氏の父親がその「穴掘り」の一人だったことも考えられる。

「その当時のお仲間で、いまでもお付き合いのある方はいらっしゃいますか？」

「さあ、私はよう分からんけど、たぶんおじゃっしゃらんと思いますが」

否定の仕方が、どことなく自信なげであった。むしろ、消極的な肯定——と受け取れなくもない。おそらく、たとえ存在したとしても、あまり紹介したくないような種類の人間であることを思わせた。

「菱刈町の榎木さんという方はご存じありませんか」

「榎木さあ……」

あや子さんは一瞬、遠い目をしたが、すぐに思い出した。

「はい、存じております。榎木さあちゅうたら、ご主人が学校の先生をしておいやしたお宅のこっでしょうか」

「そうですそうです。ご存じでしたか」

「はい、古か話じゃっどん、ようも憶えっちょいもす。家が近くて、ご主人のお父さあかお祖父さあが金山を持っておいやして、その関係で知り合いになったんじゃと思いますけど、ご親切なよかご夫婦で、いろいろお世話にないやした。あの、おまんさあは榎木さあとお知り合いで？」

「ええ、東京にいるご子息とちょっとした知り合いです。その関係で、今回、菱刈町のお宅にお寄りしました」

「そうじゃしたか。そいじゃ、榎木さあのご夫婦はお元気で？」

「いいえ、ご主人のほうは八年前に亡くなられました。いまは奥さんだけがお一人で住んでおられます」

「そうじゃしか……」

あや子さんはふくらみかけた風船が、スーッとしぼむように、肩を落とした。それから、ポツリポツリと呟くように話しだした。

「菱刈にはあんまりよか思い出がなかで、榎木さあにお世話になったこっだけは、いまでも楽しく憶えっちょいもす。だんなさあも立派な先生じゃったどん、奥さんが本当に親切な方で、私どものような金山関係の作業員の奥さあたちを集めて、生け花やお料理講習をしてもろたり、ときには畑でとれたもんを分けてくださいもした」

「こちらに移られてからも、お付き合いしておられたのですか？」

「いいえ、鹿児島市にきてからは、菱刈町とはすっかり縁が切れもした。私はお手紙のやりとりぐらいは――と思ったんじゃっどん、主人がそげん方針で、これからは新しか人生をやり直すなどと言んもして。確かに、それからの主人は人が変わったように商売に励んで、会社も成功させもしたし、昔の苦労を思うと、夢のようです」

新田氏の父親が、菱刈町の「穴掘り」時代とスッパリ縁を切りたかった様子はよく分かる。おそらく、思い出したくもない、いやな記憶ばかりだったのだろう。それにしても、世話になった榎木家に時候の挨拶《あいさつ》もしないほど、徹底して過去を捨てたかったというのは、いささか行き過ぎのような気がしないでもない。

「榎木さん以外に、菱刈町の頃、お付き合いしていた方で、憶えていらっしゃる方はありませんか」

またその話題をぶり返してみた。とたんにあや子さんは見えないバリアーを、ぼくとのあいだに張った。

「じゃしとねえ……主人なら知っちょったかもしれもさんが、家に出入りしちょった方は、たいていは男の方ばっかいでしたから」

「その当時の出来事で、何か憶えていらっしゃるようなことはありませんか」

「さあ、何がありもしたか……東京オリンピックん頃ですねえ……あまりよう憶えちょらんがなあ」

憶えていない——といいながら、あや子さんの目は、落ち着きなく左右にブレた。そのうちに、ぼくの正視を避けるように顔を脇に向けた。新田氏の父親だけでなく、この母親もやはり、よほど、菱刈町の記憶には、触れられたくないにちがいない。

その辛《つら》そうな様子が新田氏には「疲労」に映るのだろう。

「浅見さん、そろそろ……」

遠慮がちに促した。

ぼくもそれ以上、気の毒なあや子さんを追い詰める気にはなれなかった。

「どうも、あまりお役に立ちそうな話をできなかったみたいですね」

客間に戻りながら、新田氏は申し訳なさそうに言った。

「いえ、そんなことはありません。むしろ、大いに参考になりました」

「そうでしょうか？」

新田氏は不思議そうな顔をしていた。

第四章　大通峠越え

1

　新田氏は「ゆっくりして、夕食を」と勧めてくれた。よければ泊まってくれとも言ったが、ぼくは辞退して大口市のグリーンホテルに引き返した。

　夕飯をホテルのレストランで済ませて、榎木家へ向かう。ぼくの顔を見たとたん、くに子さんは「電話、ありました」と言った。

「あの男の人からです。『勝手に家捜しさせてもらって、目的の品は頂戴した。あの家から引っ越していたことは知らなかったので、いろいろお騒がせして申し訳ない』と、謝っていました」

「ほう、謝っていたんですか。なかなかの紳士ですね」

　ぼくは笑ったが、くに子さんは「そうでしょうか？」と首を傾《かし》げた。まあ、無断で他人の家に忍び込むのだから、紳士と言えないことは確かだ。しかし、そんなふうに断りを言って、一応、謝るというのは、ただのワルとは思えない。

「警察にも連絡だけしておきましたけど、いったい、誰なのでしょうか？」

　くに子さんは、まだ不安が払拭《ふっしょく》されたわけではなさそうだ。

「シゲモリという名前には、やはり心当たりはないのですね？」

「はい、ぜんぜんありません」

「そうですか……ところで、新田さんという方をご存じありませんか」

「新田さん……菱刈町役場の新田さんでしたら、よう知ってますよ」

「いや、その新田さんじゃありません」

「それ以外は存じませんけど」

「三十四、五年昔のお付き合いだと思うのですが」

「えっ、そんなに昔……」

くに子さんは驚いて、それからすぐに思い出した。

「じゃあ、前のうちのご近所に住んでおられた、あの方ではないかしら。菱刈で金山掘りの作業員をしていた、うちと同じくらいか少しお若いご夫婦で、奥さんがときどきうちに見えて、お料理を作ったりしていましたけど。あのお宅がたしか、新田さんておっしゃったと思います」

「たぶんそうでしょう。いまは鹿児島市内で建設会社を経営していますが、じつは、つい三日前、ご主人が殺されたのです」

「えーっ、殺された、ですか……」

くに子さんは寒そうに肩をすくめた。自分のところにも怪しい電話や侵入者があったばかりだ。他人事《ひとごと》とは思えないのだろう。

「今日、新田さんの奥さんに会ってきたのですが、榎木さんの奥さんには本当にお世話になったと、感謝してました」

「いいえ、とんでもない、何もお世話などしておりません。お名前も失念してしまったほどです。金山掘りの作業員の人たちは出入りがはげしくて、名前を憶えるひまもないくらいでした。新田さんがそのお宅かどうか、自信はありませんけど、ただ、慌ただしく菱刈町を出て行かれて、それっきり音信が途絶えてしまったので、どうなさったのかな――と気になったお宅があったことを憶えております」

「その当時、菱刈町で何か事故か事件のようなものがありませんでしたか？」

「事故は落盤事故がしょっちゅうありましたけど、事件といえば、そう、殺人事件があったと思います。金坑の中で喧嘩があって、死人が出ました。主人の父も金山をやっておりまして、狭い町だもので、亡くなった人も殺した人も、どちらも顔見知りですから、いやな事件でした」

「犯人は捕まったのですか？」

「ええ、ほとんどその日のうちに捕まって、刑務所に入れられたと聞いております」

「喧嘩の原因は何だったのでしょう？」

「さあ……見つけた金の奪い合いだとか聞いたような記憶がありますけど、本当かどうかは知りません」

「犯人や被害者の名前など、憶えていらっしゃらないでしょうね」

「はい、憶えておりませんねえ。ただ被害者はかなり年配の方で、息子さんもお父さんと一緒に働いていて、その息子さんの目の前で殺されたということでした」

「名前はご存じないのに、事件の内容はよく憶えておられますね」

「ああ、それはあれです。その息子さんが十年ばかり前、主人の例の『いづろ』の会にとつぜん顔を出したのだそうです。その話を主人がしておりました」

「えっ……」

ぼくは愕然とした。田平氏の話と重なるような気がした。

「その人の名前はひょっとしたら『岩永』じゃありませんか。岩永三五郎の子孫の」

「はあ？　岩永三五郎といったら、有名な石橋造りの名人じゃありませんか」

「ええ、そうです。その子孫だとおっしゃってませんでしたか？」

「まさか……もしそれが本当でしたら、主人はその話をしたと思います。主人に聞いたのは、ただ、あの事件の被害者の息子さんがブラッと現れたということで、あまり、その人のことは話したくもないような雰囲気でした。若い頃とは、すっかり変わって、ヤクザみたいな様子だとか言ってました。私は直接、会ったわけではないですけど、どなたとも、好き嫌いや別け隔《へだ》てなくお付き合いする主人にしては、めずらしいくらい、不愉快そうな顔をしていたのを思い出します。それっきり、その人の話はしてませんから、よほどいやだったのでしょうね」

その「ヤクザ」みたいな――という点も田平氏の観察とあい通じるものがある。くに子さんは否定しているが、ぼくはむしろ、その人物こそ、田平氏の話に出た岩永三五郎の子孫――つまり「金の石橋」にまつわる古文書を持っていると言っていた男だと確信した。

もしそうだとすると、「シゲモリ」と名乗って電話してきたのはその人物で、彼はその古文書なり絵図面なりを、榎木氏に預けていたことになる。そしておよそ十年ぶりに古文書を取り返しにきた。預けた相手の榎木氏が、八年前に死亡したことも知らずに――である。

それにしても、なぜ十年もの長いあいだ、財宝の隠し場所を示すような重要な古文書を預けっぱなしにしておいたのだろう——と考えると、やはりぼくが田平氏に言ったとおり、刑務所にいたという説は正鵠《せいこく》を射ているのかもしれない。

ホテルに帰ると、自宅からのメッセージが届いていた。「旅と歴史」の藤田編集長に電話しろとのことだ。どうせ編集長の言うことは決まっている。案の定、取材と原稿の進捗《しんちょく》状況の確認だった。

「どうかね、石橋物語は書けそうかね?」

「ええ、面白いですよ。埋蔵金伝説なんてのもありまして、予想外の読み物になりそうです。期待していてください」

「そうか、やっぱりおれの思ったとおりだ。写真もたっぷり撮ってあるんだろうね。例の水がドバーッと流れ落ちる通潤橋とかさ」

「もちろんです。ご心配なく」

そう言って電話を切ったが、石橋の取材なんか、まるっきりやっていないに等しい。明日からは少し本業に身を入れないと、唯一といっていい大事な仕事先を失うことになりかねない。

(さて——)と、地図を広げてみたが、石橋といっても、どこの石橋をどう調べればいいのか、見当がつかない。思いあぐねて田平氏に相談することにした。

「ああ、浅見さあ、ちょうどよかったが」

田平氏はこっちの用件を聞く前に、どんどん喋《しゃべ》りだした。

「ここに緩鹿君が来ちょっど。おまんさあの行く先を知りたがっちょったので、ちょっと待っちょってないや」

電話口に出ると、緩鹿智美クンも先生に倣《なら》ったように、早口で喋った。水俣まで迎えに行ったことへのお礼を言い、新田氏のお宅に行ったことをすでに知っていて、新田氏がたいへん感謝していたと、わがことのように礼を述べた。

それをいくぶん持て余しながら、ぼくは田平先生に代わってくれるよう言った。

「肝心な石橋のルポの取材をしなければならないのです。それで先生に、どこから手をつければいいのか教えていただこうと思いましたね」

「あら、それだったら私がご案内しますよ。ねえ先生……」

送話口で半ば覆って、傍《かたわ》らの田平氏に相談しているのが聞こえた。「ああ、そげんして上げやんせ」と田平氏が言っている。

「田平先生もそうしなさいっておっしゃってます。明日の朝、肥薩線の栗野駅で待ってます。栗野のインターから九州自動車道に乗ることになりますから。時間は……あ、そうそう、浅見さんは朝が遅いんでしたね。じゃあ、十時少し過ぎに栗野に着く列車で行きます。遅刻しちゃだめですよ」

一方的に喋って、電話を切った。

翌朝、ぼくは出掛けに大口警察署へ行ってみた。刑事防犯課の捜査係長に、旧榎木家の窃盗事件について聞いたが、まださしたる手掛かりはないとのことだ。

「盗まれた物がはっきりしないので、手配のしようもないのです」

「たぶん、古文書か絵図面のようなものだと思いますよ」

「そんなものを盗んで、どうするつもりですかなあ」

係長の田出《たで》という警部補は、あまり気乗りしない様子だった。価値があるのかないのか分からないような文書の窃盗事件――しかも、「犯人」がわざわざ電話してきて謝罪めいたことを言っている、というのでは、力が入らないのも頷《うなず》ける。

「指紋、足跡のたぐいは採取できたのでしょうか?」

「ああ、それは一応、採りましたよ。指紋は古くて不鮮明なものが多かったが、足跡は新しいのがありました。古い指紋は榎木さんのところのご家族のものでしょうな。犯人は手袋をしていたと考えられますね」

「その足跡ですが、鹿児島中央署の石原さんのほうへも送っていただけませんか」

「いいですよ、ファックスしておきましょう。しかし、あっちへ送っても意味はないんじゃないですかねえ」

田出は首を傾げた。管轄内の事件に、余計な干渉はされたくない――という意識があるのだろう。まして、民間人のぼくなど、相手をするのも億劫《おっくう》にちがいない。明らかに邪魔者扱いされているのが分かる。

ぼくは早々に大口署を引き上げて、智美クンの待つ栗野駅へ向かうことにした。

栗野は日豊本線の隼人で乗り換えて八つめの駅で、大口から九州自動車道栗野インターへ行く道と接する。

智美クンは半袖の白いサマーセーターに紺色のデニムパンツというういでたちだった。ちっぽけな栗野駅の前に佇《たたず》んでいて、ぼくのソアラを発見すると、白いバッグを大きく振りながら駆けてきた。広場で何かの工事をやっている四人の男たちの視線が、ぼくの幸運を羨《うらや》むように注がれて、いささか照れた。

　智美クンは助手席に坐るなり、本日の取材ドライブのコースを解説し始めた。

　石橋のもっとも多いのは熊本県中部の上益城《かみましき》、下益城両郡で、とりわけ緑川《みどりかわ》流域には無数といっていいほどの石橋が架かっている。東から矢部《やべ》町、御船《みふね》町、甲佐《こうさ》町、砥用《ともち》町、中央《ちゅうおう》町のどこへ行っても、それぞれ由緒《ゆいしょ》ある石橋を見ることができる。

「その中から、これだけは見ておいたほうがいいと思うのを、拾っておきました」

　智美クンはメモを読み上げた。

「御船インターで下りて、まず御船町の下鶴《しもつる》橋と八勢《やせ》橋。それから矢部町の通潤橋、これはお馴染みね。それから聖《ひじり》橋。砥用町の雄亀滝《おけだけ》橋、大窪《おおくぼ》橋、馬門《まかど》橋。甲佐町の御手洗《みたらい》橋。中央町の二股《ふたまた》橋、妙見《みょうけん》橋。そのほか、いちばん古い御船町の門前《もんぜん》川《かわ》橋とか、矢部町の金内《かなうち》橋なんかもぜひ見たいけど、ちょっと時間的に無理かなあ。そのあと、東陽村へ行かないといけないし……」

「一日――というか、半日で、そんなに回れますかね？」

　ぼくは少し不安になった。

「回れなかったら、どこかに泊まればいいじゃないですか」

「えっ、そんな大胆な……」

「あら、いやだ、泊まるっていっても、お部屋は別々ですよ」

「あははは、それはそうだけど……」

　ぼくは笑ったが、顔が赤くなったかもしれない。

　御船インターを出て、国道４４５号を東へ向かう。

御船町の下鶴橋と八勢橋を見て、矢部町に入り、まず金内橋を見る。通潤橋へ行くには、国道445号が突き当たる国道218号を左折して、高千穂方面へ少し行く。先に聖橋を見て、通潤橋を見たところで、絶対に半日なんかでは回りきれないと覚悟を決めた。どの橋も国道から少し逸《そ》れたところにあるし、通潤橋などは、駐車場から橋まで少し歩くことになる。しかも放水のサービスを待つまで、さらに時間がかかった。

しかし通潤橋の放水は、まさに一見の価値のある壮観だった。橋そのものの大きさにも圧倒される。橋の長さはおよそ七十六メートル。アーチの大きさは直径が約二十八メートル。水面からの高さは三十メートル以上はあるだろう。橋には三本の送水管が埋め込まれ、さらにその上を人間たちが渡る。こんなのが、百五十年近い昔に、よくできたものだと感心する。

ぼくは時間をかけて、あちこちから写真を撮りまくった。放水が開始されると、もう時間のことなど忘れて、何本ものフィルムを使った。気がつくと、遠くにいる智美クンが、腕時計と車のほうを交互に指さしている。時計の針はすでに午後四時半を指していた。山間の道は日暮れが早い。

「ほんとに、もうそろそろ宿を探さないといけないわ」

強気なことを言っていたくせに、智美クンは心細そうな声を出した。

走っているうちにどんどん暗くなって、写真を撮るどころではなくなった。ともかく砥用町まで行って、「津留川荘《つるかわ》」という民宿を見つけて泊まることにした。

民宿のおばさんの「分かってますよ」といわん

ばかりの心得顔には参ったが、こっちの注文どおり、部屋はちゃんと二つ用意してくれた。

おばさんの話によると、この近くには緑川ダムというのがあって、湖岸にはヨットハーバーだとか、キャンプ場、テニスコート、それに山の中なのになぜか「海洋センター」もあり、夏休みはもちろんだが、花の季節、紅葉の季節など行楽シーズンは賑わうのだそうだ。

夕食は大きな座敷にテーブルが並び、ほかの二組のお客と一緒であった。ただし、おばさんが気をきかせて、ぼくたちは座敷の隅のほうに離して席を取ってくれた。

食卓にはヤマメの塩焼き、コイの洗い、肥後牛と山菜いっぱいの鍋料理などが出て、なかなかけっこうなものだった。ぼくも智美クンもビールの小瓶を一本ずつ飲んだ。

「こんなにのんびりして、悪いみたい」

智美クンは浮かない顔で述懐した。

「新田さんは大変でしょうね」

ぼくも彼女の心理を察して、言った。

「お父さんが亡くなって、会社のことも彼の肩にかかってくるでしょうから」

「ええ、そう言ってました。『今再』のお店もやめなきゃならないだろうって。でも、うちの父なんかは、そうなってくれたほうがいいんですよね。どうせ親の言うことをきかない娘だけれど、喫茶店のマスターに嫁にやるよりは、建設会社の社長夫人のほうがいいと信じているんだから」

「それでいいじゃないですか。終わりよければすべてよしですよ」

「ふーん……」

智美クンはしげしげとぼくの顔を眺めて言った。

「浅見さんてよく分からない。少年みたいにすっごく若々しいかと思うと、いまみたいに老成したようなことを言うんですもの」

「だって、ぼくはもう三十三ですよ。いいかげんおジンなんだから、それなりに大人びたことを言わないとね」

「そっかァ……三十三歳て、そういう年齢なのかァ……」

「ははは、なんだか気の毒そうな言い方に聞こえるなあ。確かに、きみはもちろん、新田さんもまだだいぶ間があるけど、ぼくなんかよりずっとしっかりしているので、われながら情けないですけどね」

「あら、嘘ですよ。新田さんも私も、浅見さんのことすごく尊敬してますよ。何でも見通してしまうような才能の持ち主なのに、決して偉ぶったりしないし、私みたいな生意気な女だって、丁寧に扱ってくれるし、それでいて、やるときはガツンとやるんだもの」

「えっ、ぼくがガツンとですか？　そんな度胸はないなあ。お化けが怖いし、飛行機が怖い。だから今度だってフェリーで来たくらいですからね」

「そうなんですよね。そういうところが不思議なんだわ。私なんかには理解できない、謎めいたところがあるんです。だいたい、こんな素敵な男性にまだ奥さんがいないなんて、ぜったいおかしいですよ」

若い女性から面と向かって「素敵」だなどと言われて、ぼくはビールのせいばかりでなく、顔が火照《ほて》った。

「結婚しないのは生活力の問題ですよ。定収入がないから、いまだに生まれた家から独立できない体《てい》たらくです」

「でも、恋人とか、いるんでしょ？」

「それもまだ」

「嘘……」

智美クンは悪魔でも見るような目で、ぼくを見つめた。

「ほんとですよ。いれば無理してでも結婚しているかもしれない。独立できないから結婚しないのか、それとも結婚する相手がいないから、独立する気にならないのか。鶏が先か卵が先か——みたいなものかな」

はぐらかして、「さあ、明日は早いから、そろそろ寝ますか」と立ち上がった。

智美クンもノロノロと立ち上がりながら、聞こえるか聞こえないかくらいの低い声で、「新田さんにフラれたら、浅見さんと結婚しようかな……」と言った。

「えっ……」

ぼくは驚いて、ほかのお客の視線から逃れるように、慌てて座敷を出た。

「どうしたの？　新田さんと何かあったんですか？」

廊下を歩きながら訊いた。

「そうじゃないですけど、でも、新田さんが社長になんかなったら、なんだかつまらなくて……」

「どうして？　社長さんなら文句ないじゃないですか」

「喫茶店のマスターよりましだって、浅見さんも思うんですか？」

「えっ、いや、そうは言わないけど」

「だったら分かってくれるでしょう、こういう気持ち」

「それはまあ、分からないでもないですけどね。しかし……」

話がこじれそうな予感がした。

「とにかく、今夜は寝ることにしましょう。このつづきは明日のことにして。じゃ、お休みなさい」

手前の部屋のドアを開けてあげて、ぼくはその奥の部屋へ向かいかけた。

「いじわる……」

恨めしそうな智美クンの声を聞いて、思わず振り返った。智美クンは半開きにしたドアから体半分を出して、ぼくに下唇を突き出すように「イーッ」とやって、スッとドアの向こうに引っ込んだ。

ぼくは大きな忘れ物をした気分で、しばらくそこに突っ立っていた。

2

民宿の朝は早い。八時に起きて食堂の広間に行ったら、ほかの客は全員がすでに出立《しゅったつ》したあとだった。智美クンもどこかへ散歩にでも出掛けたのか、姿が見えない。ぼくの食事だけが、テーブルの上にポツンと侘《わび》しげに載っていた。

おばさんが温め直してくれた味噌汁を啜《すす》っているところへ、智美クンが戻ってきた。民宿のおじさんの車に乗せてもらって、この付近に点在する小さな石橋の写真を撮りに行っていたそうだ。

「長さがわずか三メートルから五メートル程度の、それでもちゃんと石組みでできている橋が、細い谷川に架かっているんですよ」

智美クンは目を輝かせながら喋った。そういう好奇心旺盛な様子は、向学心のあるふつうの女子大生にしか見えない。建設会社の社長夫人に納まってしまうことに対して、踏ん切りがつかないのも分かるような気がする。社会的な常識からいって、喫茶店のマスターが建設会社の社長より上等とは思えないけれど、そこには地位や財産では推し量れない何かがあるにちがいない。

（してみると、ぼくのいまの暮らしも、まんざら悪くないのかな――）

多少、自画自賛する気にもなった。

それを裏付けるようなことを、智美クンも言った。宿を出てまもなく、

「私も浅見さんみたいに、ルポライターになろうかしら……」

助手席で前方を見据えた恰好《かっこう》で、しみじみとした口調だった。

ぼくはいいとも悪いとも言わなかった。ぼく自身、ルポライターになったのは、学生時代からそうなりたいと思ってなったわけではない。ふつうのサラリーマンや三流新聞社などを転々としたあげく、どこも長続きしないで、体のいいフリーターという名の自堕落な生活をしているとき、例の軽井沢のセンセに「旅と歴史」の藤田編集長を紹介してもらったのがきっかけで、こうなった。そんな具合だから、人さまに自信をもってお勧めできるほどの信念など、ありはしない。

それはそれとして、彼女の揺れる気持ちが哀れにも、また羨ましくも思えた。青春とはそういうものなのだろうけれど、ぼくの年代になると、そうして揺れているひまはない。振り返れば、無為に過ごした青春の日々が惜しまれてならない。

砥用町から甲佐町、中央町の石橋は数も多く、

場所も集中している。中でも砥用の「霊台橋」は規模の大きさが通潤橋よりやや大きく、優美な姿を誇っている。周辺の整備状態もよく、公園緑地として観光客の目を楽しませてくれる。

考えてみると、こうして石橋の保存に努めるところもある一方で、鹿児島市のように天下に名だたる五石橋を撤去することにのみ専心していたところもあるのだから、世の中というか、人間は勝手なものだ。出来た当座や使えるうちは重宝《ちょうほう》がるくせに、ちょっと古くなったり、使い勝手が悪くなったりすると、すぐに捨てることを考える。そういう人間自体も、古くなると捨てられるのだから、因果は巡るというか、通じるものがある。田平氏や新田氏が、懸命になって五石橋の保存運動をつづけていたのも理解できる。

もっとも、だからといって、古い物すべてをいとおしみ残そうとする姿勢も、正しいとばかりは思えない。役目を終えた物、あるいは身をどのように処するかもまた、人類永遠のテーマなのだろう。ぼくなんか、いつまでも若いつもりでいるけれど、ある日、気がついてみたら老朽化していた――などということがあるにちがいない。そのとき、優しく労《いたわ》ってくれる人が傍にいて、そっと眠らせてくれたらいいな――などと、智美クンの横顔を見ながら、ふと思った。

石橋探訪の最後の目的地は東陽村。ここは岩永三五郎やその弟子の橋本勘五郎《はしもとかんごろう》の生地であり、肥後石橋の発祥の地である。智美クンはまず、村の入口近くにある「石匠館《せきしょうかん》」というのを案内した。その名にふさわしい総石造りの建物で、石橋のルーツから石橋の造り方まで、石橋のすべてを見せている。

圧巻はセンターホールにある、石橋造りの工程を実物大模型で再現したものだ。ぼくはこれを見て、石橋のアーチがどうやって成立しうるのか、ようやく納得できた。しかし、納得はしたものの、いかにも危うく思えて、それが二百年ものあいだ、ビクともしないで使用に耐えていることは、いぜんとして不思議でならなかった。

石匠館を出ると、智美クンが以前、田平氏に連れられて訪れたときに会った、橋本勘五郎の子孫という人を訪ねた。六十歳ぐらいだろうか。小柄でごくふつうのおじさんという印象だが、この人の何代か前に、石橋造りの天才がいたと思うと、しぜん、尊敬の念が湧いてくる。

橋本家の裏手には勘五郎の墓もあり、そこから沢伝いに、ごく小さな、初期の頃の石橋が七つある。最も小さいのは長さ二メートル足らず。まるで幼児が積み上げたような外見だが、ちゃんと理に適《かな》った設計なのだろう。小さいながらもアーチ型を作り、橋の下を清流が流れている。

橋本さんに、岩永三五郎の子孫にシゲモリという人がいるかどうか訊いてみたが、そういう名前の親戚はないそうだ。最近、石橋ブームのような風潮があって、東陽村の出身というと、誰でもが勘五郎や三五郎のゆかりの人かと思われるそうだ。逆に、その子孫を名乗る人も続出しているという、笑い話のようなことが多いらしい。

「村にはシゲモリという人もおらしたかもしれんばってん、わしらは知らんなあ。役場へ行って聞いてみるとよかですよ」

そう教えられ、役場を訪ねた。最初、商工観光課へ行ってみたが、誰も分からない。そういう古いことならあの人に訊くといい――と、社会教育課の嘱託《しょくたく》、及川敬一《おいかわけいいち》氏を教えてくれた。及川氏はいわゆる郷土史家で、東陽村のことはもちろん、熊本県から九州一帯の歴史に通暁《つうぎょう》しているそうだ。

及川氏は七十五、六歳だろうか。社会教育課の、あまり上等ではないデスクに坐って、何かの資料を広げて没頭していた。お坊さんのようなツルツルの頭をして、度の強い眼鏡をかけている。挨拶の声をかけると、ジロリと眼鏡越しにこっちを見た。いかにも気難しそうなご老人だった。

しかし、実際は見かけより穏やかで、言葉遣いも丁寧だった。ぼくが「シゲモリ」の名を言い、「字はわかりませんが」と言うと、無造作に頷いた。

「ああ、茂森ならおらしたですよ」

メモ用紙に「茂森」と書いた。

「えっ、岩永三五郎の子孫に、茂森という人がいたのですか？」

ぼくは思わず念を押した。

「いや、この辺の者は、たいていは石工かそん手伝いばしとった家が多かけん、茂森家もたまにゃ石工ばしとったかもしれんばってん、三五郎とは関係なかですよ。ばってんが、茂森という家はこの村におらしたばい。ただ河俣《かわまた》村のほうでしたな」

「は？　河俣村といいますと？」

「ああ、そぎゃん言うても知らんでしょうな」

及川氏は苦笑した。

「東陽村は昭和三十年に河俣村と種山《たねやま》村が合併してでけた村です。現在は河俣は東陽村の字名《あざな》になっとります」

「そうしますと、いまは茂森家はもうそこにはないのでしょうか?」

「なかですな。茂森いう人は選後間もなく村ば出て行って、そん後は坂根《さかね》さき子いう人が、一人で茶店をしとらした」

「茶店ですか」

「大通《おおとり》峠の茶店いうのがあったばい」

「オオトリ峠といいますと、どの辺りでしょうか?」

ぼくは、及川氏のデスクの上に、持参したロードマップを開いた。

及川氏は眼鏡をかけ直して、地図を覗《のぞ》き込んで、「ここです」と指さした。村域の南東のはずれに「大通越」という文字が読めた。ぼくは「大鳥峠」を想像していたから、ちょっと意外だった。

「あ、これでオオトリと読むのですね」

「そう。こん道はいまは宮原五木《みやはらいつき》線という県道になっとるばってん、かつては『五木往還』いうて、主街道とは別の、一種の抜け道になっとったもんですばい」

「五木」はむろん、五木の子守唄で有名な五木村のことだ。たしかに、ここから十五キロほどで大通峠を越えて、さらに山道を二十キロほど辿《たど》ると、その先には五木村がある。

「西南戦争で負けた西郷軍はチリヂリバラバラに敗走したばってん、大将の西郷隆盛の一行はこん五木往還ば通って、五木から日向《ひゅうが》に抜けて鹿児島へ帰ったといわれとります。そんぐらい重要なルートだったということですな。茂森いうのは、もともとそん大通峠で茶店を営んどった家です。峠の茶屋いうて、江戸時代後期からつづいとった茶店です」

「その茶店はまだあるのですか?」

「いや、十何年か前までは、坂根んばあさんが一人で茶店ばしよらしたばってん、亡くなってしもて、いまは廃屋同然です」

「茂森家が河俣村を出て行ったのは、何か理由があったのでしょうか？」

「さあ、どぎゃんでしょうね……詳《くわ》しかことは分からんばってん、何らかの不祥事があったのとちがうとじゃなかですか」

及川氏は歯切れが悪くなった。村内で起きたそういうことについては、あまり触れたくないのだろう。

「じつは、たぶんその茂森さんと同一人物と思われる人が、三十何年か前、鹿児島県菱刈町の金山で、殺されているのですが」

「ほう、そぎゃんでしたか」

及川氏はあまり驚いた様子には見えなかった。

そのことを言うと、「いや」と頬を歪めて笑った。

「村におられんごとなって出て行くような人物ですけんな。行った先で何があってもおかしくはなかでしょうな。ことに、かつての金山掘りには、山師んごたる人が各地から流れ込んできとったけん、中には乱暴者もおったかもしれんです。見つけた金ば巡って、争いがあったって不思議はなかですな」

まさにそのとおりの図式で起きた事件だったから、及川氏の卓見《たっけん》に、ぼくは感心させられた。

「坂根さき子さんには、身寄りの方はいなかったのですか？」

「いや、おらしたですよ。河俣に坂根さんの姪御《めいご》さんが住んどらす。名前は米本《よねもと》ゆみさんいうたかな。坂《さか》より上《かみ》分校の近くだったと思ったばってん」

「は？　坂より……」

「ははは、坂より上分校です。河俣小学校の分校ですな。『坂より上』いうのは、河俣の奥のほうの集落の名前です。けったいな名前でしょう。はははは……」

笑っている及川氏に礼を言って、ぼくたちは東陽村役場を出た。

智美クンはその間、ほとんど一言も発しなかったが、外に出たとたん、非難するように口を尖《とが》らせ、「どういうことなんですか？」と言った。

「ちっとも石橋のことを訊かないで、茂森とかいう人のことばかり訊いて。何のための取材なのか、分からないじゃないですか」

「あっ、そうか、そうでしたね」

ぼくは頭を掻《か》いた。

「緩鹿さんには説明してなかったな。これは新田さんの事件に関係のある調査なんです。さっき名前を出した茂森という人の息子が、ひょっとすると新田さんの事件に係わっている可能性があるのですよ」

「係わっているって、犯人ていうことですか？」

「現時点で断定はできないけど、その可能性はあります」

「その人が新田さんのお父さんを殺した理由――動機は何なんですか？」

「それはまだ分かりませんよ」

「だけど、犯人はすっごく恨んで恨んで、新田さんのお父さんを殺したのでしょう？　そんなに恨まれるようなことって、何なのかしら？」

「さあ、何なんですかねえ……まあ、とにかく、もう少し付き合ってください」

智美クンの質問を封じ込め、ソアラに戻って、

「五木往還」を走った。地図には「主要地方道」と印刷してある。道幅もあり、整備された舗装道路だが、峠にかかる辺りはどうなるのか、やや不安になりそうな道だ。しかし定期バスも通っているらしい。河俣川の谷がしだいに狭まって、左右の森が深く濃くなった。ところどころに小さな集落が点在する。河俣小学校前のバス停標識を過ぎて、だんだん傾斜がきつくなってゆく道を登る。文字どおり「坂より上」の高みにある集落に、小さな分校があった。

畑仕事から帰る途中のご老人に訊いて、坂根さき子さんの姪御さん——米本ゆみさんの家はすぐに分かった。及川氏が言ったとおり、分校のすぐ裏手にある、この地方名産のショウガを作っている農家だった。先祖代々、石組み作業はお手のものなのか、急傾斜地に巧みに石垣を積み上げ、平坦な土地を作っている。

ゆみさんは四十代半ばくらいの小柄な女性で、日焼けした顔で笑うと、白い歯がこぼれてなかなかに可愛い。とつぜん現れた見知らぬ客に対しても愛想がよかった。

茂森家のことは叔母の坂根さき子さんから聞かされていたそうだ。何代か前までは、農林業を本業に、農閑期には石工の手伝いをするといった、この辺りではごくふつうの農家だったらしい。その傍ら「峠の茶屋」を開き、片手間のように営業していたのが、けっこう繁盛した。

坂根さき子さんは茂森家と近かった関係で茶店の手伝いをしていた。茂森家が去ったあとは、しぜんの成り行きで経営者のようなことになった。ゆみさん自身も、少女時代から米本家に嫁入りするまでは、夏の行楽シーズンなど、ときどき「峠の茶屋」の手伝いに行っていたという。彼女の愛想のよさは、そのときに培《つちか》われたものかもしれない。

ゆみさんが叔母の坂根さんから聞いた話によると、茂森という男は、森林組合の金を遣い込んで、村にいられなくなったのだそうである。当時の河俣村は林業が盛んだった頃だから、金額も相当なものだったらしい。それを博打《ばくち》に注ぎ込んだ挙げ句、妻と息子を連れて夜逃げした。

「茶店の手伝いばしとった叔母は途方にくれましたが、村の方々の厚意で、商売を続けさせてもろたいう話でした」

「その後、茂森家がどうなったか、消息を聞いたことはありませんか？」

「茂森さんの息子さんが、いちど、叔母のところに来たことがあります」

「えっ、それはいつ頃のことですか？」

「叔母が亡くなる、ほんの少し前でした。もう十三、四年になります。ちょうど私が叔母の看病に行っていたとき、ヤクザ屋さんみたいな派手な恰好ばした男の人が来て、おれは茂森だが、さきさんはいるかって」

「茂森何という名前ですか？」

「叔母がキヨシさんて呼んでいました。お父さんの名前はセイタさんだったと思います」

ぼくはメモ帳に「茂森清、清太」と書いた。

「彼は何をしに来たのですか？」

「お金の無心です。昔、住んどった頃の家財道具があるはずだとか、難癖をつけていました。ばってん、そんなもんがもしあったとしても、お金になるはずがなかです。茶店そのものが潰れそうでしたものね。そしたら叔母が、何やら知らんけど、お父さんが残して行った書き付けがあるよって、それを持って行きなさい言うて、古い書類みたいなものを渡しました」

「古い書類というと、古文書ですか」

「さあ、古文書いうほど古くはなかかと思いましたけど。明治十一年て書いてありましたから」

「えっ、文面を見たのですか?」

ぼくは声が上擦った。

「はい、ちょっと待っとってください」

ゆみさんは背後のタンスの引出しを開け、奥のほうをゴソゴソやっていたが、大判の封筒を引っ張りだした。

「これは叔母が取っておいたコピーです。本物は上等の厚手の和紙を二つ折りにしたものですけど」

封筒の中身はB4判の紙を二つ折りにしたものだった。かなり変色しているところを見ると、二十年程度は経過しているにちがいない。拡げると、毛筆の文面をコピーしたもので、いかにも昔の人らしい、癖はあるがかなりの達筆だ。

金在神中
神在佛中
明治拾壹年拾月鹿児島之石橋建立
ニアタリ石材ヲトリタル後收ム

(出た!――)と、ぼくは思わず叫びたかった。「金」と「石橋」がドッキングした。これこそが榎木家に預けられた「古文書」の正体にちがいない。

「これは何なのでしょう?」

ぼくは努めて落ち着いた声音で言った。

「さあ、私にはまったく分かりません。叔母もさっぱり分からんみたいでした。茂森さんの息子さんも、こんなもん貰ってもしようがないとか言うてましたけど、『金』て書いてあるので、もしかすると値打ちのあるもんかもしれん言うて、持って行きました」

「その後の茂森さんのことはご存じないですか？」

「はい、何も分かりません。私より十歳ぐらい上でしたけん、まだお元気やと思いますけど」

　好意のかけらも抱いてない相手だろうけれど、同郷人の行く末を思いやるのか、そのときふと、ゆみさんの眸《ひとみ》に、憂いの色が浮かんだように見えた。

　米本家を辞去して大通峠へ向かった。道は部分的には細くなるが、心配したほどのことはなかった。峠の頂は広場になって、二棟の建物が離ればなれに建っている。表示板の消えかかった文字を判読すると、ここに東陽村営の公園があったらしいが、誰かに尋ねようにも、建物は二軒とも無人である。そのうちの一軒は休憩所か土産物店だったような佇まいに見える。ひょっとすると、かつてはそれが「大通峠の茶店」だったのかもしれない。

　二十分ばかりいたが、その間に峠を越えて行ったのはツーリングを楽しむバイクの仲間が三台。それ以外はまったく交通のない道であった。

　いっそ、大通峠を越え、五木村を見ながら人吉へ抜ける道を行こうかと思ったのだが、行く手の山道があまりにも寂しそうなので、やめにした。距離的には高速道を経由するより近そうだけれど、尾根伝いに行く道路状況に自信が持てなくもあった。

山間の道はすでに暮色が漂って、さまざまな思いが去来する。石橋の取材もうまくいったし、「捜査」のほうも、思わぬ成果があったといっていい。あとはもう一つ、確かめておきたいことが残るだけだ。

東陽村からは、いったん国道3号に出て、その先の八代インターから九州自動車道に入る。その頃には完全に日が落ちた。途中、ドライブインで食事をして、隼人町の霧隼女子大の寮に智美クンを届けたのは、午後九時近かった。

別れぎわ、智美クンは心なしか悲しそうな顔で、

「浅見さんは、もう東京へ帰っちゃうんですか？」と言った。

「いや、もう少しいますよ。十日間の予定で来てますから」

本当は一週間だが、何となく嘘をつきたい心境だった。

「そう、じゃあ、また会えますよね」

「ははは、もちろんです」

「よかった……」

それから手を差し延べて握手を求めた。びっくりするほど冷たい手をしていた。

「なんだか、私も東京へ帰りたくなっちゃったな」

そう言って、すぐ「嘘です、さよなら」と身を翻《ひるがえ》すようにして去って行った。後ろ姿が頼りなく揺れて見えた。

ホテルに戻ると、石原部長刑事からのメッセージが届いていた。夕方から何度も電話があったらしい。

「足跡は一致しました」

ホテルの人間の目を意識しているのか、たったそれだけの伝言だったが、それで十分、通じる。新田氏殺害現場に残された足跡と、旧榎木家で採取した足跡が一致したということだ。これで二つの「事件」が同一人物――おそらくは「茂森」による犯行であることが、ほぼ確定した。

3

鹿児島七日目は朝から雨だった。雨足はさほど強くなく、風もないが、暗い空から単調に降り注ぐ雨は、当分、やむ気配がない。

ぼくは十時過ぎにホテルを出た。ホテルを出るときに一応、支払いはするが、そのつど、また舞い戻ってくる可能性の強いことを宣言しておく。

「本日もお泊まりですか?」

フロント係は上目遣いに訊いた。

「たぶん……しかし、どうなるかは分かりません。満室になりそうですか?」

「いいえ、そのようなことはありませんので、ご心配なく」

笑いを含んだ言い方をした。部屋の心配をしなくてすむのはありがたいが、あまりお客がいないのも気の毒になってくる。

久木野の尺八屋は、今日はガラス戸を閉め切っていた。おやじさんは土間に足を投げ出すように腰掛けて、つまらなそうに煙草《たばこ》を吸っている。ぼくが入ってゆくと、例によって目を剝《む》くように見て、「はよ、戸ば閉めてくれんな。雨が入るけん」と言った。

「あっ、すみません」

ぼくは慌ててガラス戸を閉めた。

「あんた、こんあいだの人だね」

老人は憶えていてくれた。

「先日はどうもありがとうございました。お蔭様で、いい写真が撮れました」

これは嘘である。写真はまだ現像に出していない。

「ずいぶんよく降りますねえ。やはり雨の日は、尺八作りにはよくないのでしょうか」

「いや、そぎゃんことはなかばってん、湿気のきつか日は仕事ばする気になれんけん、こうしてボケーッとしとる。今日もまた尺八作りの話ば聞きにきたとね」

「いえ、そうではありません。じつは、あれから鹿児島市内のあるお宅で、こちらで作られた尺八を見つけました。新田さんというお宅ですが、ご存じですか？」

「ほう、新田さんな。新田さんだったら知っとる。ばってん、あん人はこんあいだ、殺されんさった、新聞に出とって、びっくりしたな」

「そうなんです。ぼくはそのお悔やみに伺って、そのときにご霊前に置かれた尺八を拝見しました。金具のところに巻いてある籐が、そこにあるのとそっくりの、黒漆塗りで、珍しかったものですから、もしやと思って訊いてみると、やはりこちらで求められたものであることが分かりました」

「ほう、あんた、なかなか詳しかな」

「以前、虚無僧《こむそう》の同好会を取材したことがあって、そのときに知識を仕入れました。ところで、新田さんとこちらは、古くからのお付き合いだそうですね」

「ああ、古かな。三十何年か昔からの付き合いばい。わしの親父がまだ生きとった」

「たしか、新田さんが菱刈町に住んでおられた頃からでしたね」

「そぎゃんね、菱刈町の金山に雇われて、穴ば掘っとった頃ばい。それが建設会社の社長になった。あの人も偉くならしたばってん、そぎゃん、偉くなる人いうのは、やっぱ敵も多いんかな。恨みに思いよった人もおったんじゃなかかな」

「新田さんが、それらしい話を言ってましたか?」

「いや、あん人は言うとらさんばってんが、新田さんの行方ば知らんかいうて尋ねてきよった人はおったばい」

「えっ、新田さんの行方をですか?」

「そぎゃんよ。なんでも、古か知り合いで、しばらくぶりに訪ねて行ったら、菱刈町にはおらっさんだったていうてな。昔、新田さんがわしのところで尺八ば買うたのを憶えとって、ここさん来れば行方が分かるじゃなかかと、思いよったようだな」

「いつ頃ですか、その人が来たのは」

「いつだったかな……半月か、そんくらい前だったと思うばってん」

「名前は分かりますか?」

「さあなあ、なんていうたかね……聞いたような気もするばってん、忘れてしもたな」

「茂森さんとはいいませんでしたか」

「そぎゃんだったかもしれん、さっぱり憶えとらんな。わしにはどぎゃんでんよかったことだけんな」

「それで、その人に新田さんの住所を教えたのですか?」

「いや、住所は教えんかった。目つきの鋭い、あまり人相のよか男でなかったけん、教えんほうがよかかと思うてな。そんでもって、新田さんは鹿児島の薩央建設の社長ということだけを教えた」

「というと、その人の様子が何かおかしかったとか、不穏なものを感じたのですか」

「ああ、そぎゃんね、不穏いうんか、そぎゃんごたるこつな。ゴツか体つきばしとるわりに、色がやけに白くて、まるでムショ帰りみたいだったばい。新田さんの行方ば訊くとき、わしば睨むような目ばしとったばい」

「もしかすると、その男の人は新田さんに恨みを抱いていたかもしれないと、そんな感じだったのですね？」

「そぎゃんね……そうは言うとらんかったばってん、そんな感じがせんこつもなかった」

老人は言葉を濁しているが、それは後ろめたさに通じるような気がする。ぼくの質問に答えているうちに、ことの重大さに気がつきはじめたにちがいない。

「そのこと、警察には言いましたか？」

「警察？　なんで警察な？」

思ったとおり、気になったところを突かれたので、ギクリとして声音がきつくなった。何かの理由で、警察にはあまり好意を持っていないのかもしれない。

「その人が、新田さんの事件に関係している可能性があると思いませんか。もしそうだとしたら、警察に知らせてやるべきだと思うのですが」

「そぎゃんことは、わしは知らんな。警察が訊きに来よったなら話すかもしれんばってん、訊かれもせんのに、わざわざ警察に知らせることなか」

「しかし、そういう事実がありながら、警察に知らせないというのは、結果的に犯人を匿《かくま》ったのと同じことになりますよ」

「何ば言よっとか。あんた、そぎゃんこと言うて、わしば脅す気か。もう帰ってくれ。はよ出て行かんかい」

そこにある道具を摑んで、モタモタしていると放り投げそうな気配だ。ぼくは黙ってお辞儀をして店を出た。

茂森が尺八屋で新田氏の消息を尋ねたことは、事件の全容を描くための最後の決め手になった。残る問題は動機である。茂森はなぜ新田氏を殺害しなければならなかったのか。しかも、あらかじめ凶器である鉄パイプを用意していたのだから、最初から殺意を持っていたと考えられる。その殺意とは何か？――

鹿児島中央署の石原部長刑事は、あらかじめ連絡しておいた時間に合わせて待機していてくれた。両方の事件の足跡が一致したことで、捜査本部内に大きな動きが生じたそうだ。

「県警から鑑識と、周辺の聞き込みのために機動捜査隊が、捜査一課長の指揮のもと、菱刈町へ出動して行きましたよ。しかし自分らは置いてけぼりです。どうも、県警のお偉いさん方は、大口署の鑑識や、われわれ所轄の人間は信用できないみたいです」

石原はぼやきを言った。

「早速ですが、茂森清という人物について、調べていただけませんか」

ぼくはすぐに切り出して、メモ用紙に「茂森清　熊本県八代郡東陽村出身　推定年齢五十四、五歳」と書いた。

「茂森……何者ですか？」

「おそらくこの人物が、新田さん殺害の犯人ではないかと思います」

「えっ、本当ですか?」

「まだ憶測でしかありませんが、この茂森が榎木さんのところに古文書を預けた人物であることは、ほぼ間違いありません」

ぼくは簡単に、これまでの経緯を話した。写し取ってきた古文書の文章も見せた。文面に「金」と「石橋」があったことには、石原もいくぶん興奮ぎみに「ほう、ほう」と目を丸くしていた。

「それでですね、このあいだ田平先生と話したのですが、茂森はおそらく、十年ほど前に何かをやらかして、刑務所入りしていたと考えられるのです。どうでしょうか、それについて調べることは可能ですか?」

「もちろんお安い御用ですが、しかし、十年以上の長期刑というと、殺し以外、ちょっと考えられませんがね」

「そうですね、ひょっとすると、もっと短い刑期だったかもしれません。ただ、少なくとも八年前に榎木さんが亡くなったことを知らないのですから、その間、連絡を取れなかった事情があることは事実です。刑務所か、それとも外国に行っていたとか」

「ま、とにかくいろいろ調べてみましょう。九州管内での事件であれば、長期刑なら熊本刑務所。だいたい殺人犯の累犯がそれに当たりますがね。浅見さんはご存じかしらんけど、長期刑は『LA』と『LB』に区別されます。Lはロングで、初犯だと『A』、累犯だと『B』というわけですな。熊本刑務所は主に『LB』用で、九州には『LA』用はない。大分刑務所がたまに『LA』

を受け入れる程度です。九州からいちばん近い『ＬＡ』は岡山でしたかな。その茂森っていうのが『ＬＢ』だと、数が少ないから簡単に割り出せるのだが」

「茂森の『ヤクザっぽい』というイメージからいって、前科はあると思います」

「前科があって殺しなら『ＬＢ』ですから、まず熊本刑務所ですな。分かりました、どこで何をやらかしたかを含めて、明日か、早ければ今日中にでも割り出せるでしょう。ところで、この件は捜査会議で発表しても構わんでしょうな。県警の連中は所轄を軽んじてばかりおるから、ガツンとやってやらんといかんのです。連中はびっくりしますよ」

容疑者が急浮上したことで、石原の気分も高揚してきた様子だった。


そのあとぼくは田平氏を訪ねた。田平氏はダブダブのズボンと厚手のカッターシャツという恰好で現れた。

「いけんごわした、緩鹿君のガイドで、石橋取材はよかことといったかな」

「ええ、お蔭様でいいルポが書けそうです。それに、思いがけない収穫もありました。新田さんの事件の犯人らしい人物が、浮かび上がってきたのです」

「ほうっ、ほんのこつね、それは」

「このあいだ、先生のお話にあった、十何年だか前、榎木さんの『いづろ』の集まりに参加したという、ヤクザっぽい人物のことですが、その男の名前は『茂森』といいませんでしたか？　繁茂の茂に森と書きますが」

「茂森ねえ……うーん、そうじゃったかんしれんが、はっきりとは憶えっちょらんなあ。おいだけじゃなく、別の会員にも訊いてみたんじゃが、やっぱり分からんいうちょった。ただ、金の石橋とかちゅう話だけは憶えちょっそうじゃ」

「その金の石橋のことですが、じつは面白い物を発見しました」

ぼくは「古文書」の写しを広げた。

「先日、榎木さんのところに入った泥棒の目的はこれだと思うのですが、いったいこれは何なのでしょうか?」

金在神中
神在佛中
明治拾壹年拾月鹿児島之石橋建立
ニアタリ石材ヲトリタル後收ム

田平氏はひととおり音読して、「読んで字んごとし、じゃっな」と首をひねった。

「金は神ん中に在り、神は仏ん中に在り——としか読めんが。胎内仏《たいないぶつ》ちゅうのはあっが、これじゃと胎内神じゃね。それが金ででけちょっちゅうこっかな?」

「明治十一年に鹿児島で石橋を造ったというのですが、どこの石橋か分かると手掛かりになりそうです」

「ああ、そいじゃったら簡単じゃろ。明治十一年頃には、それほど石橋造りはしちょらんはずじゃからな。ちょこっ調べっみっで、待っといやんせ」

ドタバタと二階へ上がって、しばらく待たせてから下りてきた。例の山口祐造氏の『石橋は生きている』を手にしている。

「分かった分かった。明治十一年に鹿児島県内で造った石橋はたった一つきりじゃ」

巻末にある「年代順石橋一覧表」を開きながら、言った。

「いま調べちょって気がついたんじゃが、明治八年から十三年までんあいだに造ったんはこれだけじゃが。一つきりしかなかちゅうのは、おそらく西南の役んせいじゃろな。物情騒然たる中では、石橋造りなど、でけんかったにちがいなか」

「それで、その橋はどこなのですか？」

「川内市の金剛橋《こんごう》いうんじゃが」

田平氏が指さしたところを見ると、〔金剛橋――鹿児島県川内市〕とある。橋の長さ三十メートル。二連で、アーチの直径は十一メートルというから、かなり大きい。

「じゃっどん、こん資料によっと、すでに撤去されっしもとるな」

「それは問題ではないでしょう。この文面ですと、『石材ヲトリタル後収ム』ですから、石材を採取した場所を指していると考えるべきだと思うのです」

「ああ、じゃっどね。川内付近の石切り場ちゅうと、川内町辺りかな」

「川内町ですか、例の磨崖仏の……」

ぼくは心臓が高鳴った。川辺町清水の磨崖仏は、ついこのあいだ見学にいったばかりではないか。

「ひょっとすると、それかもしれませんね、『神在佛中』というのは、あの磨崖仏の群像の中に神の像があるという意味なのかもしれません」

「はるほど、そいは面白《おもし》て着想じゃが。確かにあん辺りは石材の採取が盛んじゃったところじゃで。じゃっどん、川辺から川内までは少し遠かな。待っちゃい……そうじゃな、川内川筋を溯《さかのぼ》ると、宮《みや》之城《のじょう》盆地がある。あん辺りは確か花崗岩が出ちょったな。川内川の水運を利用して石材を運ぶにはうってつけじゃ。そこにもおそらく、磨崖仏はあつじゃろ」

　地図を見ると、なるほど、川内市から東へ曲がりくねった川内川を辿ると、宮之城《みやのじょう》町というのがある。そしてさらにその先へ溯るとあの「曽木の滝」、そして大口市から菱刈町に達するのだった。

　別に意味のない符号なのかもしれないが、ぼくはそれを発見して、なんだか運命的な出会いのような、昂《たかぶ》った気分になった。この「未知との遭遇」が、事件解決へ向けての最終コーナーのような気がしてきた。

「とにかく、これから川内へ行ってみます。まだ市役所はやっているでしょう」

　ぼくは腕時計を見ながら、言った。鹿児島から川内まではおよそ五十キロ程度か。一時間半もあれば行き着くと思う。市役所の終業時刻までには間に合いそうだ。

「川内へ行くんじゃったら、歴史資料館の大倉《おおくら》ちゅう人を訪ねたらよか。たぶん、いまは嘱託をしておられっはずじゃ。鹿児島ん田平から聞いてきた言えば、会《お》うてくれるじゃろ。そうじゃ、おいから電話しちょって」

「お願いします」

　何もかもうまくいきそうな予感に、ぼくは胸が弾んだ。

4

　夜来の雨は午後三時を過ぎる頃になって、ようやくやんだ。ぼくは鹿児島市から国道3号を北西へ向かった。内陸部を行く道が海岸へ抜けると、もうそこは川内だ。

川内市は鹿児島県西部、東シナ海に面した人口約六万五千の町である。地名辞典によると、かつては「千台」と書いたのだそうだ。ニニギノ尊《みこと》がこの地に千の台を重ねて宮居を築いたのが、その名の由来だという。それに対して「川内」ば、川内川・高城《たき》川両川の内にあるというところから名付けられたといわれている。

東京辺りで「センダイ」といえば、もちろん宮城県の仙台《せんだい》のことであって、鹿児島の川内を思い浮かべることは、まずない。ぼくにしたって、鹿児島に来るまで、川内のことなど、まったく知らなかった。何かのミステリーで、ダイイングメッセージに「センダイ」と言ったのを「仙台」だと思い込む――といった「ひっかけ」があったような記憶があるけれど、正直いえば、その程度の存在でしかなかった。

ところが妙なものだ。鹿児島に来ていると、「センダイ」は川内であって、何の違和感もないのである。

それに、来てみると、意外に都会的できれいな街であった。高いビルこそないが、明るくて清潔な街並が好印象を与える。

問題の「金剛橋」は国道3号が川内市の市街地に入る少し手前、隈之城《くまのじょう》川という幅が三十メートルほどの川を渡る橋であった。現在は味もそっけもないコンクリート橋で、ここに石橋があった面影はまったくない。橋を渡っていた三人連れの主婦に聞いてみたが、誰も石橋のことなど知らなかった。

「歴史資料館にでも行って聞いてみたらいいですよ。そこの大倉という嘱託のご老人が、川内の歴史について、何でも詳しく知っています」

やはり田平氏と同様、そう教えてくれる人がいた。ぼくは東陽村の及川氏を思い出した。地方に行くと、そういう生き字引みたいな人が必ず一人や二人はいるものだ。

市街地を抜けるところで右折、国道267号をほんの少し行くと「国分寺跡」があり、歴史資料館はそこにあった。国分寺があったほどだから、川内はかなり早くから開けていたにちがいない。

資料館は奈良の正倉院《しょうそういん》をモデルにしたような、校倉《あぜくら》式のイメージで設計された巨大な建物だ。資料館の隣は薩摩国分寺跡史跡公園になっている。塔跡や金堂、講堂の跡などがあり、この地が八世紀初頭には薩摩国の政治文化の中心であったことを物語っていた。

受付で名刺を渡し、「大倉さんにお目にかかりたい」と告げると、事務室を通って、応接室に案内してくれた。やがて現れたのは、まさに東陽村の及川さんと同じ年代の痩《や》せたご老人だった。

「さっき田平さんから電話があったが、おまんさあも金剛橋んことを調べちょっちゅうことじゃったが。たまげもしたなあ。そげん古か石橋みたいなもんが、人気を集めちょっとは」

挨拶もそこそこに、目を丸くして、呆れたように首を振っている。それがどういう意味なのか、ぼくは面食らった。

「と、おっしゃいますと？」

「いや、三日前にも、そいと同じことを聞きに来た人がござしたと」

「えっ……」

ぼくは愕然とした。

「じゃあ、茂森が来たのですか?」

「はあ?」

「あ、いえ、茂森といいませんでしたか、その人の名前は?」

「うんにゃ、違《ちご》ど。橋本さんとか言うちょったど」

橋本は「橋本勘五郎」をもじっている。「岩永三五郎」とならぶ故郷の偉人だ。間違いなく茂森だとぼくは思った。考えてみれば、ぼくでさえ明治十一年に造られた石橋を探すことに気がついたのだ、石工の村の出身である茂森が、そのことに気づかないはずはなかった。

「それで、その人も金剛橋のことを訊いたのですね?」

「じゃっど。金剛橋はいつ出来たか、訊かれもした。おいもおぼろげにしか憶えちょらんかったで、あらためて資料を調べちょったが」

「どうもお手数をおかけします」

「いやいや、おまんさあが礼を言わんでもよかですよ」

大倉氏は笑った。

「そういうわけじゃっで、金剛橋に関しては、すでに調べはついちょっが、おまんさあも同じことをお聞きになりたいんじゃろか?」

「ええ、そうですね、その人におっしゃったのと同じことを聞かせてください」

「分かりもした。金剛橋は明治二十二年に隈之城川に架けられた石橋じゃったが、まもなく流失してしもたんです」

「えっ、明治二十二年とおっしゃいましたか?」

ぼくが驚いて聞き返すと、大倉氏はおかしそうに笑った。

「ははは、あん人も同じようにたまげちょったですよ」

「すみません、話の腰を折りました。どうぞその先を続けてください」

「そうじゃしか。そいでは続けますが、隈之城川のあん辺りは、きつかカーブが連続しちょっところでしてな。たぶんそんためじゃ思うが、最初ん橋は二連のアーチの径を大きいのと小さいのとで設計、施工しもした。ところが、構造的、力学的に無理があったとみえて、施工後まもなく落ちてしもた。そこで、アーチの径を同じにして造ったところ、今度は堅牢《けんろう》なもんができて、昭和三十八年に、国道3号の拡幅工事で撤去されるまで、現役を務めちょいもした」

ぼくは神妙にメモを取ってから、おそるおそる確認した。

「橋の竣工《しゅんこう》が明治二十二年というのは、間違いないのですね？」

「それもあん人と同じ質問じゃな。じゃっど、明治二十二年じゃが」

「くどいようですみません。念のためにお聞きするのですが、それ以前に造った橋が落ちたということはありませんか？」

「うんにゃ、そげん記録はありませんが、じゃっどん、橋本ちゅうあん人もおまんさあも、どしてんそげんことを訊くとな？」

そんなに疑われては、大倉氏としても、あまり愉快ではないにちがいない。

「じつは、山口祐造という人の書いた『石橋は生きている』という本があるのですが、その本の年表には、金剛橋の竣工は明治十一年となっているのです。おそらく橋本という人も、その本を見て、確かめに来たのじゃないかと思いますが」

「ほう、そうじゃしたか。なるほどなあ。じゃっどんそれは何かん間違いと違なあ。明治十一年ちゅうたら、西南戦争が終わった直後じゃ。石橋どころじゃなか思うが」

大倉氏は平然と答えた。ぼくも「そうでしょうねえ」と言うほかはなかった。山口氏は石橋に関してはオーソリティだが、全国に千二百以上もある石橋のデータを収集する中では、遺漏《いろう》もあるだろうし、多少の誤りもあるかもしれない。地元に長く住んで、郷土史を研究している人の意見のほうが正しいと思うほうがふつうだ。

ぼくの落胆は、あからさまに表情に出たらしい。大倉氏は不思議そうな顔で言った。

「橋本さんといいおまんさあといい、金剛橋が出来たんが明治十一年でなかかと、何やら具合が悪かこつでもあっとな?」

「ええ、じつはですね……」

ぼくは少し躊躇《ためら》ったが、この際、ある程度詳しく解説を加えないと、理解してもらえそうになかった。例の「金在神中」の文章を見せて、「明治拾壹年拾月鹿兒島之石橋建立ニアタリ石材ヲトリタル後収ム」の意味を説明した。

「なるほど、そいで明治十一年じゃしか。そいじゃから、あん人も、石材をどっから取ったかを訊いたわけでごわすなあ。そこに財宝が隠されちょっちゅうことですか」

興味を惹《ひ》かれたというより、大倉氏は笑いだしたいのを堪えるのに苦労している顔であった。確かに、大倉氏にばかにされても仕方がない。この手の「宝探し」は、テレビのドキュメンタリー番組で、視聴率稼ぎにまことしやかに放送しては、結局、やらせのしり切れトンボに終わってしまう。

しかし、そんなふうに突き放しては、せっかくの発見もまったく無意味なことになってしまう。百に一つぐらいは、大倉氏のデータのほうが間違っている可能性だって、あるかもしれない——と、ぼくは思い返し、やる気を奮い立たせた。

「あの、それで、石材の採取地はどこか、分かるのでしょうか?」

「じゃっどなあ、たぶん宮之城ではなかかと思いますよ」

「やはりそうですか。田平さんも同じことをおっしゃってました。川内川の舟運を利用して、石材を切り出したのではないかと」

「そんとおりじゃ思がなあ。宮之城町の広瀬《ひろせ》ちゅうところと湯田《ゆだ》ちゅうところには磨崖仏があるし、湯田には湯田八幡宮もござんど。その文面の条件を、かなり満たしちょるかもしれんですな」

大倉氏は完全に野次馬の立場で、面白そうに言った。

「じゃっどんなあ、かりにそこが石材の採取地じゃとしても、石橋が出来たんが明治二十二年じゃから、ぜんぜん関係がなかかと思がなあ」

「おっしゃるとおりですね。しかし、一応、行くだけは行ってみます」

ぼくは礼を言って、歴史資料館を出た。

川内川沿いの国道267号を走りながら、すでに三日前に茂森が先行していることで、ぼくは焦りを感じた。彼と同じコースを辿っているかぎり、引き離されることはあっても、絶対に追いつけないと思った。

川内川は前日の雨のせいか、溢れるほど豊かな水量を湛《たた》えて、ゆったりと流れている。こういう自然の悠久の営みを見ると、あくせくする暮らしが虚しいものに思えてくる。

宮之城町は三本の国道と数本の地方道が交差する交通の要衝だ。かつては国鉄（ＪＲ）宮之城線が川内から大口まで通じていた。しかし、外来者の目には、ただの牧歌的な田舎町にしか見えない。どこが中心部なのかも判然としない、田園の中の町であった。

国道２６７号が最後に川内川を渡ったところの交差点が「湯田八幡下」であった。角にコンビニがある。ぼくはそこに入って店番のおばさんに八幡様と磨崖仏の場所を訊いた。八幡宮も磨崖仏もすぐに分かった。おばさんは店の前に出て、指さしをして説明してくれた。この道を右に曲がって、細い道を左に行って、山裾の藪《やぶ》の中にあるということである。

「磨崖仏を見るお客さんは、ちょくちょく来るのですか?」

「そんなには来ないですねえ。一年に何人かちゅうくらいだね」

「最近はどうですか?」

「ああ、三日ばかし前に、一人来たかな。磨崖仏はどこだって言うから、あっちのほうじゃって、教えてやったけど」

「えっ、来ましたか。いくつぐらいの人でしたか?」

「さあ、よう分からんけど、私よりだいぶ上じゃろねえ」

「五十四、五歳ぐらいですか」

「ははは、お客さん、口がうまかな。どうもありがとござす」

おばさんは大笑いして、さっさと店に入ってしまった。べつにお世辞を言ったつもりもなかったので、ぼくは彼女の喜んだ意味がよく分からなかった。

いずれにしても、茂森はやはりここに来ていると思っていいだろう。

ぼくはまず八幡宮を見に行った。地図やガイドブックにも名前が出ているくらいだから、かなり立派な神社を想像して行ったのだが、実際はごく小さな氏神様といったところだ。社殿の右手前に龍の銅像がある。台座から垂直に立った鉾《ほこ》が龍の腹に突き刺さっている不思議な銅像だ。この神社には何かそういった伝説でもあるのかもしれない。興味は惹かれたが、しかしそれ以上の収穫は期待できそうになかった。

ふたたびコンビニの前に戻って、おばさんに教えられた磨崖仏への道を辿った。途中から道は田んぼの中の農道のようになる。山に突き当たるところでついに車を降り、あとは草が生えた細道を歩くしかなかった。

百メートルほど歩いたところに、確かに石材を切り出した跡のような崖があり、その手前に「湯田磨崖仏」と書いた看板もあった。しかし磨崖仏といっても、ここのは単に崖の岩に、どういう意味があるのか、高さ一メートル程度の卒塔婆《そとば》のような絵を横に五つ並べて彫り込んだもので、「仏像」というには程遠い。川辺の清水磨崖仏の圧倒的な大きさとは比べるすべもない。

それに、背後の山は藪が濃密に覆って、その中に神社がある様子はなかった。湯田八幡宮ははるか一キロ以上も離れた場所にある。この磨崖仏と直接の関係があるようには思えない。ぼくは拍子抜けした気分で磨崖仏に向かって佇んだ。

ぼんやりと磨崖仏を眺めているうちに、ぼくの脳裏には、石材を運び出している石工たちの姿が浮かんだ。作業のかたわら、器用な石工の何人かは、崖に仏の姿を彫り込んでいる。ここから先は禁断の土地であることの象徴のように、仏像が刻まれる——。

石を切り出したり穴を掘ったり——という作業は、農耕よりもさらに素朴な、大げさにいえば人類の根源的な営みである。考えてみると、三十数年前の茂森清も、父親と共に真っ暗な穴の中で、ただひたすら腕力に任せて穴を掘る暮らしをしていたのだ。出るか出ないか分からない黄金を夢見ながらの、無味乾燥の日々であったにちがいない。断崖に仏像を彫るという行為は、心の平穏を祈るというより、彼らの鬱積した思いをぶつけ、発散させるよすがだったような気がした。

この侘しげな風景の中で、茂森もいまのぼくと同じようにここに佇み、掴みどころのない「古文書の謎」に思い悩んでいたはずだ。取りつく島もないような磨崖仏を前にして、遠い過去の「穴掘り」の日々を思い出していたかもしれない。ぼくよりもはるかに現実感のある回想に襲われたであろう彼を思うと、ぼくまでが彼の苛立ちや殺意に感染しそうな不安を感じる。

それにしても、この荒れ果てた山裾の風景を前にすると、古文書に書かれていた「神在佛中」を頼りにどこかの場所を特定するなんてことは、どだい無理な話だったような気がしてきた。

先行している茂森にしたって、はたして目的の「金在神中」に辿り着けるものかどうか疑問だ。大倉氏が言っていたように、川内の金剛橋の竣工が明治二十二年であるならば、彼とぼくの作業はまったく無意味なのだ。それとも、ぼくにはない手掛かりを何か、ヤツは持っているのだろうか――。

日が暮れて、周囲に薄闇が立ち込めると、猛烈な寂寥《せきりょう》感が襲ってきた。

鹿児島に来てから、すでに予定の一週間を経過した。「旅と歴史」のルポはそれなりのものは書けるとは思うが、余計なことに首を突っ込みすぎたことは確かだ。軽井沢のセンセに頼まれた、榎木さんのことも一段落したことだし、あとは警察に任せて東京へ帰ろう。残された問題は茂森の行方を追うという、きわめて物理的な作業だけなのだ。

ぼくは「西南の役」の敗残兵のように重い心を抱いて、大口の侘しげなホテルに引き揚げた。フロント係がニコニコ笑って、「おかえりなさいませ」と言った。そういうお世辞さえ、なんだかばかにされているようで、そんなふうに感じる自分に腹が立った。

「石原様から、お電話をくださるようにとのご伝言です」

キーボックスからメッセージのメモを取って寄越しながら言った。

部屋に戻って、鹿児島中央署に電話した。退庁時刻はとうに過ぎていたが、石原はまだ待っていてくれた。

「やあ浅見さん、茂森聖のことが分かりましたよ」

石原はぼくと対照的に元気な声だ。

「茂森聖のキヨシは、浅見さんに書いてもらった清いじゃなくて、松田聖子の聖でした。それはどうでもいいのだけれど、浅見さんが言ったように、やはり茂森はムショに入っていたのですなあ。十年前に大分県の別府で強盗傷害致死事件を起こして、熊本刑務所に入っておりました。以前にも傷害事件を起こしていて、そのときは執行猶予だったのだが、それと併せてロングになったということのようでした。ひと月ばかり前に出所したのだが、その後は行方が摑めておりません」

「ひと月ほど前というと、榎木さんのところに茂森からの電話が入り始めたのと、タイミングがほぼ、一致しますすね」

「そういうことですな」

「行方が分からないといっても、六日前には鹿児島市で新田栄次さんを殺害し、四日前には菱刈町の榎木さん宅に押し入っているじゃないですか。それに、三日前には川内市と宮之城町に現れていますよ」

「えっ、本当ですか？」

「ええ、本当です」

ぼくは今日の出来事を話した。茂森に先行されているいまいましさから、多少、警察の捜査の遅れに対する不満みたいなものが、言葉の端々に露呈していたかもしれない。石原が心配そうに、

「浅見さん」と言った。

「なんか、いつもの浅見さんらしくなく、いらついてるみたいですな。大丈夫ですか。疲れてるのと違いますか？」

「そうですね、少し疲れています。予定より長引いて、仕事も思ったほど捗《はかど》っていないせいかもしれません。明日の夕方にでも、東京へ帰ろうかと思っています」

「えっ、帰ってしまわれるのですか。うーん、そうですか、やむをえんですかなあ」

無念そうな口ぶりだったが、ぼくはあえて無視して、「それじゃ、お休みなさい」と電話を切った。

疲れているはずなのに、その夜はベッドに横になっても、いつまでも眠れなかった。夕方、磨崖仏を見ながら夢想した、石工たちの作業風景が、まるで映画を見るように頭の中のスクリーンを動き回っていた。石を切り出し、モッコで担いだり、コロで滑らせたりして川に運ぶ様子だ。

転々として眠れぬまま、有明の色を窓に見たとき、ふっと思いつくものがあった。文字どおり「曙光《しょこう》」というべきものであった。その瞬間、ぼくははじかれたように、ベッドの上で半身を起こした。

(もしかすると――)と思った。

あの「金在神中」の文面は「石材ヲトリタル後収ム」で終わっている。それをそのまま解釈すれば、石橋建設用の石材を切り出した後――という意味だ。そのときに「収」めたのであって、石橋が完成した後に「収」めたとは書いてない。

ぼくは東陽村の石匠館で得た知識に感謝した。石橋のアーチ型を形成するためには、緻密《ちみつ》な計算と設計によって定められたとおりの寸法で、石材をカットしなければならない。それにはかなりの時日を要したにちがいないのだ。

「金在神中」の文面の日付は明治十一年十月である。十月に石材を切り出して、その年の内に石橋が出来るはずはない。つまりそれは、明治十一年に竣工した石橋ではないと考えるべきであった。

しかも明治十一年といえば、西南の役が終わった翌年のことだ。田平氏や大倉氏が言っていたように、物情騒然としている中で、石橋の建設どころではなかっただろう。少なくとも、作業がふだんどおりに進捗したとは考えられない。

山口氏の著書にあるように、川内の金剛橋が十一年に竣工したというのが、もし正しいとするなら、石材の手当ては西南の役が始まった明治十年三月以前——明治九年か、遅くとも明治十年の初頭に完了していたと考えられる。それまでのあいだに、石の切り出しを終え成形も終えて、組み立てるばかりになっていたということだ。その作業は、茂森の先祖が残した文書にある「石材ヲトリタル後」とはまったく別のものだ。

茂森の先祖が明治十一年の十月に「石材ヲトリタル後」に建設を進行させた橋は、それよりもはるか遅れて竣工したにちがいなかった。

山口祐造氏の著書によると、明治八年から十三年までのあいだは、金剛橋以外には、石橋竣工の記録がないということだ。だとすると、明治十四年以降に竣工した石橋の中にこそ、あの文書の記述に示された石橋があるのではないか——。

このことに茂森が気づくかどうか、ぼくは気が気ではなかった。川内を訪れ、宮之城を訪れた段階までは、茂森もぼくと同じ思考の経過を辿っていると考えられる。彼の手元にも、おそらく山口氏の『石橋は生きている』があるのだろう。あの石橋の年表を見て、そこに気づくのは時間の問題かもしれない。

ぼくはベッドを出て、電話の前に行っては思い留まる行動を繰り返した。田平氏の生活パターンが早起き型でないことは、緩鹿智美クンから聞いている。いくら大発見でも、あの先生を叩き起こす失礼はさすがにできない。夜明けの進行がこれほど遅く感じられたことはなかった。

第五章　亡霊のごときもの

1

デジタル時計の数字が「８００」に変わるのを待って、ぼくは受話器に手を伸ばした。そのとたん、電話のベルがけたたましく鳴ったから、ぼくは心臓が縮むほど驚いた。

電話は石原部長刑事からだった。

「どうも、朝っぱらから申し訳ない。浅見さん、もう起きていましたか?」

石原にしては珍しく、オズオズした口調で言った。

「もちろんです。けさは六時頃から起きてました」

「えっ、そんなに早起きでしたか。それなら、もっと早くに電話すればよかった。浅見さんは朝が遅いと聞いてたもんで、あまり早いと叱られるんではないかと思ったもんで、八時になるのを待ってたのです」

「何か御用ですか?」

田平氏への電話を急ぎたいぼくは、苛立つ思いを抑えながら催促した。

「じつはですね、茂森聖の所在が分かりました」

「えっ、ほんとですか?　やりましたねえ。警察の動きがこんなに早いとは思いませんでした。認識不足を改めなければいけない。それじゃ、すでに確保したのですね?」

確保とは、身柄の拘束を意味する。

「いや、それがちょっと違いましてな」

「違うって……もちろん、まだ逮捕は無理だとしても、足止めは可能でしょう」

「ところが、その必要はないのです」

「どうしてですか、彼は殺人犯ですよ。しかも動き回っています。野放しにしておいちゃだめじゃないですか」

「そうじゃないのですよ、浅見さん。茂森はすでに死亡していたのです」

「は？……」

ぼくは一瞬、耳を疑った。

「いま、死亡って言いました？」

「そうです、死亡です。死んでおった、ということです」

石原は痴呆の老人にでも解説するように、一つ一つ区切りながら言った。ぼくはあぜんとして、声も出なかった。

「自分はつい先程、報告を受けたのだが、昨夜のうちに水俣市の病院から熊本県警を通じて連絡が入っておったそうです。それによると、茂森聖は二十日ほど前に、一人で同病院に来院し、急性肝炎と診断され、翌日、入院しております。その時点で病状は絶望的に悪かったが、四日前に急激に容体が悪化、死去するに至ったということであります。身寄りはなかったそうです」

「なんということ……」

ぼくは辛うじて、それだけを言えた。

「どうも、驚きましたなあ」

石原もそれだけを言い、しばらくのあいだ二人とも黙りこくった。電話の向こう側には大勢の人間がいる気配が感じ取れる。捜査本部も新事態を迎えて、どうすればいいのか混乱しているにちがいない。混乱の原因を作ったのは石原であるし、その石原に「悪智恵」を吹き込んで動かしたのは、ほかでもないこのぼくだ。

「浅見さん」と、石原は不安そうに、ぼくがまだここにいるかどうか確かめた。

「はい」

「あ……電話が切れてしまったかと思いました。それでもって、これはどういうことでしょうなあ」

「分かりません」

ぼくは正直に言った。いまのいままで、目の前で動いていた人物が、突然ふっとかき消えたような気分だ。つい四日前に川内や宮之城をうろついていたのは、あれはいったい何だったということになるのだろう？――

いや、それ以前に、新田栄次氏を殺害し、榎本さんの旧宅に押し入ったのは、いったい何者だったのか？――急に、恐怖といっていいような不安がこみ上げてきた。

「確認しておきたいのですが、茂森が最後に病院から外出したのはいつなのか、分かっているのでしょうか？」

「入院して八日後には集中治療室に入ったということであります。そういうわけですから、少なくとも新田の事件は茂森の犯行ではないですな」

反論の余地を与えない言い方だ。

「それじゃあ、ぼくが追いかけていたのは、あれは茂森の幽霊だったということですか」

ぼくはやけっぱちのように言ったが、石原は笑わなかった。

「まあ、幽霊かどうかはともかくとして、茂森ではなかったということは確かです。茂森は一連の事件とはまったく関係なかったということです」

「そうですか……」

　根本的なところで、ぼくは重大な誤りを犯しているらしい。

「分かりました、少し考えてみます。またご連絡します」

　電話を切ってから、ぼんやりと窓の外を眺めた。クライマックスに達した芝居が、主役か重要な脇役が舞台から突然、いなくなったために、空中分解したようなものだ。それとも、台本のどこかで、何かが欠落していたのだろうか。

　ぼくは今回の事件の成り立ちを、事件に係わった冒頭から、頭の中に再現してみることにした。

　そもそものプロローグは、あのいまいましい軽井沢のセンセに一杯食らって、絵樹氏のお母さん――榎木くに子さんに会い、相談を持ちかけられたところから始まる。

　くに子さんは脅迫めいた電話に悩まされていることを訴えた。

　電話の男は、くに子さんのご主人に預けた「金の石橋」にまつわる絵図面か古文書を返してくれ――と言っていたという。

　重要なのは、その人物はくに子さんのご主人が、すでに八年前に亡くなっていることを知らなかった点だ。

　しかも、二年前に前の家から現在の家に引っ越したことも知らない。

　その二つのことと、そして「金の石橋」の古文書を、茂森がくに子さんのご主人に預けた事実を知っている点も重要だ。

　ここまで揃っていて、しかも榎木家の電話番号を知っているのだから、当然、茂森聖だと想定して間違いはないはずであった。

いや、少なくとも、茂森が入院し、動けなくなる前の電話は、茂森本人だったと考えることはできる。

しかし、それ以降の「脅迫」電話は、すべて茂森とは別の人物によるものだ。くに子さんが最初の頃の声とは「別人のよう」と言っていた理由も解けた。

むろん、新田栄次氏殺害事件も、また榎木家に忍び入った犯人も同一人物だ。その人物がすべての犯行を茂森に成り代わって行なったのだとすると、茂森はいったい、新田氏を殺すどのような動機があったのか?

「いや、違うんだ!……」

ぼくは叫んで、頭をはげしく振った。事件の根底に茂森の殺意があったという固定観念を捨てて、あらためてこの事件の真犯人は何者なのか——を考えなければならない。新田氏殺害の動機は茂森のものではなく、その「真犯人」自身のものかもしれないのだ。

しかし、その人物の姿がまったく見えてこない。これまではまだしも、茂森という実像が見えていた。大通峠の茶店で働いていたという米本ゆみさんに聞いた話からも、十何年か前、茂森が古文書を持ち去った事実が浮かび上がっているのだ。そのほか、前述したような、ほとんどすべての状況が、茂森聖を犯人として名指ししていたにもかかわらず、行方を突き止めてみたら、なんとその本人が死亡していたとは——。

(どういうことなんだ——)

ぼくは年寄りの繰り言のように、その思いの周囲を巡るばかりだ。ひどい自信喪失状態に陥っていた。年配者の薩摩弁が難解なのと同じ程度に、この鹿児島の事件はぼくの理解を拒んでいると思った。

鹿児島に来てから出会ったさまざまな人々の顔々が浮かんでは消えた。

驚いたことに、振り返ってみると、出会った人の誰もが、みんな親切で優しそうにしか思えなかった。田平氏も新田氏もくに子さんも、それに石原部長刑事だって、中には気難しそうに見える人もいるが、ほとんどはじつは気のいい人々だ。

ただ、その人の置かれている状況のせいで、ときにはひどく無愛想だったりする。たとえば久木野の尺八屋のおやじさんとか、新田氏のお母さん……。

ぼくの思考がふと止まった。

（新田氏のお母さん——）

胸の内で反芻《はんすう》した。ぼくが菱刈町の昔のことに触れたときの、彼女のあからさまな拒否反応を思い出した。人それぞれ、思い出したくない過去があるものだ——とは思ったが、中途半端なかたちで話を打ち切ったのが悔やまれる。もしあのとき、息子の新田翔氏の介入がなければ、もう少し核心に迫る質問ができたかもしれない。

ぼくは朝食も摂《と》らずにホテルを出た。チェックアウトのとき、「今日は戻って来ないかもしれません」と言っておいた。たぶん、夕方には宮崎からのフェリーに乗ることになるだろう——と思った。

「さようでございますか。どうぞお気をつけて、またのお越しをお待ちしております」

フロント係は型どおりの挨拶だったが、少し情が移ったような親身を感じさせた。

「また来ますよ」

ぼくはお世辞でなく、そう言った。榎木くに子さんにも、もう一度会いに来ることになりそうな予感がしていた。

新田家には翔氏の母親のあや子さんと姉の香さん、それにお手伝いの女性しかいなかった。

「翔は会社のほうへ出ております」

香さんが応対に出て、もしなんなら会社のほうへ——と言った。

「そうですね、そうさせていただきます。その前に、お母さんにご挨拶だけさせていただけませんか」

香さんは何の疑いもなく、ぼくを奥の座敷に通してくれた。あや子さんもすっかり元気になった様子だった。

香さんがお茶を淹れに席をはずすのを待って、ぼくは言った。

「茂森聖さんが亡くなりました」

「へっ……」と口の奥で鳴ったような声が聞こえた。笑顔さえ見せていたあや子さんが、怯《おび》えた目でぼくを見つめた。

「水俣市の病院で、死因は急性肝炎。付き添いもなく、一人ぽっちだったそうです」

「…………」

あや子さんはオロオロと視線を逸らした。予想してはいたが、「茂森聖」の名を出すことが、これほど効果的だとは思わなかった。

「茂森さんのことはご存じですね？　お父さんの茂森清太さんのことも」

「…………」

「聞かせていただけませんか。ご主人の事件を解決するためには、茂森さんのことを知ることがとても重要なのです。茂森さんとご主人とは、どのような関係だったのでしょうか？」

「………」

「茂森さんとは、菱刈町時代だけのお付き合いだったのですね？」

あや子さんはかすかに頷いた。

「それじゃ、茂森清太さんが殺された事件のころもご存じですね？」

とつぜん、あや子さんは両手で耳を覆って、座卓の上に突っ伏してしまった。

「やめったもんせ。主人があげん目に遭ったんは、仕方のなかこつです。もう事件のことは言わんでください。やめったもんせ」

ワナワナと震え、泣きだしそうな声になった。

「どうしたんですか？」

香さんの声がした。見ると、お茶を載せたトレイを捧げ持った恰好で、襖《ふすま》の脇に佇んで、目を見開いている。

「母ちゃん、大丈夫ね？」

トレイを座卓の上に置いて、母親の背中に手をかけ、ぼくを睨んだ。

「浅見さん、何を言ったんですか？　母はまだ完全ではないんですよ。きついことを言ったらこまります」

「いえ、ぼくはべつに、ただ昔のことをお聞きしたかっただけで……」

ぼくは困り果てた。

「よかと、香、よかと。浅見さあが悪いんじゃなか」

あや子さんは香さんを制止した。

「そうかて……」

「よかとよ。みんな死んでしもて、そんでもってだんだん忘れらるっとじゃ。それまでは仕方のなかこつよ」

「仕方なくはないわよ。忘れるって、何を忘れるって言うの?」

「もうよかちゅうちょるじゃろ。浅見さあ、申し訳なかですが、お引き取ったもんせ。主人は死んもしたで、もう勘弁してやったもんせ。お願いします」

畳に手をついて、額をこすりつけるほどに頭を下げている。ぼくはうろたえて「そんなことはしないでください」と、座卓越しに両手を差し延べるしか能がなかった。

「何だか知りませんけど、母がああ言っています。どうぞお引き取りください」

香さんは冷ややかに言った。

「分かりました。これで失礼します」

ぼくは頭を下げ、しかし「ただ……」と付け加えた。

「ただ、時間がいつか、すべてを忘れさせるにしても、真実は明らかにしなければならないと、ぼくは思っています。死んでしまった人たちが何も言わない以上、それは生き残った者の義務だと思うのです」

「おまんさあは立派なお人ですなあ」

あや子さんは悲しそうに眉をひそめて、静かに言った。

「けど、おまんさあがそうなさいやしたために、また新しか不幸せな人が生まれてしもっちゅうことがあっても、それは構わんち言うんじゃろか」

「いいえ、そうは思いません」

ぼくはなるべく穏やかに、しかし毅然《きぜん》として言った。

「誰も傷つかないかたちで、真実が明らかになるのでなければならないと、ぼくは思っています」

「そんなこと、でけんでしょうが」

「できるはずです。もしそれができなければ、何もしません」

「ほんとにそう思いやはんか？」

「本当にそう思っています」

あや子さんとぼくは、たがいの目を見つめあった。あや子さんの目はひどく悲しげだったけれど、先に視線をはずしたのはぼくのほうだった。自信がなかったわけでも、虚勢を張るのがつらくなったわけでもない。疲れて少し濁った目の色の奥に、七十年を生きてきた、数えきれないほどの哀歓が凝縮されていると思うと、とても太刀打ちできなかった。

ぼくが本気であることを、あや子さんに信じてもらえないかもしれない——と思った。しかし、信じてもらえなくても、それはそれで仕方がない。結果として、誰も傷つくことのない終焉《しゅうえん》を迎えることができれば、ぼくの名誉など、どうでもいいことだ。

「ではこれで失礼します。たぶんもう、お目にかかることはないと思います。どうぞお元気で、みなさんお幸せに」

紋切型の挨拶をして、ぼくは新田家を後にした。

2

新田翔氏は会社へ行っているということだ。してみると、喫茶店「今再」は店を閉めたのだろうか。マスターから会社社長へと、華麗なる変身を遂げたのだろうか。

新田氏の会社「薩央建設」に顔を出して挨拶して行こうかと思ったが、ぼくはそのときになって、けさ、し忘れたことを思い出した。田平氏のところに電話をかけようとして、そのままになっていた。茂森聖の死――という、驚天動地の出来事に、せっかくの着想も吹っ飛んでしまった恰好だ。

いまさらどうでもいいことのようにも思えてきたが、しかし事件はまだ継続している。肝心の真犯人はいまも「金の石橋」を求めて動き回っているのだ。それどころか、茂森聖のセンが消えた以上、犯人を追う手掛かりは「金の石橋」の謎を突き止めるほかに、方法がなくなっていた。

ぼくは気を取り直して田平氏に電話してみたが、不在だった。あの先生でもどこかへ出掛けることがあるらしい。昼食を摂りながらしばらく待って、もう一度かけてみたがやはり留守だ。

そのとき、ぼくはふと不吉な胸騒ぎのようなものを感じた。理由などないが、思いどおりにことが運ばなくなっているところからくる、不安定な心理状態なのかもしれない。

急いで田平宅まで行った。しかし、一見した印象では、田平宅の周辺は、ふだんと変わりない、のどかな佇まいだった。

玄関に鍵はかかっていなかったが、声をかけても応答がない。とたんにまた、不吉な予感が頭をもたげた。声をかけながら、勝手に二階へ上がった。部屋はいつもどおりの乱雑さだが、主の姿はなかった。いまのいままでそこにいたような状態のまま、田平氏だけが消えている。

散歩に出掛けたかなと、門の外へ出てキョロキョロしていると、隣家の女性が見とがめたように寄ってきた。

「田平さんのお客さんですの？」

「はい、そうですが、お留守なようです。お散歩かもしれませんね」

「いいえ、田平さんでしたら、警察が来て、パトカーで連れて行かれましたよ」

「えーっ？……」

　ぼくは自分が単細胞動物にでもなったように、思考能力の欠如を感じた。

「いったい、何があったのですか？」

「さあ、よう分からんですけど、何かの事件の参考人みたいなもんと違いますか」

　女性は眉をひそめて、小声になった。

　そう聞いても、田平氏が連行されなければならない、どのような状況がありうるのか、ぼくの粗悪な脳味噌は想像することさえ拒否した。

「警察というと、そこの中央署ですね」

「そうだと思いますけど」

　返事の途中で、ぼくはソアラにもぐり込んでいた。

　しかし、落ち着いて考えてみると、警察が「連行」して行ったわりには、田平宅は閑散としすぎている。警察官の張り番もいないし、家宅捜査をした様子もない。このぶんだと、それほど悲観的に考える必要はなさそうだ。

　中央署にも緊迫した雰囲気はなかった。刑事課へ行くと石原もいて、ぼくの顔を見ると「やあ」と手を挙げた。

「田平さんが来ていると聞いたのですが」

「ああ、来てもらってますよ。いま食事をしてる最中とちがうかな」

　呑気《のんき》そうに時計を見ている。

「何があったのですか？　連行されたそうです

が」

「連行？　いや、そんなオーバーなもんとはちがいますよ。ただちょっと、参考人として来てもらっただけです。じつはですね、死んだ茂森の遺品の中に手帳がありまして、その手帳に田平さんの名前があったのです」

「えっ？　あ、なるほど」

それはありうることだ。十何年か前、榎木氏の「いづろ」の会に茂森が顔を出していたとすれば、そこの出席者の名前や、ひょっとすると住所、電話番号ぐらい控えていたとしても不思議はない。

「じゃあ、当然、榎木さんのところも名前があったのでしょうね」

「ありました。田平さんは名前だけだったが、榎木さんのところは住所も電話番号も書かれていましたよ。そういうわけで一応、参考人として話を聞きに行ったところ、田平さんのほうから、それなら警察へ行って話しましょう、ということになったのです」

石原はぼくを取調室へ連れて行った。田平氏はカツ丼を旨《うま》そうに平らげつつあるところだった。ぼくを見てもあまり驚いたふうでもなく、「やあ、浅見さあも来てくれちょったですか」と言った。

茂森の手帳にはいろいろな人間の名前が書き込まれてあったが、その最後のほうに「いづろ」のメンバー四人の名前が書いてあったのだそうだ。榎木啓能氏と田平芳信氏と、ほかに当日の出席者二人の名があった。ほかの二人も警察の訪問を受けたが、茂森とはそのとき以外に接点はなく、通り一遍の事情聴取で終わった。

田平氏の場合も同様だったのだが、田平氏本人が、新田栄次氏殺害事件がらみということに興味をそそられて、自ら警察へ行くと言いだしたという。

「警察ちゅうところはサービスがよかですな。近頃、こげん豪勢な昼飯はしばらくぶりで食った」

田平氏はそんな呑気なことを言って、石原を苦笑させた。

「亡くなった茂森という人物は、やはり『いづろ』の会に顔を出した男と同一人物だったのですね？」

ぼくは訊いた。

「ああ、同じ人間じゃった。デスマスクを見せられるかと思たが、そいじゃなく、刑務所に入る前に撮った写真じゃったんで、はっきり分かりもした。傷害致死事件を起こして、十年ばかし食らい込んじょったそうじゃね」

「傷害致死の上に強盗がついてたのですよ」

石原が解説を加えた。喧嘩がエスカレートしたような事件だから、本来ならせいぜい六年程度のはずだったのだが、茂森は行き掛けの駄賃よろしく、被害者が所持していた現金十二万円あまりの入った財布を盗んだ。それがあったために強盗を加算され、おまけに前科もあったため、長期刑になったのだそうだ。

茂森は出所後、しばらくは職を求めるためか、住所不定のまま、熊本県内をウロウロしていたらしい。その間に発病して、水俣市の病院を訪れ、急性肝炎と診断された。

「生まれ故郷の東陽村へは戻らなかったのでしょうか？　あそこには知り合いもいるはずですが」

「いや、帰りたくなかったんだと思いますよ。郷里どころか、知り合いとも会いたくなかったのとちがいますかな。茂森が持ってたレシート等から、何箇所かのビジネスホテルが浮かび、そこで調べたのだけど、電話を三度してるのは分かった。それがすべて榎木さん宅の電話番号だったのです」

思ったとおり、入院する以前の電話は茂森自身がかけていたのだ。そのことは同時に、茂森が入院したあと、彼の意思を受け継いで、榎木家に電話をしつづけた人物が存在したことを意味する。

「それじゃ、茂森は刑務所を出てから、ほかの誰とも会わなかったのでしょうか？」

「いや、それがそうでもないみたいです。複数のホテルで、茂森の部屋に外線からの電話が何本かあったという話でした。ホテルのロビーで待ち合わせしてたという、ホテル従業員の目撃談もありました」

「ほうっ、何者ですか、それは？」

「いや、はっきりしないのです。茂森よりかなり年長の、お年寄りといってもいいような年格好だと言ってたが」

「というと、おいくらいかな。年寄りちゅうのは気に食わんが」

田平氏が笑いながら言った。

「いや、先生は若いですよ」

石原が慌てて訂正している。

その様子を見ながら、ぼくは笑うどころではなかった。その人物こそが、おそらく茂森の共犯者にちがいない。

ぼくは石原の携帯電話を借りて、榎木くに子さんに問い合わせた。「脅迫電話」の最初の頃と終わりの頃とでは、電話の声にどのような違いがあったか——。

「電話の声ですから、よく分かりませんが、前にも言ったとおり、別人のように違っていたと思います。後のほうのはなんだかお年寄りみたいな声だなと思ったこともあります。そのときは、疲れてるのかと思いましたけど」

くに子さんはそう言っていた。礼を言って電話を切り、携帯電話を石原に返しながら、ぼくの脳裏には「お年寄り」といってもいいような人物が、石切り場跡や磨崖仏を経巡《へめぐ》っている場面が浮かんだ。荒涼とした侘《わび》しい風景だ。その連想が、忘れていたことを思い出させた。

「あ、そうそう、さっき田平先生のお宅に伺ったのです」

「そげんじゃったん。そいで、何か？」

「例の明治十一年の石橋の話ですが……」

ぼくは未明に思いついた仮設を開陳した。「明治拾壹年拾月」というのは、あくまでも石材を採取し終わった時点のことであって、実際に架橋が完了したのはそれよりずっと後ではないのか——というものだ。

「なるほど、そうじゃねえ。いやあ、浅見さあはよかところに気づっきゃっ」

田平氏は感心してくれた。「おいなど、石橋のこっなら何でも知っちょっ気でおったが、そこには気づかんかった。なるほど、そうじゃったら、かりに川内の金剛橋が明治十一年の竣工であったとしても、古文書の記述とはまったく別んもんじゃな」

「そうなんです。それでですね、確か明治八年から十三年までは、金剛橋以外の石橋は一本も架けられていないのですから、明治十四年に架かった石橋こそが、その記述に即した石橋ではないかと思ったのです」

「そうじゃろね、それは正しかよ。そういうこっじゃったら、いつまでもこげんしちょるわけにはいかん。さあ、浅見さあ行きましょう」

話題についてこられなくて、目をパチクリさせている石原を尻目に、田平氏は立ち上がるやいなやドアへ向かった。

山口祐造著『石橋は生きている』の年代順石橋一覧表を見ると、疑問の残る川内市金剛橋の明治十一年を除けば、明治八年初頭に架けられた川辺郡知覧《ちらん》町の「神門橋」を最後に、明治十三年いっぱいまで、一本の橋も架けられていない。神門橋は長さ二十メートル、アーチの径が十メートルという大きな橋だったし、その前年、明治七年には姶良《あいら》郡牧園《まきぞの》町で二本、薩摩郡下東郷で二本と、活発な石橋造りが行なわれていたから、それだけ長期の空白があったのは、やはり西南の役の影響をもろに受けたというべきだろう。

そして、西南の役以降、最初に架けられた本格的な石橋は――。

「浅見さあ、意外な場所じゃっど」

田平氏はいくぶん興奮ぎみに、その橋の印刷されている箇所はぼくの目の前につきつけた。

〔上牟田《じょうむた》橋――姶良郡溝辺町〕

「えっ、溝辺町というと、鹿児島空港や九州自動車道のインターチェンジがあるところじゃないですか」

「そういうこっじゃね」

上牟田橋は長さこそ十三メートルと小ぶりだが、アーチの径は十二メートル。堂々たる規模の石橋といっていい。西南の役という悲劇と混乱から立ち直って、石橋の建設に着手し、完成させた住民の熱意が、その数字を見ただけで伝わってくる。

「あっ……」と、ぼくはそのとき、重大なことに気がついた。

「もしかすると、上牟田橋の石材は、あそこで採取したのじゃないでしょうか。このあいだ、初めてこちらにお邪魔した日、緩鹿さんに隼人町の磨崖仏に案内してもらったんですが、彼女の説明によると、あの辺り一帯は石材の採取が盛んに行なわれていたということでした。そこではないでしょうか。隼人町なら溝辺町の隣だし、石材の運搬にも好都合だと思いますが」

「そうじゃね、たぶん。おいもそう思たとこじゃっど」

「そうだとすると、ぼくたちが見たあの磨崖仏の岡こそが、あの古文書に示された場所かもしれません。」

「ああ、そん可能性は確かに、あっど。あっこは菅原《すがわら》神社磨崖仏ちゅうて、岡の上に天神様が祀《まつ》ってある。浅見さあが言っちゃった条件にぴったり適合すっな」

「じゃあ、その天神様の社《やしろ》の中に、ひょっとすると金がありますか」

「ははは、そげんこっまではどうか分からんがな」

田平氏はさすがに笑った。

「あそこの磨崖仏には天正《てんしょう》十七年と慶長《けいちょう》四年の銘のあるもんが発見されちょって、きわめて古かことは確かじゃ。あの古文書には『石材ヲトリタル後収ム』とあっが、明治十一年の頃は、磨崖仏周辺の石切り場は大方取り尽くされちょったろう。じゃっで、石材の採取そのもんがあの場所で行なわれたわけじゃなか。あの近辺のどっかにまだ石切り場があったちゅうこっじゃろかな。そいでも、菅原神社に財宝のごったるもんを隠したちゅう仮説は有望じゃね。磨崖仏と天神様と、二重に守られちょる場所を盗掘しようなどと考える不心得者は、まず薩摩ん人間にはおらんじゃろからな」

「そのこと、気がつきますかね？」

「ん？　気がつくとは、何がじゃね？」

「あの男——真犯人もそのことに想到するかどうか、心配になってきました」

「まさか、そげんこつに気がつく人間は、そうざらにはおらんど。浅見さあ、おまんさあくらいなもんじゃ」

「いいえ、そうとも言えません。彼はぼくより三日は早くスタートしているのです。川内へも宮之城へも、確実に三日早く辿り着いています」

ぼくは思わず立ち上がった。

「こうしている場合ではなさそうです。とにかくぼくは隼人町へ行ってみます」

「待ったもんせ。そいじゃったら、おいも一緒に行っがね。いや、警察のあん刑事さんも同行してもろたらよかが。相手はとにかく殺人犯じゃっで。何をすっかわからん」

「そうですね……」

ぼくは新田あや子さんのことを思い浮かべた。

「また新しい不幸せな人を……」と言った声が、耳朶《じだ》に蘇る。

「いや、大丈夫でしょう。彼が榎木さんのお宅にかけた電話は、とても優しさのある口調だったようです。それに、もし財宝を奪うことだけが目的なら、茂森聖を殺していたはずでしょうからね」

ぼくと田平氏が階段を踏み鳴らして下りて行ったとき、玄関に緩鹿智美クンが入ってきた。なんだかションボリして、こっちを見た表情にも精彩がなかった。それでも、ぼくに気づいて、「あっ、浅見さん」と言ったときだけは、目が輝いたように見えた。

「いらしてたんですか」

「うん、いろいろありましてね。これから先生と一緒に隼人町へ行こうとしていたところです。ほら、いつか行った磨崖仏です」

「えっ、そうなんですか」

「どうしたんですか、元気がないけど」

「ええ、ちょっと……」

「じゃっどなあ」と田平氏も言った。

「いつものおまんさあらしくなかな。なんかあったとな？」

「父が来ているんです。新田さんのところへお悔やみに行ったりしてて。それで……」

口を噤《つぐ》んだので、ぼくは「それで？」と催促した。

「新田さんと婚約するようにって」

「ほう、それはよかったですね。おめでとうございます」

「おめでたくないですよ。いやなんです。新田さんが社長さんになるからって、なんだか掌を返すみたいで」

「いいじゃないですか。お父さんも安心されたのでしょう」

「浅見さん、ほんとにそう思うんですか？　それじゃまるっきり、新田さんのお父さんが亡くなって、おめでたいっていうことになるじゃないですか」

「いや、そういう意味じゃ……」

「そういう意味ですよ。浅見さんにはそんなふうに言ってもらいたくなかったわ」

「まあまあ」と、田平氏が割って入った。

「とにかく、こいから隼人町へ行っところじゃっで、緩鹿君も一緒に行かんか。車の中で話を聞かせてもらったらよかんど。どげんな、行こかね?」
「行きます」
智美クンもようやく頷いた。

3

助手席には田平氏が坐り、智美クンは後ろのシートに坐った。いつもの彼女らしくなく、妙に静かだ。バックミラーに映る顔を見ると、窓の外に視線を向けて、物思いに沈んでいるといった風情《ふぜい》である。新田氏との結婚がスムーズにいきそうになって、かえって抵抗を感じてしまうという心理は、ぼくにも少し分かるような気がした。

九州自動車道に入ってから、ぼくは後ろ髪を引かれるように気になってならないことがあった。新田あや子さんのひと言である。彼女は「主人があいう目に遭うのは、仕方のないことです」と言った。そのときは、ぼく自身、混乱してまともに咀嚼《そしゃく》する間もなかったのだが、後になってみると、どういう意味であんなことを言ったのか、奇妙に思えてならない。

あや子さんは、ご主人が殺されたのは、仕方がない——と言っているわけだ。つまり、新田栄次氏には殺されてもやむをえないような事情があったということなのか。

建設業界は生き馬の目を抜くようなはげしい競争原理のはたらく世界だと聞いている。権謀術数が入り乱れ、ときには暴力沙汰が起きることもあるかもしれない。

それにしても、殺されてもやむをえない状況とは、どういうことなのだろう。

今回の、鹿児島五石橋すべてを架け替える大工事に当たっては、行政や大手ゼネコンを捲き込む入札合戦があったはずだ。それがどのように行なわれたのかは分からない。お馴染みの「談合」があったかもしれない。そのときに何らかの軋轢《あつれき》があって、新田栄次氏は恨みを買うことになったとも考えられる。

ひょっとすると、それ以前に、五石橋保存運動の声を捩《ね》じ伏せるかたちで、架け替えを断行したことで、反対派の恨みが暴発した可能性もある。

あや子さんはそのことを言っていたのだろうか。しかし、殺されても仕方がないほどの恨みを買うとは、よほど悪辣《あくらつ》な非道でもしないかぎり、考えにくい。たとえば、そう、相手を死に追いやる

――とか。

そう思った瞬間、頭のどこかにポッと小さな明かりが灯ったようなショックがあった。謎の海の奥深いところで、何かが動いたような気がした。

（何だろう？――）

確かめようとすると、明かりが遠のいた。その存在を知っていながら、その正体を知らないもどかしさに襲われた。

百キロのスピードで、グングン迫ってくる前方の風景を見つめながら、ぼくの思考はともすると別の風景を眺めようとしていた。

「浅見さん、次のインターよ」

背後から智美クンの心配そうな声が飛んできた。

「溝辺鹿児島空港　５００Ｍ」の文字が視野をかすめて行った。ぼくがスピードを緩めず、追い越し車線を走っているので、不安になったのだろう。

ぼくは慌てて左のウインカーを点滅させた。

インターチェンジを出て、とりあえず溝辺町役場を訪ねた。九州自動車道や鹿児島空港のお蔭で潤っているのだろうか、町役場にしては庁舎は堂々とした建物だ。

商工観光課で訊くと、上牟田橋の場所はすぐに分かった。観光係の女性職員が「はいはい」と二つ返事で、デスクの上の地図を持ってきた。その素早い対応から推察して、上牟田橋はこの町の観光スポットになっているのだと思った。

しかし、そのことを言うと、職員は「いいえ、そうではないのです」と苦笑いした。

「一昨日こちらに見えた人から上牟田橋がどこかと訊かれたもんで、たまたま調べてあったのです。そのときはこの地図を描くまでに三十分ばかりかかりました。でも、地図では分からないくらいの場所です。結局、私が車でご案内したのですけど」

「えっ……」

ぼくたちはたがいに顔を見合わせた。

「その人というのは、もしかするとお年寄りではありませんでしたか？」

「そうですね、お年寄りでした」

「一昨日の何時頃でしたか？」

「朝の九時です。ほとんど業務の開始を待っていたように、来られました」

ぼくは反射的に時計を見た。丸二日と六時間、テキは先行している。三日間のうちに、たった半日あまり差を詰めたにすぎない。

「それで、その人は石切り場の話はしませんでしたか？」

「ああ、してましたよ。上牟田橋の石はどこから切り出したのかって。それはちょっと分からなかったのですが、教育委員の先生にお聞きして、たぶん金山道《きんざん》の先のほうだろうと……」

「金山」と聞いて、ぼくはドキリとした。

「金山道といいますと？」

「これがそうです。町史からコピーしたものですけど」

テキが来たときに用意したものだろう、女性職員は手際よく資料を提供してくれる。

「金山道」については、次のように説明されていた。

〈明治十二、三年頃、島津家は山ケ野《やまの》金山への便利を考え、加治木町舌出《したで》しを起点とし、小山田《こやまだ》、有川《ありかわ》、石原《いしはら》を経て十文字《じゅうもんじ》から竹子原《たかぜばる》を通過、上牟田、柿木《かきのき》、山ケ野に通じる道路を開削した。この金山道には、小山田井出向《いでむこ》に第一金山橋、石原に第二金山橋、上牟田に第三金山橋と堅固な三つの石橋が架設されている。この石橋は明治初期における石工の技術を物語り、すばらしい技術をもっていたことがうかがわれる。〉

「つまり、『金山道』を通すためにできたのが『上牟田橋』だったわけですね」

「はいそうです。その道の先の、加治木町に近いところにある石切り場から、石を採ったのではないかということでしたので、その人にもそうお教えしましたが」

「その石切り場はどこですか？」

「それは教育委員の先生にも確かなことは分からないそうですが、隼人町の天降《あもり》川流域ではないかと、おっしゃってました」

地図で見ると、天降川は横川《よこがわ》町の国見《くにみ》岳から発して、隼人町域のほぼ中央を流れ、鹿児島湾〈錦江湾）に注いでいる。川の東側、松永《まつなが》という集落に例の磨崖仏がある。ぼくは胸が苦しいほど緊張した。

「というと、菅原神社磨崖仏のある辺りですか？」

「あ、そうですそうです。あそこが昔の石切り場の中心で、だんだん周辺の山を掘り進めていき、上牟田橋ができた頃は、かなり遠い山裾までいったのではないかといわれています。詳しいことをお知りになりたければ、鹿児島市の田平さんという人に訊いていただけばいいのですが」

「ははは……」と、ぼくの後ろで田平氏が笑った。

「その田平はおいじゃが」

「えっ、あ、そうでしたか。それはどうも失礼しました」

職員は驚いていた。

ともかく、一応は上牟田橋を見に行くことにした。車に女性職員が同乗して、道案内を務めてくれることになった。職員の名は緒方《おがた》という。歴史が好きで、こういう遺跡のようなものには興味があるという。

始良郡の溝辺町付近一帯は、有名なシラス（火砕流堆積物）台地が広がっていて、「十三塚原《じゅうさんづかばる》」と呼ばれている。十三塚の地名の由来は、かつて、大隈の国分八幡と豊前の宇佐八幡が神位を争ったとき、宇佐側が国分を焼かせるために送った使者の十三人が、帰途、この地で死に、十三の塚を建てたことによるそうだ。

シラス台地は雨や洪水による浸食がはげしく、深く刻まれた谷が多い。そのため、一般的には農作物には不向きなのだが、深い谷から湧いてくる霧のお蔭で、「みぞべ茶」と呼ばれる質の高い茶の名産地になっているのだそうだ。

森を抜け、田んぼの中を行く細い道が「金山道」だった。谷の底の川を横切るところで「ここです」と緒方さんが言った。草に埋もれて、ちょっと気づかずに通り過ぎそうな橋だが、車を降りて横から見ると、ちゃんとしたアーチ型の石橋であった。

もちろん、霊台橋や通潤橋のように脚光を浴びるほどの壮麗さはないが、明治十四年の建立以来、百数十年ものあいだ、たぶんろくな手入れもないまま、ものの用に立っているこの橋に、ぼくは驚異と尊敬の念を抱いた。

緒方さんは溝辺町役場に送って、ぼくたちは隼人町の磨崖仏へと急いだ。

霧隼女子大を右手の山上に仰ぎながら行くと、しぜんに隼人町へ入る。町の真ん中辺で左折、天降川の橋を渡り、川沿いの道を少し行くと、人家が疎らな集落のはずれに、あの菅原神社と磨崖仏の岡がある。

岡の磨崖仏からわずか二十メートルほどのところに、ほとんど隣接するように二軒の家が建っている。二階家の屋根の高さが、ちょうど岡の高さの半分くらいだろうか。

道路脇に車を停め、三人は外に出た。岡の上もそうだが、隣家の庭や道路にも人の姿はない。

ぼくは岡の上につづく石段の前に立った。緊張感が湧いてくる。はたしてここが「金在神中　神在佛中」の場所なのだろうか。少なくとも、神社が磨崖仏に囲まれた中にあることだけは確かなのだが――。

「行ってみましょうか」

田平氏に声をかけ、自分に対しても空元気《から》をつけると、石段に向けて一歩を踏み出した。田平氏が続き、その後ろから智美クンもやって来る。彼女も登るつもりらしい。

「緩鹿さんは車にいなさいよ」

「あら、どうしてですか?」

「もしかすると、殺人犯が上にいるかもしれない」

「だったら、なおさら一緒に行きますよ。ここに一人でいるほうが、よっぽど怖いわ」

そういう考え方もあるかな——と、ぼくは彼女を説得するのを諦めた。

菅原神社は見れば見るほど小さな社《やしろ》だ。それに、造りがいかにも安っぽい。悪くいえば掘っ建て小屋。良くいっても物置程度の木造建築である。

「そう古い建物には見えませんね」

ぼくは田平氏に意見を求めた。

「そうじゃなあ。用材の年代から見て、わりと最近、火災に遭ったか、台風で吹き飛ばされたかして、仮の宮居を建てたままになっとるんかもしれん」

もしそういうことなら、「金」が「在」ったとしても、再建する際に発見されてしまったのではあるまいか。どっちにしても、こんなところに財宝が眠っているような気がしなくなってきた。

社の門扉は閉ざされている。三段の階段を上がって、扉の隙間から、中を覗《のぞ》いてみた。よく時代劇の映画で見るような破れ障子《しょうじ》ではなく、板張りの扉だから、中は真っ暗だ。ためしに観音開きの扉の把手《とって》を引いてみると、意外に軽く開いた。そのあっけなさに、ぼくたちは顔を見合わせた。

社の中はガランドウだった。お寺ではないから仏像のたぐいはない。それにしても、神鏡だとか、何か御神体のようなものがあるのかと思ったが、まったく何もない。お供え物を飾る白木の棚の残骸らしきものが、社の隅に積まれているだけだった。

「何もありませんね」

「ああ、何もなかか」

床板を剝《は》がすわけにもいかないので、外に出て、床下を覗いてみた。床下はあまり整地もされていない凸凹に盛り上がった地面があるだけで、想像し期待していたような床下の穴蔵——といったものはない。四つん這いになっているぼくの鼻先に、ミミズを連想させるような、土の臭いのする湿った風が流れてきた。ミミズ、ゴカイ、ムカデといった長い虫やヘビが苦手のぼくは、慌てて立ち上がった。

「何もありませんね」

自分の臆病を弁護するように、あらためて宣言した。

あの「謎の老人」も二日前にここに来たのだろうか。もし来たとしたら、やはりぼくと同じように社の中を見て、床下を覗いて、さぞかしがっかりしたにちがいない。

岡を下りると、隣家の奥さんが庭に出ていた。ぼくは近寄って、最近、あの社の岡に人が登ったのを見なかったか、訊いた。

「いいえ、天神さんには、お祭りのときでもないかぎり、めったに人は来ませんよ」

そう言ったが、さっき、ぼくたちが登ったのを見ていないくらいだから、彼女の言葉を鵜呑《うの》みにするわけにもいかない。

「どうしましょうか」

車に戻って、考えた。「謎の老人」がぼくたちより遅れてやってくるものかどうか、はっきりしない。溝辺町役場の職員は、石切り場の範囲を、周辺の山裾辺りまで——と話したのだから、案外、そっちのほうを探し回っているのかもしれない。

思案がつかないまま、結局、智美クンと田平氏を市内まで送ることにした。智美クンは今夜、新田氏に会って、今後のことを話し合うのだそうだ。

「もしかすると、彼も私のことなんかそっちのけで、会社のほうの仕事に熱中しちゃうかもしれない」

少し自棄《やけ》っぱちに聞こえるような言い方をした。

「なんだか、そうなることを望んでいるみたいですね」

「そうですね。そうなんだわ、きっと。私なんか、まだ結婚を考える歳じゃないのよ」

「そんなこっか」

田平氏が不愉快そうな声を出した。

「おまんさあは、そげん軽か気持ちで……」

その後は口に出せずに、「そういうやつだったのか」と怒った。こんなに身近なところにいながら、智美クンと新田氏の関係に気づかなかったのだから、やはり田平氏は相当、浮世離れしている。

三人が三人とも、てんでんばらばらなことを考えているような雰囲気で、あまり会話らしいものもないまま、鹿児島に入った。もう夕暮れ近かった。今夜、東京へ向かうつもりだったが、宮崎から出るフェリーの時間には間に合わない。田平氏が「浅見さん、あんた、うちに泊まりんしゃい」と言ってくれたので、厚意を受けることにした。

智美クンは父親と一緒に城山観光ホテルに泊まるそうだ。新田氏を交えて会食しながら、今後の段取りをするという。

「私、どうしたらいいですか？」

ホテルの玄関先で別れ際に、智美クンは心細そうに言った。

「そげんこつ、自分で考えんか」

田平氏はまだ怒っている。

「先生にお聞きしたんじゃないです。浅見さんはどう思うかって……」

「えっ、ぼくですか？　ぼくみたいな木偶《でく》の坊《ぼう》に人生相談したって、意味ないな。自分の頭のハエも追えないんだから」

「うそですよ。浅見さんて、ほんとは思慮深い人なんです。浅見さんが言ったことで、私も気持ちを決めるつもりなんです」

「ははは、だめだめ、そんな責任は負えないですよ」

「いいんです、責任なんか。だから思ったままを言ってください」

どうやら本気らしい。

「じゃあ言いますよ。ただし、言った瞬間に、ぼくはすべてを忘れることにします。それでいいですか？」

「はい」

ぼくは大きく息をしてから、言った。

「緩鹿さんの信じる道を選ぶべきです」

一瞬、無言の間があって、田平氏が不満そうに言った。

「なんじゃゃ、浅見さあ。そいじゃったら、おいが言うたんと同いじゃろが」

「だめですよ先生、もうぼくはすべてを忘れてしまったんですから」

「ん？　ああ、そうじゃったか……」

それでどうなんじゃ？——と、田平氏が向けた視線の先で、智美クンは大きく頷いて見せた。

「分かりました、そうします」

「じゃあ、お休みなさい」

「あ、浅見さん、また会えますよね」

「もちろん」

ぼくは車を発進させた。オレンジ色のホテルの明かりを背に向けて、智美クンのシルエットがやけに小さく見えた。

田平氏は熊襲亭に連れて行ってくれた。

「今夜は飲みたか心境じゃ」

日頃の田平氏に似合わず、感傷的なことを言っているから、智美クンのことがかなりショックだったにちがいない。

「若モン《わけ》の考えちょっこっが、さっぱい分からん」

このあいだよりも早いピッチで杯を重ねながら、しきりに慨嘆していた。お定まりのコースで、女将がストップをかけた頃には、ほとんど酔いつぶれて、とどのつまりはぼくの肩に縋《すが》ってのご帰館になった。

夜中の家捜しみたいなことをして、夜具を出して田平氏を寝かしつけ、ぼくも一階の勉強部屋のようなところに布団を敷いた。風呂に入りたかったが、贅沢は言えない。

周辺の街はすっかり静かになっているが、まだ十時前だ。ふだんのぼくなら昼の延長のような時刻といっていい。

掛け布団の上に服を着たまま仰向けに横たわった。天井を見ていると、いろいろな思いが過《よぎ》ってゆく。そして、忘れていた「気掛かりなもの」の存在に、焦点が絞られた。

(何だろう?――)

紫色の闇の中から、アメーバーのように蠢《うごめ》く記憶の残滓《ざんし》が、しだいにその姿をはっきりさせてくる。

――金坑の中で喧嘩があって、死人が出ました――

――その日のうちに捕まって刑務所に――

――見つけた金の奪い合い――

――お父さんと一緒に働いていて――

榎木くに子さんが言った言葉が、断片的に蘇った。

三十何年も昔の記憶だ。正確ではないだろうし、もともとの記憶からして、くに子さん自身がその目で見、耳で聞いたわけではない。まったくの伝聞に基づく、かなりあいまいなものだったと考えられる。しかし、ある程度の状況は想像できる。

要するに、金坑の中で発見した金を巡って争いがあって、殺人事件が起きたのだ。

そこには加害者と被害者と、それから茂森聖以外の「目撃者」が少なくとも一人はいたはずだ。被害者の息子の証言だけでは、有罪を確定するまで時間がかかったにちがいない。金坑の中という密閉されたような場所で起きた事件だ。目撃証言こそが捜査や裁判の決め手になったと考えられる。被害者の息子と併せて、第三者の証言で、加害者はすぐに逮捕され、刑務所に送られた。前科がいくつかあれば、凶悪な殺人事件として裁かれ、石原部長刑事が言うところのＬＢ（長期刑累犯）に処せられたにちがいない。

（その目撃者と、それより何よりその事件の加害者はどうしただろう？――）

有期なら最高で二十年か、無期懲役だとしても、三十年も経過すれば刑が短縮され、出所する可能性は強い。

（そうか――）

ぼくの疲れた脳味噌にも、ようやく「何があったのか――」の事件ストーリーが見えてきた。

「そうだったのか……」

口に出して言った。

新田あや子さんが「主人はああいう目に遭っても仕方がない――」と言った意味も、それに「また新しい不幸せな人が生まれ」ることを恐れた意味も、おぼろげに見えてきた。あとは具体的に何があったのかを類推すればすむことである。

そうして「彼」が何をし、これから何をしようとしているのかを考えれば――。

「あっ……」と、ぼくは布団の上に立ち上がった。

ミミズの臭いのする土の山から吹いてくる風が、鼻の奥の記憶素子をツンと突き刺した。

「穴掘り……」

真っ暗な金坑の中の作業を連想した。ジメジメした山の中の坑道。ろくな道具もなく、ほとんど手掘りのような作業だったことだろう。三十数年を経ても「彼」のノウハウは失われていないのかもしれない。

（どうしよう――）

せっかくの着想を目の前にしながら、ぼくは呆然とした。

相談したくても、田平氏は二階で前後不覚の状態だ。

思いあぐねて中央署に電話した。しかし石原部長刑事は帰宅したあとだった。電話に出た刑事が「どちらさんでしょう？　どういった用件で？」としつこく訊く。携帯の番号など、金輪際《こんりんざい》、訊き出せそうにない。名前は告げたが、用件を言うのは憚《はばか》られた。新田あや子さんの「また新しい不幸せな人が……」という言葉がぼくを縛っている。

さりとて、もしかすると蟻《あり》地獄かもしれないようなところへ、一人で行く勇気は、さすがになかった。

（そうだ――）

ぼくは思いついて、再び受話器を取り上げた。たぶんそれが正しい選択だと信じることにした。

4

電話にはお姉さんの香さんが出て、「翔は出掛けておりますけど」と言った。新田氏は城山観光ホテルから、まだ帰っていないらしい。しかし電話を切りかけたとき、「あっ、いま帰って参ったようです」と言い、まもなく新田氏が電話に出た。

「夜分、恐縮ですが、二時間ばかりお付き合いしていただけませんか」

ぼくが言うと、「えっ、いまからですか」と驚いた。

「どういうご用件でしょう？」

「まだちょっと、はっきりしたことは言えないのですが、新田さんにとって、たぶんきわめて重要な意味のあることだと思います」

「そうですか……」

しばらく思案している。おそらく智美クンのことではないかと邪推しているな――と思ったが、説明はしなかった。

「分かりました、それじゃ、どこへ行けばいいですか？」

「そちらへお迎えに行きます」

電話を切って、二十分後には、ぼくのソアラは新田氏を乗せて、九州自動車道を隼人町へ向かっていた。

「さっきまで、智美と一緒でした」

新田氏はポツリと言いだした。

「親父さんは婚約を纏《まと》めたがったが、智美はいったん白紙に戻したいと言うのです」

「そうですか、残念ですねえ」

「それは、浅見さんのせいですか?」

「ははは、それは違います」

想像したとおりだな――と、ぼくは苦笑した。

「緩鹿さんは、幸せになるのが怖いんじゃないですかね。結果的にお父さんの言いなりになるのも意に添わないし、それやこれやで揺れているのです。新田さんの気持ちさえ変わらなければ、いつか誠意は通じますよ、きっと」

「そうでしょうか……」

不安げにぼくのほうを見て、

「じゃあ、そのことで呼び出したんじゃないのですか?」

「ええ、新田さんに立ち会ってもらいたいことがあるのです。ひょっとすると、助太刀をお願いするようなことになるかもしれない。何しろぼくは腕っぷしにかけては、まるっきり自信がないんですから」

「えっ、というと、喧嘩か何かですか?」

「いや、喧嘩というわけではないけれど、ちょっとアブナい人物なんです」

「だったら警察に頼んだほうがいいんじゃないですか?」

「そうしたくない理由があるのです。それに、新田さんの問題でもあります」

「は? 僕の問題ですか? 何ですか?」

「おいおい分かるはずです。もっとも、ぼくの推理が間違っていなければ――の話ですけどね」

溝辺のインターチェンジを出て、隼人の街を抜け、天降川を渡ると、にわかに闇が濃くなった。付近の家々は窓明かりも消え、ヘッドライトに浮かび上がった磨崖仏の岡は、怨霊の森のように不気味だ。

岡から少し離れたところに車を停め、静かにドアを開閉する。ソアラの備え付けの懐中電灯が初めて役に立った。

「どこへ行くのですか?」

「静かに……あの石段を登ります」

白っぽい石段と鳥居を照らして言った。

足音を忍ばせて石段を登った。岡の上に出たとたん、かすかな音が聞こえてきた。ズズッ、シャリッというような音だ。

体を低くすると、神社の床下にかすかな明かりが漏れているのが見える。ぼくと新田氏は這うように身を低くして近づいた。

「ズズッ、シャリッ、ズズッ、シャリッ」と、穴掘りの音は間断なくつづいている。明かりの中で、穴の底から掘り出した土が放り上げられ、周囲の「山脈」の形が少しずつ変わるのが分かる。昼間見た、床下の不規則な盛り上がりや、ミミズを連想させる土の臭いなどは、すべてそこに新しい穴が掘られつつあることを意味していたのだ。

ぼくたちはじっと息をひそめて、そのままの状態で十分ばかりが経過した。

とつぜん、それまでとは違うゴツンという音が響いた。「おうっ」と低い叫び声が聞こえ、掘る勢いが早まった。ゴツンゴツンという衝撃音は、木箱のようなものを掘り当てた様子を想像させる。

やがてバリッと蓋を引き剝がす音がした。明かりの位置が変わり、箱の中身をあばく様子が目に浮かぶ。

ゴワゴワという紙を広げるような音が聞こえて、それからしばらく沈黙があった。

「くくく……」という忍び泣きのような声が洩れてきた。

ぼくと新田氏は暗い中で顔を見合わせた。

「くくく……」

それが泣き声ではなく、笑い声であることが分かるまで、ずいぶんかかった。やがて、「がはは、がはは……」という、壊れたロクロを回すような声になった。財宝が見つかって、気が変になったのだろうか。

ぼくは思い切って声をかけた。

「橋本さん、何か見つかりましたか？」

とたんに笑い声がやみ、明かりが消えた。ぼくは懐中電灯で、穴の上の床下を照らした。

「出てきませんか。警察は来ていませんから、心配しなくても大丈夫です」

床下の明かりが灯った。

ゴゾゴゾと動きだす音がして、カンテラを持った手がまず現れ、それから頭が出た。頭を上げると、骸骨のような老人の白い顔であった。ぼくは懐中電灯を自分に向けって、白い歯と敵意のないことを見せて「どうも、今晩は、お邪魔します」と挨拶した。

「誰じゃい？」

壊れたロクロが言った。

「初めまして、ぼくは浅見という者です。こちらは新田翔さん、新田栄次さんの息子さんです」

「新田……」

老人はギクリと、カンテラを揺らしたが、すぐに「そうか」と言い、「よっこらしょ」と穴を這い上がった。

カンテラを前に突き出して、イモ虫のような恰好で匍匐《ほふく》前進してきた。昔取ったキネヅカなのだろう。どういうコツがあるのか、片手にしてはずいぶん早い。

ぼくと新田氏は、反射的に立ち上がり、後ずさりした。こんな老人の一人ぐらい——と思いながら、怖いよりも不気味だった。

衣服はもちろん、顔も泥だらけの老人が現れた。引きずってきた信玄袋のような物をぶら下げ、仁王立ち——とはいかず、少し前かがみに立ち上がった。顔が異様に白く、目玉が異様にでかい。顔は痩せてはいるが、体型は思いのほかガッシリして、その年齢にしてはかなり大柄に見える。

「橋本さんは、本名は何ておっしゃるのですか？」

「ん？　ははは、そこまでは調べがついちょらんあ」

老人は笑って、

「おいの名は北原竹蔵《きたはらたけぞう》じゃ」

「北原さんは、やはり熊本刑務所で茂森聖さんと一緒だったのですか」

「ああ、作業場が一緒じゃった。穴掘りが得意同士じゃったで。あははは」

「しかし、茂森さんがあの茂森清太さんの息子さんと知って、びっくりしたでしょう」

「うん、たまげた、ちゅうか、むしろ懐かしかったな。それと、哀れでならんかった。おいがあいつの人生を狂わしたかと思と、やっぱり罪深かことをしたと思た」

「それなのに、また罪を重ねてしまったのですね」

「いや、それとこれとは違う。おいの三十五年間は、復讐することのみを考えつづけた歳月じゃったよ。それが生き甲斐で、あとんことは何も考えちょらん。もっとも、考えようと思ても、おいのいのちは、あとどいだけも残っちょらんがな」

また壊れたロクロが笑った。

北原老人はノロノロと動いて、社の貧弱な縁側に腰を下ろした。

「おまいたちも坐らんか」

言われるままに、ぼくと新田氏は老人を挟んで縁側に腰掛けた。

「おまい、名前はなんちゅうとな」

「浅見です。浅見光彦です」

「浅見さんか。東京の人じゃな」

「ええ、そうです」

「そいなら、三十五年前、何があったかちゅうようなことは、知らんじゃろ」

「いいえ、菱刈町の金坑で殺人事件があったことは知っています」

「ふん、そんくらいは知っちょるじゃろが、真相は知らんよ」

「大体は想像がつきます。北原さんが裏切りにあったということは」

「ほうっ、誰かに聞いたんか？　それとも、裁判記録でも残っちょったか？　もっとも、裁判なんぞ、おいの言うことはちっとも採用せんかったが」

「いいえ、誰にも聞きませんし、もちろん裁判記録も知りません。あなたの名前も知らなかったくらいですからね」

「ああ、そうじゃったな。それなのにそこまで、よう見抜いたもんじゃが。おまい、何をしちょる人か？」

「ルポライターです」

「ルポ……なんじゃい、それは？」

「雑誌記者のようなものです」

「ふーん、雑誌記者か。それで、こん話を、雑誌に書くつもりか？」

「いいえ、書きません。ぼくは石橋のことを書くために鹿児島に来ました。この事件に係わったのは偶然で、もともとは榎木さんの奥さんに頼まれて、脅迫電話の犯人を突き止めようとしただけです」

「いや、脅迫したわけじゃなかが……そうか、奥さんにしてみれば、脅迫と思っどな。それはすまんことをした。けど、やむをえんかったんじゃ。急ぎでカネが欲しかったわけがあったもんでな」

「茂森さんの入院費用ですか。それで、いのちに関わると言ったんですね」

「そんとおりじゃ」

「そして、茂森さんが、古文書に財宝の隠し場所が書かれていると……」

「おお、そこまで知っちょっとか。おまいはすごか人じゃなあ。そのとおり、それだけが聖の、こん世で生きてゆくための頼りじゃった。聖が事件を起こして逮捕される寸前に、榎木さんのところに預かってもろたという。ところが、どげん電話しても、榎木さんの奥さんは何も知らんちゅうというわけじゃ。入院する前の晩、あいつは熱にうかされながら、『古文書、古文書』と繰り返しちょった。おいが必ず取り返すと約束して、次の日、病院へ行く聖を見送ったんが最後じゃった。おいが古文書を手にしたときには、聖はだめになっちょった」

老人は天を仰いで吐息をついた。

「それにしても、その古文書のことはともかく、おいがここに来ちょるいうことを、おまいはどげんして分かったんか？」

「東陽村で、茂森さんゆかりの人に会いました。そこで古文書のコピーを見せてもらったのですよ。そうして、川内の金剛橋へ行き、宮之城の磨崖仏を見て、やっとここに辿り着きました。結果として、北原さんの後を追うことになったのです」

「なるほど。じゃが、古文書のいわれは知らんじゃろが」

「ええ、詳しいことは知りません。茂森さんの先祖が経営していた、大通峠の茶店に古くから伝わっていたものだという程度です。古文書には『金在神中　神在佛中』と書いてありましたが、『金』とは文字どおりの金なのか、それともカネと読むのかも、どういう性格の財宝なのかも分かりません」

「そうか……」

カンテラの明かりで、老人が苦笑したのが見えた。皺《しわ》の深い顔に、いっそう深い皺が、陰影濃く刻まれた。

「その大通峠を、西郷どんが通ったちゅうことは知っちょっかな」

「ええ、そのことは聞きました。熊本方面から敗走してきた西郷隆盛の軍隊が、その道を通って、五木村から人吉を抜けて鹿児島へ帰ったそうです」

「そんときに、西郷どんは峠の茶屋で休息した。負け戦じゃったが、茂森の先祖は手厚くもてなしたそうじゃが。聖の話じゃから、どんくらい信用してよかか分からんが、それに感謝して、西郷軍はありったけの財宝を茶代として置いて行ったそうじゃげな。それから間もなく、西郷どんは城山の露と消えてしもた。政府軍の残党探しが始まって、茂森の先祖は薩摩の軍隊からもろた財宝をどっかに隠さねばならんと考えたわけじゃ。そこで考えたんが、石切り場跡の磨崖仏の中ちゅうわけじゃ。そこまでは聖の話と古文書の文面から推測でけたんじゃが、その橋ちゅうのがどこの橋で、どこの石切り場かが分からんかった。おまいもそうじゃったと思うが、上牟田橋を見つけるまでは苦労したがな。茂森の先祖の頃、ちょうど、上牟田橋を架けるちゅう話が起きて、ここの石切り場に出稼ぎに来っことになった。そいで、前にも来たときに知っちょった、この磨崖仏の岡に財宝を運び込んだのじゃな」

「じゃあ、その話は事実だったのですね」

「ああ、ほんまのことじゃった。これがその『財宝』じゃよ。穴の中には、まだこれくらいはある」

北原老人は信玄袋をかざして見せた。歳はとっていても、腕力はかなりありそうだ。

「中身を見たのですね？」

「ああ、見た見た。見て、たまげっしもた」

肩を揺すって笑った。愉快そうな笑い方ではない。何か、自棄的というか自虐的というか、そういう笑いだ。

「おまいも見たいか。見るんじゃったら、ほれ」

老人は信玄袋をグイと突き出した。ぼくは受け取って、縁側の上に置いた。ドッシリとした重量感がある。木箱に入って、渋紙か何かで包んであったのだろう。信玄袋は、歳月の長さのわりには、布地はまだしっかりしていた。泥もそれほど付いてない。

袋の口を広げ、中に懐中電灯の明かりを向け、ぼくと新田氏は覗き込んだ。

中には雑然と、古い紙幣らしきものが詰め込まれていた。鳳凰《ほうおう》の模様があり「金拾圓」などと印刷されている。色はもう変色してしまったような淡い色だ。手触りは布地のような感じがする。裏返すと、中央に「通用三ヶ年限」とあり、右と左に「明治十年」「六月発行」。そしてそのさらに右左に「此札ヲ贋造スル者ハ急度《きっと》軍律ニ処スル者也」「此札ヲ以テ諸上納ニ相用ヒ不苦者也」とある。

「これは紙幣ですか?」

こんなものは、いまだかつて見たこともないので、ぼくは素朴に訊いた。

「ははは、さすがんおまいも知らんか」

言われたとたん、新田氏が思い出した。

「あっ、これはひょっとすると、西郷札《さつ》じゃないのかな?」

「そうじゃが、そのとおり、西郷札じゃ」

「ああ、そうなんですか、これが西郷札ですか」

ぼくにもようやく分かった。

西郷札は西南戦争の際、軍費不足に困った薩摩軍が発行した紙幣だ。軍隊がその支配下にある地域だけで流通させる、いわゆる「軍票」である。太平洋戦争のとき、日本軍も南方戦線で軍票を使ったと聞いたことがある。軍隊が敗北するか、支配地から撤退してしまえば、ただの紙切れでしかない代物《しろもの》だ。

「茂森の先祖が西郷どんから貰った『財宝』ちゅ

うんは、これじゃった。ひょっとすると値打ちがあるもんかもしれんで、捨てるに捨てられず、かちゅって、持っとったら、薩摩軍の協力者として政府軍に睨まれると思たんじゃろ。それを百何十年も後生大事に隠しよったっちゅうこっじゃよ」

「そうだったのですか。しかし茂森さんは、『財宝』が西郷札だということを知らなかったのですかねえ」

「知らんかったのじゃろな。ただしあいつの親父さんは知っちょったと思う。そうじゃなきゃ、とっくの昔に宝探しをしちょったげな。タヌキの穴掘りみたか真似はせんじゃったげな。考えてみっと、聖は知らんで死んで、そのほうがよかったかんしれん。夢を抱いたまま死んで行きよったで」

　信玄袋をあいだに置いて、北原とぼくたちは黙りこくった。カンテラの明かりを見つめていると、いろいろな想いが去来する。

「ひとつ聞かせてもらえますか」

　ぼくは言った。

「北原さんはなぜ、茂森さんの親父さんを殺したのですか」

「それを言わるっとわしは何も言えんな。若気の至りという歳でもなかった。欲に目が眩《くら》んだとしか言えん。茂森もそうじゃった。おいたち三人で掘っちょった穴で、茂森が金の鉱脈を見つけた。鉱脈いうより、金の塊というてもよか、良質の鉱脈じゃ。それを茂森は独り占めしようとして、おいたちと争いになった。おいにも、それをわが物にせんちゅう邪心があった。その最中に小さか落盤が発生した。茂森は頭に石が当たってひっくり返った。そんとき、わしは絶好のチャンスじゃ思た。それで新田に『殺《や》るか』ちゅうと、新田も

『ああ』と言った。そいでもって、おいは落盤に見せかけて、茂森の頭に岩を落とした。それを、駆けつけた聖が見たんじゃ」

その情景を思い出すのか、北原は体をブルブルと震わせた。

「待ってくれないか！」

新田氏も震え声で言った。

「その新田というのは、まさか僕の父のことじゃないだろうね」

「そうじゃ、おまいの親父さんじゃ」

老人は気の毒そうに答えた。

「なんてことを……そんなことは一度も聞いたことがない。あんた、僕の父を侮辱するつもりか。死んでしまって反論ができないからといって、そんな侮辱は僕が許さない」

「そうか、許さんか。それじゃったら、あの穴ん中にスコップがあっで、あれでおいを殴り殺せ。おいがおまいの親父さんにそげんしたように」

「えーっ……」

新田氏は悲鳴のような声を上げた。

「それじゃ、あんたが父を……」

「そうじゃ、おいが親父さんを殺した。そればっかしを考えてきた三十五年間じゃ、言うたじゃろ。復讐することだけが、おいの生き甲斐じゃったと。新田はおいと共犯じゃったにもかかわらず、聖が親父さんの殺される現場を目撃したとたん、おいを裏切りおったんじゃよ。裁判でも、おいを止めようとしたがきかんかったと言うた。おいは稀《まれ》に見る凶悪犯として、無期懲役を宣告された。それから三十五年のあいだ、おいは後悔の日々を送ってきた。じゃが、そん中でもただ一つだけ、新田の裏切りだけは許すわけにゃいかんと心に誓っとった。十年前、熊本刑務所で聖と出会うて、おいは聖に謝った。聖もおいを許してくれた。『おまいは罪を償ったからええんじゃ』いうてな。しかし新田は許せんと思た。どこに逃げようと、必ず探し出して殺すと決めとった。そして、そのとおりになった。新田はあんときの金鉱脈を大企業に売り飛ばして、その大金を元手に土建業を始め、それを皮切りに鹿児島きっての建設会社を経営しちょった。そげなやつを生かしておいたは、神様の間違いじゃ思たな」

北原は長い話を終え、ハアハアと肩で息をしている。

永遠ほどに感じられる、沈黙が流れた。

「さて、どげんすっかな、おまい」

少し息が収まった老人は、新田氏に向かって言った。

「おいを殺るか、それとも警察に突き出すか。どっちでもおいは構わんが。なるべくならば、おいを殺して、この役立たずのカネと一緒に、あの穴ん中に埋めてもらいたいんじゃが」

「浅見さん……」

新田氏は救いを求める目でぼくを見た。

「どうしたらいいでしょう？」

「そういう卑怯者《ひきょうもの》の相手にはならないほうがいいですよ」

ぼくはなるべく冷やかに聞こえるような口調で言った。

「なんじゃと？」

北原は暗い闇の中で、そこだけが光る目をギロリと剝いた。

「おいを卑怯者ちゅうかい」

「ええ、卑怯者ですよ。自分で自分の身を処すこともできない、情けない人です。三十五年ものあいだ、何一つ進歩しえなかった大馬鹿者でもあります。この人の誘惑に負けて殺人で手を汚したりすれば、新田さん、あなたまでもが犯罪者の仲間入りすることになってしまう」

「ふん」と北原は鼻の先で笑った。

「卑怯者ちゅうのは、こん男の親父のごたる者のこつを言うんちゃ」

「それは違う」

ぼくはきっぱりと宣言した。

「新田栄次さんは少なくとも最期のときは卑怯者なんかではなかった。その証拠に、あなたに対して、逃げも隠れもせず、堂々と会ったじゃないですか。あなたが何をしに現れたかぐらい、察しがつかなかったわけではないでしょう。しかし栄次さんは逃げなかった。ご自分の運命をはっきり認識して、いのちまでも運命の手に委ねたのだと思いますよ。北原某が三十五年の歳月を経て、なお恨みを消せないのであれば、甘んじてその運命の裁きを受けようと覚悟していたはずです。だから警察も呼ばなかったし、あなたに対して何一つ抵抗していない。それどころか、凶器を持つあなたに無防備に背を向けて立ったのですよ。その無抵抗の栄次さんを、背後から殴ったあなたこそ卑怯者だ」

「警察は呼ばんかったが……」

北原は苛立って、荒い息をした。

「新田は息子ば呼んじょった。おいがごと死に損ないのじじいを殺るにゃ、そいで十分じゃ思たんじゃろ」

「さあ、それはどうですかね」

ぼくは振り向いて、薄闇の中に新田氏の表情を確かめてから、言った。

「新田さん、あなたがお父さんに呼ばれていたのは、何時でしたか？」

「十二時に来いと言われてましたが」

「そういうことですよ」

ぼくは北原に向けて、憐れみを込めた声を作って言った。

「栄次さんはあなたと、十一時半に会う約束をしていたのではありませんか？」

「…………」

「もし息子さん――翔さんに助太刀を頼むつもりなら、十一時半か、それ以前に来るよう指示していたはずです」

「どっちにしても、新田が息子ば呼んどったちゅうこつに変わりはなか。助太刀を頼んだちゅうこつはな」

「それも違いますね。栄次さんが息子さんを呼んだのは、助太刀を頼むためではなかったのですよ」

「ん？　それ以外に何があっね？」

「栄次さんは息子さんに、ご自分のいまわしい過去をさらけ出す覚悟だったのだと思います。その上で会社を翔さんに譲り、引退されるつもりだったのでしょう。それと同時に、死ぬ覚悟もできていた。もし北原さんに殺されるようなことがあれば、息子さんにご自分の最期を見届けてもらいたかったのでしょうね。ご自分がなぜ死ななければならなかったのかを含めて」

「…………」

しばらく待ったが、ついに北原の反論は止んだ。

「さて、行きましょうか」

ぼくは新田氏を促して立ち上がった。

「えっ、このまま行くのですか？」

新田氏は慌ててぼくに従いながら、囁くような声で言った。

ぼくは石段の上で立ち止まり、北原のほうを見た。カンテラの明かりに左半身を照らされて、老人はじっとうずくまっている。

「そうですね、このまま行くより仕方ないでしょう。もちろん、あの老人を殺すわけにもいかないし、だからといって警察に突き出すのは、あなたや、あなたのご家族の名誉に係わる問題になります」

「ああ……」

新田氏はうなだれた。北原を法廷で裁くことは、新田家の恥辱を暴くことになる。新田あや子さんはそのことを思い、「主人が殺されたのは仕方のないこと」と言ったのだ。


鹿児島市へ帰る車の中で、新田氏は完全に意気消沈していた。北原のことよりも、じつは彼のことのほうがぼくは心配でならなかった。新田氏を巻き込んだのは、ぼくの越権行為だったのかもしれない。

しかし、このまま真実が暴かれないまま終わってはならないとも、ぼくは信じていた。新田氏にとっては辛いことかもしれないけれど、彼が永久に被害者意識だけをもちつづけることもまた、許されないはずだ。

九州自動車道に入って、深夜のハイウェイを走りだしたとき、ぼくはさり気ない口調でポツリと言った。

「遺書はどうしましたか？」

「えっ？……」

ぼくは前方を見たままだったけれど、新田氏がギョッとして身を固くしたのが、はっきり分かった。

「さっきぼくが言ったこと——お父さんが死を覚悟して北原と対決し、あなたに最期を見届けて欲しかったというのは、おそらく間違いないことだと思っています。北原もそれを否定しませんでしたしね。しかし、それならばなぜ、北原を呼んだ時刻とあなたとの約束の時刻に三十分のギャップがあったのか、説明がつかない。ご自分のいまわしい過去の出来事を暴くのなら、殺される前にあなたに伝えなければならなかった。もしそうしないのであれば、お父さんは当然、遺書を残されたはずです。違いますか？」

長い沈黙の後、新田氏がガックリと頷くのが、視野の端に見えた。

「浅見さんが言うとおりです。遺書がありました。父の死体を見て、警察に電話しようとしたとき、デスクの上に遺書があるのに気づいたのです。中身は浅見さんがさっき言われたとおりのことでした。自分の過去の罪を告白し、最後に、もし私が殺されるようなことがあっても、北原を告発するなと書いてありました。新田家や会社の名誉のために、そうしてくれと……」

新田氏の声が震えていた。

「なるほど、ご立派ですね」

ぼくは本心からそう思った。新田栄次さんの過去がどんなに汚辱に塗《まみ》れたものであったとしても、最期の選択だけは立派で、堂々としていたと思うべきだろう。しかも、その過去をきちんと息子に伝えた上で、北原の犯行を許し、それによって自分の贖《しょく》罪《ざい》を全《まっと》うしたことは、いかにも薩摩っぽらしい覚悟だと思った。

ぼくはそのとき、どういうわけか西郷隆盛の死を連想した。西郷は熊本方面での戦いに敗れ、鹿児島城の背後に位置する城山に、わずか四百の手勢と共に立てこもった。包囲網を挟める五万の政府軍に最後の突撃を試み、二発の銃弾を受けた後、西郷は従者の別府晋介《べっぷしんすけ》に「晋どん、もうここらでよか」と介錯《かいしゃく》を求め、自刃した。

西郷ほどの軍人が、この戦に勝てるかどうかの見極めがなかったとは考えられない。西郷は「私学校」の教え子たちの行動を抑えることができず、「自分の生命は諸君らに預ける。存分にするがよい」と自ら責任を取るかたちで軍を起こし、彼自身がおそらく予測したであろうとおりに、敗北した。

反乱という大逆を犯した西郷隆盛を、しかし国と国民は後に評価し、上野の山に銅像を建てるほど称賛した。それは西郷の潔《いさぎよ》さと覚悟の見事さを讃えたからにちがいない。新田栄次氏を西郷隆盛に較べるのは笑止なことかもしれないけれど、栄次氏にもそれなりの覚悟があったし、少なくとも最期の瞬間は潔かったのだ。それはおそらく、薩摩人に共通した性癖のようなものにちがいない。

「ひょっとすると、浅見さんは遺書のこと、ずっと分かっていたのですか？」

新田氏は不思議そうに訊いた。

「いや、遺書があることはたったいま、北原と話していて確信したのですが、しかし、あなたがなぜ犯人を庇《かば》うのか、気にはなっていました」

「えっ？　それはどういう意味ですか？」

「事件のとき、新田さんは十一時五十分頃、会社に入ったのでしたね。犯行直後といっていい時刻です。緩鹿さんを田平家へ十一時半に送り届けて会社に向かったのなら、十一時四十分頃には会社の駐車場に着いていたでしょうし、当然、建物から出てくる犯人を目撃しそうなものです。怪しい人物を見てあなたが不審に思わないはずがない。何かあったのではないか——と思ったからこそ、約束の時刻より十分も早く建物に入ったのではありませんか？　ところが、警察の調べに対して、あなたはそれらしい人物を目撃したという話はしていない。そのときにぼくは、もしかすると、新田さんが犯人を庇っているのではないかと思ったのです。もっとも、警察のように、新田さん自身が犯人だとまでは思いませんでしたけどね」

ぼくは笑いを含んだ喋り方をしたが、新田氏は棒のように硬直したきり、ひと言も口をきかなくなった。

彼の自宅の前で車を停めると、新田氏は黙って車を降りた。門の中に入って行くとき、ぼくの挨拶に促されたように、慌ててお辞儀をした。バックミラーで見ていると、玄関へ向かう彼は、まるで夢遊病者のような頼りない足取りであった。

田平家はひっそりと静まり返っていた。田平氏の鼾が、階下まで響いている。あの先生はきっと、永遠にこの夜の出来事を知らないままなのだろう。いや、田平氏ばかりでなく、石原部長刑事も、緩鹿智美クンもそうだ。ぼくと新田氏以外は誰も、今夜の出来事を知らない。明日は誰にも会わないまま、東京へ帰ろう——とぼくは思った。

東京へ帰って数日後、鹿児島中央署の石原部長刑事から電話が入った。

「浅見さん、驚いたらいけませんよ。なんと新田栄次殺害の犯人が自首してきたのです。北原竹蔵という七十六歳の老人ですがね。つい二ヵ月ばかり前に刑務所を出たばかりで、昔、知り合いだった新田のところに金の無心に行って断られた腹いせに犯行に及んだというのだから、無茶苦茶ですな。しかし、当人は末期のガンに罹《かか》っとって、余命いくばくもないようです。事情聴取も病院のベッドの上でやっとるような状況です。まあ、裁判もないまま死ぬことになるんでしょうなあ」

話しているうちに、だんだん空しくなるのか、威勢のいい口調がしぼんでいった。

その電話のあった日、相次いで三通の手紙が届いた。嬉しいことに、どれも感謝の手紙だった。

榎木くに子さんのは、とても温かみのある文章に、くすぐったいような感謝を込めた短歌が添えてあった。

絵樹卓夫氏の手紙には「榎木孝明」と本名でサインがしてあった。彼のファンに見せたら、さぞかし羨ましがることだろう。

緩鹿智美クンの手紙がいちばん長かった。ぼくと出会って、いままで体験したことのない、いろいろな出来事があって、とても楽しく、勉強になった――などと書かれていた。そして、新田氏のことを、遠慮がちな文章で綴《つづ》っている。

――新田さんは会社をお義兄さんに任せて、また「今再」のお店をつづけることにしたそうです。お義兄さんやお姉さん、そのほか会社の人も私の父も、みんな反対したのですけど、頑固に断って、そう決めたと言っていました。詳しいことは話してくれませんが、何か感じることがあったみたいです。私とのことが原因ではないそうですので、どうぞご安心ください。私もその方針には賛成です。すぐに結婚することはないですけど、これからはきっといい方向へ行くと信じています。ただ、浅見さんとの思い出を忘れられそうにないことが、ちょっと私を困らせています。

それから三日遅れで、田平芳信氏からの手紙が届いた。新田栄次氏殺害事件が犯人自首というかたちで解決したと書いてあった。

——話は変わりますが、不思議なことが起きました。鹿児島五石橋のうち、玉枝橋と高麗橋を、祇園之洲公園内に移築する話の上に、西田橋まで移築再現するのだそうです。頑固な行政や強欲な業者がよくそんなことを考えたもんだと、いささか狐につままれたような気分です。噂によると、新田君の会社が彼の親父の遺産十億ほどを拠出したことが引き金になって、移築が決定されたという話です。いったん社長就任が決まっていたにもかかわらず、新田君が会社から身を引いたのは、それが条件だったという説もありますが、真偽のほどは不明です。それにしても、わが鹿児島もなかなかいいことをやるではないか——と、思う今日この頃であります。

その新田氏からもその日に手紙がきた。父親の跡を継ぐつもりだったが、企業経営はやはり性格的に向いてないことが分かり、気楽な喫茶店のマスターに戻ることにしたと書いてある。しかし、彼の本心は別のところにあるぐらいは、ぼくでも察しがついた。新田氏は父親の「遺産」を引き継ぐのを、快しとしなかったのだ。むしろ負の遺産を自分の心に課して生きてゆこうと考えたのだろう。

——浅見さんと別れた翌日、隼人町の磨崖仏の岡へ行きましたが、すでに北原竹蔵さんは消えたあとでした。その翌日、警察から連絡があって、北原さんが自首したことが分かりました。北原さんは父に金の無心をして断られたために犯行に及んだと言っていたそうです。動機はそれだけで、それ以外のことは何もないということでした。おかしなことですが、私はそれを聞いて感動しました。人生観が変わったような気がします。父や自分を含め、鹿児島の人間が好きになりました。

石原の報告でも、新田氏の手紙にも、例の「西郷札」のことは何も触れられていなかった。あのときは黙っていたけれど、西郷札にいわゆる「古銭」の価値があることは、ぼくにも薄々、分かる。北原老人にそれを教えるべきかどうか、迷った。彼は知っていたのかもしれないし、知らなかった可能性もある。そのどちらにしても、北原老人が西郷札をどう処分したのか、ぼくには見えるような気がしないでもなかった。

おそらく彼は、元の穴の底に信玄袋を埋め戻したにちがいない。そうして、あの磨崖仏と菅原神社に守られて、西郷札はふたたび永遠の眠りにつくことになるのだろう。新田氏があえてそれに触れることをしなかったのは、彼もまた北原と同じ考えだったからなのだ。それが唯一、この悲しい「事件」の幕切れを飾る花のように思えた。

エピローグ

浅見光彦が軽井沢の拙宅を訪れたのは、五月末になってからである。鹿児島へ行くと言ってからずっと無沙汰のままだった。

その間、「旅と歴史」の藤田編集長に会ったとき、「浅見ちゃんが面白いルポを書いてくれた」と喜んでいた。何でも、鹿児島と熊本にまたがる石橋のルポで、西郷隆盛の埋蔵金まで登場するのだそうだ。ところがその埋蔵金なるものが、じつは西郷札だったというお笑いである。

いいルポが書けたわりには、わが家に来たときの浅見の表情はすぐれなかった。むしろ憂鬱そうな顔といっていい。

「あれはどうなってんだい。えーと、榎木さんの一件は？」

とぼけて訊くと、冷たい目で僕を見て、言った。

「絵樹卓夫さんのお母さんでしょう」

「えっ？　ああ、そうとも言えるな。あははは……」

僕は笑ってごまかした。

「もちろん、ちゃんと解決してきましたよ。絵樹さんから電話とか、お礼の手紙は届いていないんですか？」

「ああ、いまのところ連絡はないな。彼も僕と同じで忙しいんだろう。その点、浅見ちゃんは恵まれている」

僕が憎まれ口を叩いたせいか、浅見はカミさんに挨拶して、さっさと引き揚げた。

その直後に絵樹クンから電話があって、おふくろさんの「事件」が無事解決したことの報告とお礼を言ってきた。

「浅見さんはやはり名探偵ですね。僕の母親の事件もそうですが、それに絡む大きな殺人事件まで鮮やかに解決してしまったんですから。さすがの先生もびっくりされたんじゃありませんか？」

そんな話はこれっぽっちも聞いていないから、僕は面白くなかったが、知らないとは言えない性格だ。

「いや、僕に言わせれば、あの程度では大したことはないですよ」

そう言っておいた。

それから何日かして、テレビの「ニッポン発見鑑定団」という番組を見ていたら、西郷札の鑑定をやっていた。なんと六種ワンセットで六十万円也の値がついた。

僕はすぐに浅見に電話した。例によって須美ちゃんが出たから、「居留守は使わないでね」と先手を打った。

浅見は仏頂面（見えるわけではないが、たぶんそうだろう）で電話に出た。

「浅見ちゃん、鹿児島で西郷札の埋蔵金があったという話、あれは本当なの？」

「ええ、本当ですよ」

「その西郷札だけど、それからどうなったか知らない？」

「知らないこともないですが、それがどうかしたのですか？」

「もしあったら譲ってもらおうかと思ってね。一枚千円ぐらいでどうだろう」

「だめですね」

「そんな冷たいことを言わないでさ。それじゃ、一枚二千円出すよ」

「いや、そういうことじゃなくて、あの西郷札はもう無いんです。みんな燃しちゃったんですから」

「えーっ、燃しちゃったの？……」

僕の声が悲鳴に聞こえたのか、カミさんがびっくりした顔を覗かせた。

自作解説

最初は意図して始めたわけではないが、いつの間にか、僕の作品の取材先が日本全土に及びつつあった。そのことに気がついたのは七、八十作を超える辺りからだろうか。「旅情ミステリー」と呼ばれる中期頃までの作品は、意図的にローカルの特色を出すために、取材先を変えていったのだが、都道府県の中にはミステリーに向いている土地柄とそうでない土地がある。たとえば日本海側の地方はどこへ行っても憂鬱の気配が漂い、まさにミステリーにはうってつけだ。松本清張氏の『砂の器』などは、舞台が日本海側だったからこそ成立したのだと思う。僕の作品にも偏りがあって、やはり日本海側を舞台にしたものが多い。

それに対して、太平洋側のとりわけ南に近い地方は風景の明るさもさることながら、人心が陽気で、何でも笑い飛ばしそうだ。というわけで、なかなか作品の舞台にはなりにくかった。もし「日本全土制覇」などという妙なことを思いつかなければ、永遠に舞台にならないまま終わった可能性もある。そして最後まで残ったのは徳島県、鹿児島県、沖縄県であった。

まず手始め（？）に徳島県を取材して『藍色回廊殺人事件』を書いた。吉野川河口堰の建設問題をからめた作品で、「南国」の割には、思いのほかしっとりした雰囲気を醸しだすことができた。祖谷《いや》渓谷という秘境もあったし、四国八十八ヵ所の遍路道を辿る旅の成果だったのかもしれない。

ついで鹿児島県の取材を始めたのだが、この取材は長きにわたった。前後、確か四度は足を運んでいると思う。危惧したとおり、なかなかこれといった題材にめぐり合わない。二度目あたりでは石橋に着目していたと思うが、それをどう料理するか、頭に浮かぶものがなかった。

そうこうしているうちに、鹿児島五石橋問題と遭遇した。取材当時、この五石橋を撤去するか存続させるかで、鹿児島市ばかりでなく、文化財保護を主張する人々を巻き込んでの大騒ぎになっていた。

数年前、鹿児島市内を貫流する甲突川《こうつきがわ》の氾濫で、堤防を越えた水が市内を浸した。そして五石橋のうちの二つの橋が流失、ほかの三橋も壊滅的な被害を受けた。

それ以前から五石橋については、構造上の問題として、川の流量を制約するという欠点があることを指摘されていた。今回の災害はその欠点を証明するものではないかと、架け替え推進派は勢いづき、これを機会に五石橋すべてを撤去して、新しく近代的な橋を架けようとする動きが高まった。

これは『藍色回廊殺人事件』の吉野川河口堰問題と似ているが、『藍色』の場合は河口に可動堰を造るというのが、政治と土建業者主導のやや強引な、それこそ「我川引水」的なにおいがあったのに対して、鹿児島の場合は架け替え派の考え方にも一理も二理もある印象だった。

結果をいうと、五石橋は撤去され、ふつうの橋に架け替えられることになった。ただし、これほどの文化財を失うにしのびないという意見もいれられ、市のはずれにある公園に二つの橋が復元されることになった。それにかかる工費は膨大なものだったと思われるが、よく保存に踏み切ったものである。

ストーリーのほうはこの五石橋の撤去・架け替え問題を背景にして展開することになったが、取材はさらに二回を費やしてなお、遅々として進まなかった。何をどう書くか以前に、石橋の勉強から始めなければならなかったからでもある。かといってそうそう暇はないので、当時、連載が進行中だった『はちまん』や『不知火海』の取材を兼ねたり、さらには、その後につづく書下ろし『ユタが愛した探偵』の沖縄行きとリンクしての取材旅行になったりもした。

お読みいただいたとおり、『黄金の石橋』のストーリーは一風変わっている。話の発端はテレビドラマで浅見光彦役を演じている榎木孝明氏から僕のところに相談が持ちかけられる——という設定であった。しかもその相談の内容というのが、榎木氏のお母さんが何者かに脅迫されているので、助けてもらうよう浅見光彦に依頼するというのだから、かなり人を食った話だ。

取材では榎木氏のお母さん・くに子さんにたいへんお世話になった。榎木家は鹿児島県の北部、大口市の隣、菱刈町というところにある。大口市は焼酎発祥の地だと聞いたけれど、下戸の僕には興味がなかったので、詳しいことは知らない。それよりも、菱刈町には、金採掘量日本一の良鉱があることに興味を惹かれ、そのことから『黄金の石橋』というストーリーを思いつくことになった。

榎木家では、突然の客である僕たちを歓待してくれた。たまたまお昼どきにかかってしまったので、隣の奥さんまで手伝って、テーブルには山海の珍味が並んだ。くに子さんは短歌をなさる方で、『夏ひばり』という歌集を出しておられる。その中に孝明氏が故郷を離れ上京する時に詠まれた歌があった。

草刈るも不慣れな吾にあるだけの
　鎌研ぎて子は学都に立ちぬ

くに子さんは夫君ともどもも長く教職にあって、たぶん草刈りなどは不得手だったにちがいない。そのお母さんのために、土間にあるすべての鎌を研いでから、東京へ発って行った息子さんのことを詠んでいる。その旅立ちの朝の情景が彷彿として浮かんでくる、なんとも情愛に満ちた歌である。孝明氏の優しい人柄もしのばれる。その歌を作中でそっくりそのまま使わせていただいた。

鹿児島取材では隼人町にある女子大を訪問した。ヒロインの設定をどうしようかと考えあぐねて、とりあえず若い女性が間違いなく大勢いるところへ行こう——の精神で女子大を選んだのだと思う。まことに怪しからん訪問者だが、そうとは知らない大学側は丁重にもてなしてくれた。

浅見光彦倶楽部の会員である新田さんという鹿児島市在住のご夫婦が、石橋の研究で知られる平田信芳氏を紹介してくれて、「熊襲亭《くまそてい》」という有名な郷土料理の店で夕食を共にした。平田氏にはたいへんお世話になった。作中にそれらしい人物が登場するが、もちろん実在の方とは関係ない。ついでにお断りしておくが、絵樹氏こと榎木孝明氏とご母堂を含め、すべての登場人物はあくまでもフィクションの世界のことなので、その点、くれぐれもお間違えないようにお願いする。

軽井沢のような山中にいると、鹿児島はいかにも遠隔の地で、この次はいつ訪問できるかおぼつかない。そう思うと、取材で通りすぎる風景の一つ一つに名残惜しいものを感じた。そういう意味では日本全国どこも同じことが言える。こんな職業をしているお蔭で、日本中のいろいろな土地を訪ねる旅ができるのは幸せなことだ。

さて、この『黄金の石橋』には後日談があって、テレビドラマ化するにあたり、榎木孝明氏が一人二役を演じた。原作段階で、この作品をドラマ化する時は困るだろうな——と話していたことが実現したのだが、これがじつにうまくいった。しかもその両者が鉢合わせするラストシーンには僕まで駆り出されてしまった。

この『黄金の石橋』はフジテレビ系列・榎木孝明氏主演シリーズの最後の作品となり、後継は中村俊介氏に決まった。ちなみに過去から現在に到るまで、「浅見光彦」役を演じてくださった役者さんたちは次の各氏である。

国広富之、篠田三郎、水谷豊、辰巳琢郎、榎木孝明、沢村一樹、高嶋政伸、中村俊介。

内田康夫

二〇〇二年秋

内田康夫×榎木孝明スペシャルトーク　聞き手　山前 譲

山前　こんにちは。推理小説研究家の山前譲です。三十分と短い時間ですが、どうぞよろしくお願いします。

それでは、壇上のお二人をご紹介しましょう。まず、浅見光彦の生みの親、作家で、北区アンバサダーの内田康夫さんです。

内田　内田康夫です。山前さんという、唯一僕の作品を褒めてくださる評論家の方と一緒の舞台でおしゃべりができるのは光栄です（笑）。雨が降ったり止《や》んだりという天気の中を、こんなにたくさんお集まりくださって、ありがとうございます。

山前　そして、俳優の榎木孝明さんです。

榎木　みなさんこんにちは。元・浅見光彦、いま浅見陽一郎の榎木孝明です。よろしくお願いします！

山前　今日は文学賞の十周年を記念してトークショーが行われるんですが、浅見光彦も、一九八二年に『後鳥羽伝説殺人事件』で初登場以来、今年でちょうど三十周年という区切りがいい年を迎えました。
今日のトークは、こちらのスクリーンに表示されるテーマにあわせて話を進めていきます。テーマが切り替わるときに、「ピンポン」という音が鳴るようです。さあ、最初のテーマは……（ピンポン♪）

内田康夫×榎木孝明

内田　『天河伝説殺人事件』の映画化が決まり、お茶の水の神田明神で関係者が顔合わせをする機会がありましてね。お会いした瞬間に「あ、ここに浅見光彦がいる！」と思ったのが榎木さんで、それ以来のお付き合いです。ちょうどそのときに榎木さんは三十三歳、偶然にも浅見光彦と同い年だったのが嬉しかったですね。

榎木　私も〝出会うべくして出会った役〟だと思っています。最初に小説を読んだときに「この先生はどうして私のことをこんなによくご存知なのだろう」と驚いたくらい、私の地のキャラにそっくりだったものですから。役の年齢も一緒でしたし、ゆっくりお話ししていろいろきいてみたい、と思ったのが、初対面のときに感じたことでした。

山前　実際に演じられた「浅見光彦」はいかがでしたか？

榎木　いろんな役に出会ってきましたが、浅見役はひとことで言うと「役者冥利につきる」というぐらい、自分の持ち役の中でも、ひときわ素晴らしいキャラクターになりました。

内田　「はまり役」ですよね。

榎木　普通はあれこれ役作りをするんですけど、浅見光彦に関しては、役の方から私にきてくれた、という感じがあります。たとえば、テニス帽。若い頃に一人旅をしていたとき、私はあれと同じスタイルのものをずっと被《かぶ》っていたんです。ジャケットも、私のと浅見が着ているものと、印象がまったく同じ。女性に対して奥手なところとかも同じですしね（笑）。（ピンポン♪）

ふるさと

山前　榎木さんは鹿児島県、内田先生は北区ご出身ですけれども、鹿児島といえば「薩摩《さつま》隼人《はやと》」という言葉で、その気性が表されますね。

榎木　私は、見た目はそれほど「ハード系」ではないんですが、根は「薩摩っぽ」といいますか、武術を好んでやっていたりとか、内面は外見とは随分違うと思います。薩摩人というのは、中央の方から「男尊女卑」の性質があるとよく言われるのですが、生まれ育った私たちからみると、実は違っています。女性がしっかり手綱を握っていて、女性の掌《たなごころ》の上で男が転がされているというのが現実。その方がたぶん男女の関係はうまくいく、という持論を私は持っていたのですが、薩摩はまさに典型的な所だと思っています。しっかり根っこを摑《つか》まれているからこそ、男は外で大きいことが自由にできるんですね。逆に家に帰ったら、奥さんには頭が上がらないんです。

内田 いまのは我家《うち》の話じゃない？（笑）そっくりそのままだね。

山前 内田先生は北区でお生まれになったんですね。

内田 小さい頃を北区で過ごし、いったん離れ、もう一度戻りました。どうして離れたかというと、戦争で、この辺りが焼け野原になったからです。つまり僕にとって北区は第一のふるさとであり、第二のふるさとでもありますね。

山前 北区生まれの光彦が、事件を追って鹿児島に出掛けたことがありました。

榎木 『黄金の石橋』ですね。私が光彦を演じる最後の作品に選ばせていただき、「浅見を引退したい宣言」をしたのが、この作品なんです。最初はフジテレビからも先生からも慰留されたんですけど、私なりの「引き際の美学」というのがあって、「やめます、でもそのかわりこれを最後にやらせてください」とお願いしました。

内田　この作品で、我々二人は共演してるんですよ。軽井沢にある浅見光彦倶楽部のクラブハウスでロケが行われて、二人がばったり出会う、という場面を撮ったんですよね。

（ピンポン♪）

才能

山前　おっとテーマが変わりましたね。先生は小説の執筆がつらくなると、囲碁をしに逃げ出すという話をうかがいましたが。

内田　囲碁から逃げ出して執筆する、というくらいにはまっていますね（笑）。囲碁は六段、将棋もやりますが、これは四段くらいですね。

山前　榎木さんは、画家としてのご活躍が知られていますね。

榎木　鹿児島から上京したときは、美術をめざしていたんです。大学では陶芸を専攻していたので、まともにいっていれば、今頃は陶芸家になっていたかもしれませんが、大学半ばで役者に転向してしまったのです。でも、おかげさまでそれ以来ずっと絵は描いています。日本はもちろん、仕事柄、世界各地に旅する機会がありますので、世界の景色を四十数年間、描き続けてきました。

山前　浅見光彦の世界もお描きになっていますね。
榎木　はい、内田先生との画文集を二冊（『風の人』『風の瞳』）出させてもらっています。「浅見光彦が見た景色」という題材で、私がスケッチして、内田先生に文章を書いていただいて。たとえばそれこそ、浅見が最初に出てくる『後鳥羽伝説殺人事件』で舞台になった広島県の三次市を訪ね、三次駅を描きに行ったのをはじめ、本を読んで描きたいと思ったいろんな場所に行きました。（ピンポン♪）

ヒロイン

山前　これは読者が一番気にかかっていることではないかと思います。浅見光彦が登場する作品は百冊を超え、浅見シリーズは一作ごとにヒロインが違うものですから、浅見は百人以上の女性と浮き名を流したことになりますが、実際演じられた榎木さんとしては、こういう男性はいかがでしょうか。
榎木　とても好きなキャラクターなのですが、敢《あ》えて不満があるとすれば、ラブシーンがほとんどないことでしょうかね（笑）。私が演じた作品で唯一キスシーンがあったのが『平家伝説殺人事件』でした。稲田佐和を演じた森下涼子さんとのシーンがあったんですけど、それも軽い口づけだけでしたしね。先生にぜひ聞いてみたかったのですが、ラブシーンがないのは、先生ご自身が照れ屋でシャイだからなのでしょうか。そういうシーンを色っぽく描かれないのはなぜでしょう。

内田 ジェラシーですね、浅見だけにいい思いをさせてたまるか、という。ですから、うまくいきそうだなあ……と思ったときにどんでんがえしを食らわせて、それ以上近づけない、というパターンを繰り返しています。二回か三回、ホテルの密室であやしい雰囲気にはなっているんですけどね。

山前 女性に迫られているシーンとか、ありましたが。

榎木 私がやった中では、キスは一度でしたね。キスの機会がもっとあれば、もうちょっと長く、浅見役をやっていたかもしれませんね。

内田 それでいやになったんですか（笑）。

榎木 ジェラシーとは知りませんでした。

山前 『平家伝説～』のヒロイン、稲田佐和とは、ぜったい結婚するかと思いました。

内田 もしもあのときに浅見が結婚していたら、シリーズがこんなに長く続いていなかったかもしれませんね。結婚すると、赤ちゃんが生まれるという流れが自然でしょう。そして子どもが育っていくと、浅見も年をとる。そうすると、お母さんの雪江未亡人がお亡くなりになってしまう。お母さんが亡くなるのと、作者が亡くなるのと、どちらが早いか、ということになってしまいますからね。（ピンポン♪）

旅

山前　テンポよく進みます。次は「旅」。内田先生は日本全国四十七都道府県制覇のみならず、海外も舞台にしてお書きになってきましたが、次に刊行されるのはどこが舞台になっているんでしょうか。

内田　山口県が舞台になる作品を二冊同時に、別々の会社から刊行する予定です。ふたつの事件が同時に起きてクロスするという趣向です。

ところで山口県というと、どんな観光名所があるか、すぐに思い浮かびますか？　静岡だと富士山、のような。山口県の場合、これが案外ないんですよね。

山前　フグ料理とかは、思い浮かびますけれど。

内田　そうなんですよね。いったい浅見がどこを訪れ、なにをみつけるか、というのも楽しみにしていていただけると、嬉しいです。

山前　もったいぶっておっしゃっていますが、本当に本が出るんでしょうか。

内田　二社の編集者がこの会場にきておりまして、どうなってるんだ？　ってやきもきしているると思いますけど、本が出るかどうかは、神のみぞ知る、と――

山前　神のみぞ、ですか！

榎木　内田先生の作品は、物語の横軸と縦軸との兼ね合いが素晴らしいと思っています。今回の作品では、長州藩の歴史にかかわること、歴史という縦軸がありながら、そこになんらかの横軸が絡んでくるのでは、と予想します。

内田　さあ、どうでしょうね？（笑）

山前　うーん、刊行を楽しみにしましょう。（編集部注・この二作品は『萩殺人事件』『汚れちまった道』として、光文社と祥伝社より刊行されています）

　榎木さんの旅といえは、アジア各地へよくお出かけになっておられますよね。

榎木　たとえばタージマハルには何度も行っていますね。インドだけで十二回行っています。若い頃には、ひと月くらいの放浪の旅をしていました。行きと帰りのエアチケットだけ持って、宿を探すところから始めるという旅を、結婚するまでずっと続けていました。

内田　榎木さんが行くインドは、不衛生な場所が多いでしょう。インドと一口にいっても広いですけどね。

榎木　ガンジス河で泳ぐの、いいですよ。ときどき死体も流れてくるし。

内田　インドというと、僕は客船「飛鳥」で世界一周の旅をしたときに、ムンバイに寄ったことがあります。

榎木　ムンバイは、アラブマネーが入ってくる所なので、日本よりも物価が高いんですよね。マンションなんかも日本よりはるかに高価です。ムンバイはインドでありながらインドでない場所といえますね。

山前　榎木さんの「旅の流儀」とは？

榎木　私はかつて、ドキュメンタリー番組で普通の人がなかなか行かない場所へ率先して行ってまして、「辺境役者」なんて呼ばれていました。

私のする旅には三つの条件が必要です。ひとつめは「どこでも眠れる」、ふたつめは「なんでも食える」。三つめは、ちょっと難しいんですけど、何だと思いますか？

内田　どんな女性とでも付き合える、ですか？（笑）

榎木　それは違いますね（笑）。どこでもトイレができる、ってことなんです。最近の日本は外でトイレをすることがなくなりましたが、辺境の地だとトイレのない所が多いんですよ。中国の奥地などでは男女が一緒だったり、衝立《ついた》てても何もなかったり。砂漠での旅の場合は、バスが止まったその場所で、砂漠の中で用を足さなくてはいけない。そういうときに平気で用を足せる神経を持っていないと、私の行くような場所には行けないなと思います。

内田　僕はぜんぜんダメですね。ちなみに僕の場合は、旅というと九九パーセント取材なんです。プライベートの旅は、ほとんどないですね。

僕の旅の特徴は、いわゆる観光名所的な場所には興味がなく、町の裏通りや路地など、誰も行かないような所をのぞいて、小説の題材を得る、ということが多いですね。（ピンポン♪）

北の街ものがたり

榎木　「北の街ものがたり」――これは何ですか、先生の新作のタイトルですか？

内田　「北の街」とは北区のことなんです。北区っていうのは、意外に知られざる文化が、いろいろあるんです。

榎木　昔住んでいらっしゃった頃とは、様変わりしているでしょうね。

内田　そうですね。最近ではグルメも充実していまして、ケーキの美味《おい》しいお店にも取材に行きました。そんな、いまの北区を舞台に、読売新聞社が運営するインターネットサイト「ｙｏｒｉ《ヨリ》ｍｏ《モ》」でＷＥＢ連載を開始します。（編集部注・本連載は完結し『北の街物語』

として中央公論新社から刊行されています）

北区の人や街、風景を入れこみ、WEBの特性を活かして写真や地図とも連動させながら、ミステリー仕立てで、浅見を登場させた物語にしようという、高邁《こうまい》な企画なんですけどね。

榎木 楽しみですねえ！ ところで、内田先生の作品全体の印象として、「先見の明」がおありだなというのを私はしょっちゅう感じています。作品が出てから、そこに世の中の方が追いつく、時代が先生を後追いしていることが多いですよね。ああいう感覚はどこからくるんでしょうか。

内田 榎木さんも超能力的なところがおありですよね。ご自身の感性を大事にされているというのか。あれと通じるものなんでしょうか。でもいまは、「先見の明」はすっかりおとろえて、「後悔の念」ばかりですね（笑）。勝手なことを約束しちゃうんですよ。「北の街ものがたり」は僕がタイトルを考えたんだけど「いいじゃない」と、自分がつけたタイトルに惚《ほ》れ込んで、引き受けちゃう。先程話した山口県の企画にしても、発想はいいんですけどね、いまになって後悔の念がしきりに起きているんです。

榎木 もうひとつ、先生の創作で感心するのは、プロットを作らずにお書きになるじゃないですか。あのスタイルはいまだに守られているんでしょ？

内田　それについても、後悔の念がありますね（笑）。

榎木　会場のみなさまはご存知でしょうけど、普通の作家の場合は、起承転結があって、犯人も事前に決めて書いていかれるのに、内田先生の場合は、先生ご自身も途中で犯人がわかるんですよね。

内田　誰が死ぬのかわからないで書いているときもありますね。

山前　それが、内田作品特有の意外なストーリー展開に結びついているんでしょうね。

三十周年を迎えた浅見光彦、そして榎木孝明さん、内田康夫先生の今後のますますのご活躍を期待しましょう。本日はどうもありがとうございました！

＊二〇一二年三月二十四日開催の「北区内田康夫ミステリー文学賞　十周年記念スペシャルトークショー『浅見光彦の今を語る』」（東京都北区「北とぴあ」にて）の模様を掲載した「月刊ジェイ・ノベル」二〇一二年五月号の記事を再構成の上、再録しました。

参考文献「石の鹿児島」平田信芳著
南日本新聞開発センター

この作品はフィクションであり、文中に登場する人物、団体名は、実在するものとまったく関係ありません。

また、市町村名、風景や建造物などは執筆当時のものであり、現在の状況と多少異なっている点があることをご了解ください。

（編集部）

本作品は一九九九年六月、四六判単行本として小社より初版発行されました。
以降、次の判型で順次刊行されています。
ノベルス判　二〇〇一年一月　ジョイ・ノベルス
文庫判　二〇〇二年十一月　文春文庫
　　　　二〇〇五年十一月　講談社文庫

このたびの刊行に際しては、巻末の「内田康夫×榎木孝明スペシャルトーク」を除き、講談社文庫版を底本としました。

黄金《おうごん》の石橋《いしばし》 新装版《しんそうばん》

二〇一七年十月三十日 初版第一刷発行

著者 内田康夫《うちだやすお》

発行者 岩野裕一

発行所 株式会社実業之日本社
東京都目黒区大橋一-五-一
クロスエアタワー八階
〒一五三-〇〇四四
TEL 〇三(六八〇九)〇四七三(編集)
〇三(六八〇九)〇四九五(販売)
振替 〇〇一一〇-六-三二六

印刷 大日本印刷株式会社

製本 大日本印刷株式会社

http://www.j-n.co.jp/

ISBN978-4-408-50559-6（第二文芸）